宮之みやこ
Miyano Miyako
イラスト: kodamazon
はらぺこ令嬢、
れべるあっぷ食堂はじめました
～うっかり抜いた包丁が聖剣でした!?～
1

リディル
ララローズ
ドーラ
？？？

ペトロネラ
テオドール
セシル
リナ
フィンセント
ラルス

ふと森の奥に目が留まった。
石畳がまばらに広がる地面には……。
……あれ？　包丁《キッチンナイフ》が刺さっている？
私は目を細めてじっと見つめた。

Menu

奉公先を追い出されました …… 006

閑話　ラララローズ嬢は……（フィンセント視点） …… 049

王都、れべるあっぷ食堂の料理人 …… 062

閑話　勇者の探索（フィンセント視点） …… 109

れべるあっぷ食堂、開店です！ …… 137

れべるあっぷ食堂の新作料理 …… 167

花の都亭からのお客さん …… 176

閑話　あたしの、人生（セシル視点） …… 211

『花の都亭』で一体何が……!? …… 216

パワーアップ！　れべるあっぷ食堂 …… 237

閑話　ならば、私にできるのは（フィンセント視点） …… 248

――あれしかない …… 253

王都の食料庫ツドミム …… 270

これ、大丈夫だよね……？ …… 298

奉公先を追い出されました

お尻をぐわしっと掴《つか》まれた瞬間、私は叫びながら五十過ぎの旦那様をビンタしていた。

バチィン！　とすごい音がした後、頬《ほお》に真っ赤な手形をつけた旦那様が怒鳴る。

「せっかく役立たずスキルのお前を雇ってやったのに、ちょっと尻を撫《な》でられたぐらいで主人を叩《たた》くとは何事だ！　クビだ！　今すぐこの家から出ていけ！」

――そうして私は、いともあっけなく奉公先であるボート侯爵家を追い出されたのだった。


数時間後。初夏の夕暮れの中、私は木々がうっそうと生い茂る森の道を、鞄《かばん》を抱えてとぼとぼと歩いていた。

ああ、やってしまった。せっかく見つけた奉公先だったのに……！

私、ララローズ・コーレインは男爵家の長女だ。

ただし男爵家とは名ばかりで、実際は借金を抱えて、毎日食べるものにも困るほどのド貧乏。だから少しでも家計を助けるため、働きに出ていたのだけれど……。

「来た直後からおかしいとは思っていたけれど……まさか『愛人になれ』って言われるなんて」

ぼやきながら私はため息をついた。

普通、侯爵家当主ともなれば忙しくて姿を見かけるのも稀《まれ》なはず。

なのに旦那様は、なぜか家の中で私の行く先々に現れたの。

しかも、会うと必ず肩を抱かれたり、執拗《しつよう》に手をさすられたり、腰に手を回されたり……。

ようやく見つけた奉公先だったから、ぞわぞわしながらも毎日必死に我慢していたんだけれど、今朝、耳元でハァハァしながら『桃色の髪と菫《すみれ》色の瞳がかわゆいのう。おまえ、わしの愛人になれ』と言われてお尻をわし掴みにされた瞬間、頭が真っ白になって気づいたらビンタをしていた。

「うう。ただでさえ《はらぺこ》スキルのせいで敬遠されているのに、主人を叩いたって知られたら、ますます働き先が見つからなくなってしまうかも……！」

私はハァと、再度ため息をついた。

——この世界では、貴族の血筋は十六歳になると『スキル』と呼ばれる特別な能力を授かる。

スキルは千差万別で、よく聞くのは《火魔法》とか《水魔法》とか、簡単な魔法が使えるもの。

希少なものになると《剣聖》とか《賢者》とか、「それってスキルなの……？」と聞きたくなるほどのものもあるらしい。

当然すごいものを授かれば、一発逆転や成り上がりだって夢じゃない。

私も、病弱なお義母《かあ》様に代わって弟や義妹を養うため、なんとか就職に有利なスキルが欲しかったんだけれど……。

十六歳の誕生日、教会で困惑顔の神官に言われたのは《はらぺこ》というスキルだった。

しかも……。

『ぷっ！　《はらぺこ》って何？　さすが貧乏男爵令嬢ね』

『君のスキルじゃ雇えないよ。我が家に卑しい者が出入りしていると笑われてしまう』

と、スキルを理由に、何度も就職をお断りされてきた。

確かに私は、普通の女の子に比べたらその……ちょっとだけたくさんごはんを食べるかもしれない。でもそれは生まれつきだし、奉公先ではちゃんと制御もしている。

だから何も迷惑はかけていないんだけれど……。そもそもこのスキル、一体何の効果があるのか、私もよくわかっていないの。

そこまで考えてから、私はふるふると首を振った。そして自分を励ますように、ぐっと拳《こぶし》を握る。

「ううん、落ち込んでる時間はないわ！　早く次の仕事を見つけて、家に仕送りをしなくちゃ！　幸い、読み書きはできるし家事だってできる。貴族がダメなら、王都で職場を見つければいいのよね！」

王都くらい人がいれば、きっと《はらぺこ》スキルを気にしない人だっているはずだ。もしかしたら、夢だった料理を作る仕事にだって就けるかもしれない！

お義母様だって言っていたもの。『あなたが活躍できる場所は、きっとどこかにあるから大丈夫よ』って。

伝手《つて》も何もないけれど、なんとかなるでしょう！　多分。知らないけれど！

「えっと……、王都ってこっちでいいんだっけ？」

旦那様に『お前に馬車など出してやらん！　退職金もこれで十分だ！』と投げ渡された地図を見ながら、私は森の奥に向かって歩いていく。

それから、ふと道端に咲く野草に気づいて声をあげた。

「あっ！　こんなところに万能ハーブのタイムが咲いている！　あっちにはローズマリーも!?　……この森、よく見ると色んな香草に、まさかのきのこまで生えているわ！　せっかくだから持っていこうっと」

私は上機嫌で、道端に咲く香草やきのこを採っていった。

まさかこんなところで出合えるとは思わなかったけれど、どれも家計に優しい食材で我が家の定番だったから、とてもなじみ深いのよね！

「うん。これだけあれば何にでも使えるわ！　……あれ、もしかしてあそこに落ちているのは、クルミ!?　今日はなんてついているの！」

私は目を輝かせて、木から落ちたクルミをせっせと拾い集めた。

クルミは殻付きなら日持ちするし、栄養も豊富。鞄がぱんぱんになるぐらい詰め込んだから、これだけあればきっと王都まで困ることはない！

「あ、いけない。没頭していたら、道を外れてしまった……」

私はハッとして辺りを見回した。

侯爵家を追い出されてから随分歩いたから、既に日も傾き始めてきている。王都まではまだ遠いみたいだし、今日はきっと森で野宿しなきゃいけないだろう。

実家を出た時、お義母様がなけなしのお金をはたいて《結界》の加護がついたお守りを買ってくれた。だからこれを発動させれば、野宿しても魔物に襲われないはずだ。

……とはいえやっぱり、知らない森での野宿は少し怖い。地元の森だったら、もう少し慣れているんだけどな……。

どこか安全そうな場所はないかきょろきょろしていると、ふと森の奥に目が留まった。

というのもなぜかそこだけ、森にぽっかりと穴が開いたように、何もない空間が広がっていたの。

そして茜《あかね》色の夕日に照らされる中、石畳がまばらに広がる地面には……。

……あれ？　包丁《キッチンナイフ》が刺さっている？

私は目を細めてじっと見つめた。

それは全体が白銀でできた包丁で、持ち手には綺麗《きれい》な装飾がびっしりと彫り込まれている。

私はさらに何度か角度を変えて、じぃぃいっと見つめた。

……やっぱりこれ、包丁だよね？

普通の包丁より一回りくらい大きいけれど、剣にしては小さいし、そもそも持ち手と刀身を分ける鍔《つば》がついていない。

この場所は開けていて寝泊まりにちょうどよさそうだし、もしかして誰かが忘れていったのかな？

一応辺りを見回してみても、私以外に人の姿も気配もない。私はまたじっと包丁を見た。

忘れ物なら……一瞬借りても大丈夫かな？　ちょうど、今日と明日食べる分のクルミを割っておきたいと思っていたところだったの。

私はしばらく悩んでから、思い切って包丁に手を伸ばした。

それから細くてしなやかな持ち手部分を握って、えいっと引き抜いてみる。

すると、包丁はスポッと、あっけないくらい簡単に抜けた。

……と思った次の瞬間。

パァアアアッ！　と私の目の前で、包丁が突然光り出したのだ。

「きゃっ！　何!?」

驚いて包丁を落としそうになって、私はあたふたと握り直す。

かと思うと、頭の中に、澄んで凛《りん》とした綺麗なお姉さんの声が響いた。

『――ようやく会えましたね、わたくしの新しい主《あるじ》よ』

「へっ？」

ど、どこから聞こえているの、この声!?

急いで見回しても、辺りには私以外誰もいない。それに、声は頭に直接響いてきている。

思い当たるものがあるとすれば……もしかしてこの包丁!?

おたおたしていると、さらに頭の中に綺麗な声が響いてくる。

『おや……。これはまた、ずいぶんと若い女性でいらっしゃるのですね。……なるほど、《はらぺこ》スキル持ちと。おもしろいです。今世でなぜ包丁の姿になったのかずっと不思議でしたが、あなたが主人ならば納得もいきます』

「あの、えっと、はい……？」

話についていけないまま、包丁さんが淡々と、それでいながらどこか興奮したように続ける。

『自己紹介が遅れましたが、わたくしは剣の女神リディル。主のお名前は？』

「えっと、私はララローズ、です……。みんなララって呼びますが……」

『ララローズ。いい名ですね。では主ララよ、早速わたくしと、世界平和を目指して、魔物を斬って斬って斬りまくりましょう！』

「えええっ!?」

突然出てきた単語に私はぎょっとする。

せ、世界平和!?　魔物を斬りまくる!?

この包丁さん、淡々とした口調でとんでもないことを言い出した！

今の私は世界平和どころか、毎日食いつないでいくだけで必死なのに……！

私はあわててリディルさんに言った。

「あの……ごめんなさい！　せっかくのお誘いなのですが、人を間違えていると思います！　私に切れるのは食材だけで、魔物なんてとても……！」

もしかしたらリディルさんは、この包丁の落とし主と私を間違えているのかもしれない……！

けれどそんな私の予想とは反対に、リディルさんがきっぱりと断言する。

『いいえ、間違えておりません。わたくしの主は確かにあなたです』

「そ、そうなんですか……？」

『なぜなら、わたくしたちは既に魂の絆を結んでおりますからね。たとえあなたがここにわたくしを置いていったとしても、わたくしはすぐにあなたのところに飛んでいくことができますよ。だって、魂が繋《つな》がっておりますから』

リディルさんは、なぜかすっごく得意げな口調だった。

「た、たましい……？」

私はといえば、突然出てきた不思議な単語についていけていない。でもどうやら人違いというわけではないらしい。一体、どうして……？

首をかしげていると、不意に後ろからガサリと音がする。

釣られて振り向くと、茂みの中からよだれを垂らした狼《おおかみ》型の魔物が顔を覗《のぞ》かせていた。

血塗られたようにぎらぎら光る赤い瞳に、口から覗く鋭い牙。

その姿を見て、私はリディルさんを抱えて叫んだ。

「ベッ、ベアウルフだあああ！」

ベアウルフは魔物の中でもかなり凶暴で、絶対に遭遇したくない魔物の一種。なのに、まさかこの森に生息していたなんて！　まだお守りも発動させてないのに！

「にに、逃げなきゃ！」

『待つのです、ララ。ここはわたくしに任せなさい！』

涙目で逃げ出そうとしていたら、リディルさんが力強い声をあげた。

『さぁ、恐れずに剣《つるぎ》を構えるのです！　あなたにはわたくしの加護がついているのですから！』

つ、剣っていうか……リディルさん包丁ですよね……!?

でも、私が走って逃げたところでベアウルフはすぐに追いついてくるだろう。それなら、リディルさんを信じるしかない！

私はぎゅっと口を引き結ぶと、ぶるぶる震えながらリディル《包丁》さんを構えた。

それと同時に、よだれをまき散らしながらベアウルフが飛びかかってくる。

「グガアアア!!」

「きゃあああっ！」

でもやっぱり怖い!!

『ララ！　目をつぶってはいけません！』

リディル《包丁》さんの叱咤《しった》が飛んできたと思った次の瞬間——ザシュッ！　と小気味いい音がして、一歩も動いていない私の前でベアウルフがまっぷたつになった。

「えっ……えっ!?」

どうやったのか、気づけば一滴の血も飛び散ることなくベアウルフが私の左右に転がっている。

しかもリディル《包丁》さん自身も、刀身に汚れひとつなくぴかぴかのままだ。

『ふふ、どうですかわたくしの力は。これくらい簡単ですよ』

すぐに得意げなリディルさんの声が聞こえてきて、私は拍手をした。

「すごい！　すごいですリディルさん！」

『わたくしは剣の女神。これくらいはお手のものです。……まぁ、本当はあなた自身が斬った方がよいのですが……』

言いながら、目はないけれどリディルさんがちらちらとこちらをうかがっている気配がして、私はあわてて否定した。

「わ、私はただの一般人なので、食材しか切れませんよ……！　それよりもあのう……リディルさん、こんなに強い包丁さんなのに、私が主人でいいのですか……？」

『もちろんです。先ほども言った通り、わたくしたちの絆は既に繋がれておりますからね』

どうやら、リディルさんの決意（？）は固いらしい。

なら、命を助けてもらったし、リディルさんがそこまで言うのであれば……！

私は覚悟を決めると、包丁《リディルさん》に向かって深々と頭を下げた。

「わかりました！　ふつつかものですが、どうぞよろしくお願いいたします！」

『はい。よろしくお願いします、ララ』

嬉《うれ》しそうなリディルさんの声を聞いて、私はふふっと笑う。

まさかこんな変わったお友達ができるとは思っていなかったけれど、これも何かのご縁だ。大事にしよう。

「あっ、リディルさん。寒くないですか？　私、鞘《さや》を持っていないので、スカーフで包みますね！」

言って、私は鞄からごそごそとスカーフを取り出そうとした。

けれど、その言葉をリディルさんがさえぎる。

『鞘などいりませんよ。いえ、しいて言うなら……わたくしの鞘はあなたです。ララ』

言うなり、リディルさんがパァアッと白く光り始めた。やがて真っ白な光になったリディルさんが、すぅぅうと私の体内に吸い込まれる。

「わぁ、すごい！　これなら鞘いらずですね！」

『驚くのはまだ早いですよ。わたくしの本領発揮はこれからです。あなたにスキルツリーを見せてあげましょう！』

「すきる……つりー？」

突然出てきたのは、まったく聞いたことのない単語だった。

『百聞は一見に如《し》かず。さぁ、ララ。目をつぶってごらんなさい』

リディルさんに言われるがまま、私は目をつぶる。

すると――。

「わわっ⁉　なんですかこれ⁉」

暗闇の中には、たくさんの光る銀貨のようなものが浮かんでいた。

銀貨の表面には様々な柄《がら》が描いてあり、一番真ん中にある銀貨を中心にたくさん枝分かれして、すべての銀貨が線で繋がって広がっている。

そこへふわりと舞い降りたのは、暗闇でもほの明るく光る、全身真っ白な女の人だ。

切れ長の目にまつ毛がバサバサついて、ツンと尖《とが》った鼻先もふっくらと膨らんだ唇も、全部お人形さんみたいに美しい。

『ふふ。驚きましたか。わたくしの加護とララの《はらぺこ》が掛け合わさった結果がこれです。見たことのないスキルばかりで、わたくしも大変驚いていますよ』

……あれっ⁉　この声はもしかして、リディルさん⁉　すごい美人さんだあ……！

私が見惚《みと》れていると、リディルさんの白魚のような手がいくつかの銀貨を指さした。

『しかし《浄化》や《バフ付与》、《火魔法》などはいいとして……なんでしょうこの《短冊切り》というのは。それにもっとわけがわからないのは、この《ポン酢生成》と《プロテイン生成》です。こんなものは初めて見ました。錬金術で使う薬剤でしょうか？』

「ぽんず……？　ぷろていん……？」

聞いたこともない不思議な単語に私は首をかしげる。それから別の銀貨に気づいて、あっと声をあげた。

「あの！　ここに書いてある《砂糖生成》って……もしかしてお砂糖が作れちゃうんですか⁉」

『そういうことですね。ですがこれはスキルツリーなので、《砂糖生成》スキルを覚えるためには、まずその前にある《塩生成》を覚えないといけません』

「えっ!?　これ全部、スキルなんですか!?」

普通、スキルというのはひとりにつきひとつしか授けられない。

複数のスキル持ちなんて聞いたことがないし、ましてやスキルツリーなんて代物は初耳だ……！

『ふふふ。それこそがわたくしの加護なのですよ。さぁ、まずは基礎となる《包丁使い》のスキルをあなたに授けましょう。……あまり緊迫感のない名前ですが、これはララの基礎であり、すべての始まりですからね』

リディルさんが手を組んで祈ると、包丁が描かれた銀貨がパァアッとひときわ強く光り始める。

『さぁ、これでララは《包丁使い》になりました。包丁を使えば使うほど経験値が溜《た》まります。その経験値を使って、どんどん新たなスキルを覚えていきましょう！』

わぁ……すごい！

私はぱちぱちと拍手をした。

魔物退治って言われた時はどうしようかと思ったけれど、包丁を使うってことは、普通にごはんを作っていればいいんだよね？　それなら私にもできそうだし、何より塩とか砂糖を自分で作れるようになれば……すっごく助かる！　それを売って、家に仕送りもできるかもしれない！

『ララ、早速使ってみてはどうですか。ちょうどそこに、先ほど斬ったベアウルフが残っていますし、あれで試し斬りしては』

指し示されるまま、私はベアウルフを見た。

そういえば今までベアウルフを食べる機会はなかったけれど……ついに機会が巡ってきたのかもしれない！　ベアウルフって一体、どんな味なんだろう……！

ごくり。私の喉が鳴る。

実家にいた頃は節約のため、散々キラーラビットを罠《わな》で倒して食べてきたから、応用すればベアウルフもさばけると思う。まずは皮を剥《は》いで、内臓を取って血抜きもしないと……！

私がベアウルフを解体する算段をつけていると、ふいにリディルさんがハッとしたように鋭い声をあげた。

『いけません、ララ！　囲まれています！』

けれど私が顔を上げた時にはもう遅かった。

いくつもの赤い瞳に、鋭い牙。

茂みから姿を現したのは、ベアウルフの集団だった。

囲まれているのを見て、私は飛び上がった。

「わ、わあああ！　狼さんがいっぱいいいいい！」

『落ち着くのです、ララ。わたくしがいるから大丈夫。まずはわたくしを具現化させて――！』

「ぐ、ぐ、具現化って何ですか!?」

私はすっかりパニックになっていた。あたふたと空っぽの両手を振る。

そんな私の隙《すき》を見た狼が一匹、飛びかかってくる。

「グガアアアア！」

「きゃあああっ！」

だめ、間に合わない！

両手で身をかばったその時だった。

「伏せるんだ！」

突然男の人の叫び声が聞こえたかと思うと、横からビュッと矢が飛んできた。矢は私に飛びかかろうとしていた狼の横っ面《つら》を貫き、地面に叩き落とす。

「!?」

声がした方向を見ると、そこには鎧《よろい》を着たたくさんの男の人たちがいた。風貌や鎧の形からして、騎士だろうか。

「行け！　狼どもに負けるな！」

先頭で声を張り上げているのは、私より少し年上に見える青年だ。真夜中の空の色を思わせる紺青色の髪に、鮮やかなサファイアの瞳。

その顔は鼻筋から輪郭にいたるまですべて完璧な調和を描いており、騎士とは思えないほど綺麗な顔をしていた。

彼は大きな声で檄《げき》を飛ばしたかと思うと、自身も剣を抜いて戦い始める。

その動きは人間離れしたすさまじい速さで、私は恐怖も忘れてぽかんと魅入っていた。

『ほう……人間の騎士たちもなかなかやりますね。スキルの力を最大限まで引き出している』

なんて言いながら、リディルさんが色々解説してくれる。

『先頭で戦っている方、心身一体の惚《ほ》れ惚《ぼ》れするような動きですね。あの巨体な男性もすさまじいパワーです。おや？　あっちの小柄な男性もなかなかの弓術のようですね』

騎士たちは次々とベアウルフをなぎ倒したかと思うと、あっという間に撃退してしまった。

「君、大丈夫か。ケガは」

返り血を拭《ぬぐ》いながら、先ほどの青年が歩み寄ってくる。私はぺこりと頭を下げた。

「助けていただいてありがとうございます！　あの、何かお礼を……」

「礼は大丈夫だ。それより、なぜこんなところにひとりで？」

「そうだぞ！　この辺りは夜になると魔物が活発になる！　夜は近づいてはいけないって、教わらなかったのか!?」

辺りの空気をびりびりと震わせる大声で叫んだのは、グリズリーのように体格のいい騎士だ。彼は周りの騎士たちより頭ひとつ分くらい大きく、年は私より十ぐらいは上に見える。

とにかく大きな声だったから、私はビクッと肩をすくめた。

「ご、ごめんなさい……！」

「テオ、声量には気をつけてくれ。相手は女性なんだ」

「おっとすまん！」

テオと呼ばれた男性が、また大きな声で私に謝る。

「いっいえ、大丈夫です……！」

その声にも委縮する私に、先ほどの青年が身を乗り出した。

「自己紹介が遅れたが、私はフィンセントだ。王立聖騎士団の団長をやっている。彼は副団長のテオドール」

「フィンセント様に、テオドール様……！」

えっと、騎士だから敬称をつけるのであっているんだよね……？

貴族社会のことは一応知識として習ったけれど、貧乏すぎて一度も社交界に出たことがないから、あっているかどうか自信がない。

私がおそるおそる呼ぶと、フィンセント様は優しく微笑《ほほえ》んで首を振った。

「様はいらないよ。ただのフィンでいい」

「俺もテオで大丈夫だぞ。様付けなんて落ち着かん」

「で、ではフィンさんとテオさん……！　私は、ララローズと申します」

「ララローズ、さっきも聞いたが、なぜここにひとりでいたんだ？」

その質問に、私はしどろもどろになった。

やっぱり、正直に話さないとだめだよね……？

「実は……今日、奉公先のボート侯爵家から追い出されまして……」

「追い出された？　……一体どうして？」

フィンさんの眉がひそめられる。私はごにょごにょと小声で言った。

「その……だ、旦那様の顔を、思い切りビンタしてしまって」

「ビンタぁ!?　お嬢ちゃん、若いのにやるなあ」

「すっすみません！」

私はあわててぺこぺこと頭を下げた。そんな私を、フィンさんが止める。

「謝らなくて大丈夫だ。それより、ビンタした理由を聞いても？」

「それは……その……」

私はもごもごと、事情を説明した。

家じゅうどこに行っても旦那様と遭遇すること、会うと必ず体のあちこちを触られること、それから『愛人になれ』と囁《ささや》かれながらお尻をわし掴みにされたこと……。

全部説明し終えると、テオさんがブハッと噴き出した。

「尻をわし掴みにされたぁ!?　そりゃひでえな！　一発と言わず、十発ぐらい殴ってもよかっただろう！　俺が代わりに殴ろうか!?」

一方のフィンさんは、眉間にしわを寄せて険しい顔をしている。

「まさかボート侯爵がそんな人物だったなんて。なんと下劣な。国王陛下に直談判して、爵位をはく奪してもらおう」

「いっいえ！　大丈夫です！」

国交陛下!?　爵位はく奪!?　大ごとになりそうな気配を感じて私はあわてて手を振った。

「お気持ちだけありがとうございます！　それに、私も暴力をふるってしまいましたから……」

私の言葉にフィンさんはまだ納得がいかないような顔をしていたが、私が何度か断るとようやく諦めてくれたようだった。

「わかった。ボート侯爵の爵位はく奪まではしない。だが使用人に対する不当な扱いについては、きっちり制裁を受けてもらおう。……そうだ、君はこれからどこに向かうんだ」

「王都に行こうと思っていました。そこなら何か職が見つかるかもしれないと思って」

「ならちょうどいい。私たちの拠点も王都にある。女性一人でこの森を歩かせられないし、王都まで一緒に行こう」

「本当ですか!?」

やった！　聖騎士団と一緒に行動できるなら、もう魔物を怖がる必要もない！

「ありがとうございます！　私も、できることは全部やります！　料理とか家事とかが得意です！」

「おっ。それは助かるな。聖騎士団は剣術しか知らない野郎ばっかりだから、炊事係を押し付けられているラルスが喜ぶぞ」

「そうだな。もし手伝ってもらえるのなら、とても助かる」

「もちろんです！　何でもやります！」

「だとさ、ラルス！　こっち来いよ！」

テオさんが大声で呼ぶと、ラルスと呼ばれた小柄な青年がこっちにやってくる。

「なんスかテオさん！　今めっちゃ忙しいんスけど！」

栗色の髪に細い糸目、それからそばかすを顔いっぱいにつけたラルスさんが来ると、テオさんがその背中をばんと叩いた。

「よかったなラルス！　炊事係がひとり増えたぞ！」

「王都まで同行することになったララローズ嬢だ。料理や家事を手伝ってくれるらしい」

「本当スか!?　女神様っス！　めちゃくちゃ助かるっス！」

ラルスさんの想像以上の喜びっぷりにドキドキしつつ、私は頭を下げる。

「ララローズです！　どうぞララって呼んでください！　皆さんよろしくお願いします！」

「じゃあ早速っスけど、こっち来てもらっていいっスか？　今日はここに拠点を作らなきゃいけないんスけど、今猫の手も借りたいくらい忙しい感じで！」

「はい、もちろん！」

私はフィンさんたちにもう一度ぺこりと頭を下げると、早速ラルスさんについていった。

そんな私の後ろで、声が聞こえる。

「大変ですフィン団長！　侯爵領で守られているはずの聖剣が、どこにも見当たりません！」

「なんだって!?」

セイケン……ってなんだろう？

気になりつつも、私は急いでラルスさんの後を追った。

「じゃあまずは、夕飯の下ごしらえを手伝ってほしいっス！　簡単なスープを作るっスから、そのための野菜を全部切ってもらっていいっスか？」

「はい！」

言いながらラルスさんは、たくさんの食材が載せられた荷車を引いてくる。

中にはじゃがいもと玉ねぎといった日持ちする野菜のほかに、大きなお鍋や包丁、まな板《カッティングボード》などの調理器具に加え、瓶の調味料までいくつか入っている。

旅人の携帯食といえば干し肉やショートブレッドを想像していたんだけれど、まさか専用の荷車があるなんて！　さすが王立聖騎士団だ。

私が感心して眺めている間に、ラルスさんが今日使う野菜を取り出す。

聖騎士団は十人で構成されているため、結構な量だ。近くに清水の湧く泉があるから、今日は大鍋でぐつぐつ煮るスープにするらしい。

「包丁はここのものを使ってもらって、それから――」

「ラルスさぁん！」

そこへ、ラルスさんより若い騎士さんが走ってくる。

「どうしたっスか」

「今日斬ったベアウルフ、どうします？」

若い騎士さんに聞かれて、ラルスさんが「あぁ〜」と顔をしかめた。

「それ、悩んでいるんスよね〜。ベアウルフの肉は栄養豊富なんスけど……においが超強烈で……ハーブ使っても消えないんスよねぇ……」

「前に食べたベアウルフ、すげえ臭さで食べられたものじゃなかったですもんね……」

ふたりの会話に、私は興味津々で聞き耳を立てていた。

ハーブの臭み消しも効果がないなんて、ベアウルフってそんなに臭いんだ！

「とりあえず非常食用に、干し肉にできないか考えてみるっス」

言いながら、解体用の大きな包丁を持ったラルスさんが若い騎士さんとともに積み上げられたベアウルフの山に向かって歩いていく。

その後ろ姿を見ながら私も腕まくりした。

ベアウルフも気になるけど、まずは目の前のお仕事を片付けないと！

そこに、リディルさんの声が響く。

『ちょうどいい機会です。早速わたくしを使ってごらんなさい』

「はい！」

一瞬、こんなに綺麗で気高いリディルさんを使って野菜を切ってもいいのかな……なんて思ったりもしたけれど、本人が言うのならきっと大丈夫なんだろう。

『先ほど言いそびれてしまいましたが、わたくしを具現化したい時は、頭の中でわたくしを持った自分の姿を思い浮かべるのです』

「姿を思い浮かべる……」

私は目をつぶって、リディルさん《包丁》を持つ自分の姿を想像した。すると、右手のあたりがあたたかくなって、目を開けた時には自然と手に包丁が握られていた。

『上手ですよ。その調子です。早速、使ってみてください』

「はい！」

実家では当然使用人を雇う余裕なんてなく、料理はずっと私の仕事だったから、手慣れたものだ。

私はまずじゃがいもを手に取ると、しょりしょりと手際よく皮をむき始めた。

『てぃりんてぃりんてぃりん』

……えっ？

直後、頭の中に不思議な音が響く。

それは小声だったけれど、よく聞くと……リディルさんが呟《つぶや》いている？

『てぃりんてぃりんてぃりん』

「あの……リディルさん？　その音は一体……？」

『これはですね、ララ。経験値が溜まる様子を、わたくしが音で表現してみました。どうです、わかりやすいでしょう？』

てッりん♪
てッ
てッりん♪
りん
てッりん♪
てッ
てッりん
ッりん♪
てッりん♪
てッりん♪

そう言うリディルさんの声はどこか得意げだ。

「そ、そうなんですね……」

ちょっとびっくりしちゃったけれど、厚意なら無下にするわけにいかないよね……！

私は気を取り直して、今度はむき終わったじゃがいもをまな板にのせて切り始めた。

トントン……。

トントントントン……。

『てぃりんてぃりん』

『てぃりんてぃりんてぃりん』

………………お、落ち着かない！

親切心だってわかっているけれど、ずっと音が聞こえるのはちょっと落ち着かない！　しかもこれ、リディルさんが横で（？）喋《しゃべ》っている声だから！

でも「音はなくていいです」なんて言ったら、きっとリディルさんが悲しむよね……？

私が悩んでいると、何かを察したらしいリディルさんの声が聞こえる。

『……もしかして、目に見える方がお好きでしたか？』

「えっ！　目に見える方もできるんですか？」

『もちろんです。わたくしは有能ですから。ほら、これでどうです？』

言うなり、目の前の空間にスゥーッと光る白い文字が現れた。そこには

Lv1：11／12

と書かれている。

試しにその状態でトントン、とじゃがいもを切ってみると、パッと文字が光って、

Lv2：2／30

と数字が変わった。

同時にリディルさんの弾んだ声が聞こえる。

『ぱぱぱぱーん。おめでとうございます。レベルアップしましたね』

「れべ……れべるあっぷ……？」

スキルツリーに続いて、またもや聞いたことのない単語だ。

『スキルポイントも1増えたので、初期スキルなら好きなものを覚えられますよ。さあ、何にしますか？』

すきるぽいんと……って何だろう？

疑問に思いながらも私は目をつぶった。

そうすると暗闇の中に、またあの〝スキルツリー〟と呼ばれる不思議な銀貨たちが浮かび上がってくる。

基本の《包丁使い》に繋がっているものは……結構多い。

私は書かれている文字に次々と目を通した。

リディルさんが言っていた《塩生成》や《短冊切り》、それから《武器変化：おたま》って何だろう……？　《鑑定》とか、《バフ付与・小》、《下級火魔法》といった魔法っぽい項目もある。

『ちなみにわたくしのおすすめは《鑑定》です。これがあると便利なのはもちろん、次のスキル《浄化》にもつながっているので非常に汎用性が高いと思います』

「リディルさんがそう言うなら、まずは《鑑定》を取ってみます！」

『わかりました。それではあなたに《鑑定》スキルを授けましょう』

リディルさんの美しい手が《鑑定》と書かれた銀貨に触れる。すると《包丁使い》を選んだ時同様、銀貨がパァッと光った。これでスキルを習得したことになったらしい。

『さぁ、早速使ってみてください。鑑定したいものを見て心で念じると、スキルが発動します』

私は、リディルさんに言われた通りにしてみた。

といっても目の前にあるのは野菜だけだったんだけれど、私はじっとじゃがいもを見つめて心の中で『鑑定』と呟く。

するとじゃがいもの上にぱっと文字が浮かび上がった。

ヘシトレ産じゃがいも：成熟。日持ち残り二か月

「す、すごい……！　状態のほかに、日持ちする日数までわかっちゃうなんて！」

私は感動に震えた。

実家はとにかく貧乏だったから、よく余った食材や、傷みかけの食材をただで譲ってもらってい

たの。

当然、中には思ったより傷んだものや危ないものもあったりするのだけれど、この《鑑定》スキルがあれば、見分けに時間をかけなくてすむ！　なんて便利なんだろう！

『これひとつで、人間から魔物まで何でもわかりますよ。もちろん、食べ物に毒があるかどうかも』

リディルさんの言葉に、私はふと思い出して、今日採ったきのこを取り出した。

「あっ！　このきのこ鑑定したら微毒だ!?　いつも食べているから気づかなかった……」

思わぬ新発見に驚きつつも、私はそっと微毒きのこを鞄に戻した。

……貴重な食材だもの。お義母様たちには食べさせられないけれど、私は胃が強いから食べ続けても大丈夫。多分。

そこへ、少し離れたところからフィンさんの声が聞こえてくる。

「一体どういうことなんだ、聖剣がないとは……！　急ぎ、聖剣領を管理しているボート侯爵に早馬を飛ばせ。状況を確認するんだ」

「はいっ！」

フィンさんは何やら厳しい顔で部下に指示を出していた。テオさんも険しい顔をしているし、よくわからないけれど大変みたい。

私は何もできないけれど、せめておいしいごはんを作って皆に英気を養ってもらわなくっちゃ！

気を取り直して、私はリディルさん《包丁》でじゃがいもをトントンと切り始めた。

私がじゃがいもを切る動きに合わせて、文字表示にしてもらった、れべる？　というものの数値がどんどん上がっていく。

すぐさま、間を置かずに次のレベルに上がった。

『ぱぱぱぱーん。おめでとうございます。またスキルポイントが1増えましたよ。次は何にしましょう。おすすめは《浄化》ですが、スキルポイントが3必要になるので今はまだ取れません。ポイントを溜めてもいいですが、1で獲得できるものをばんばん取るのもおすすめです』

「そうなんですね。なら……」

私は目をつぶった。

《浄化》もいいけれど、その前にずっと気になっていたスキルがあるのだ。

「次は《塩生成》を取ってもいいですか？」

『わかりました。あなたに《塩生成》を授けましょう』

パァァッと、今度は《塩生成》の銀貨が光る。

『これであなたは、塩を作れるようになりました。試しに、そこに落ちている石を拾ってごらんなさい』

「えっ。石……!?」

どうやって作るのか気になっていたんだけれど、まさか石を持ってこいと言われるなんて。

怪訝《けげん》に思いながらも、私は近くに落ちている卵大の石をひとつ手に取った。

「あのう……これをどうすれば……？」

『それをまな板にのせ、わたくしを使って切るのです』

「リディルさんで石を？　刃が欠けてしまいませんか!?」

『何を言うのです。わたくしがたかだか石などに負けるはずがありません。金剛石だって切れますとも。さぁ、切るのですララ』

「は、はい！」

私は急いで、まな板に石をのせた。それからごくりと唾を呑《の》んで、言われた通り石にスッと包丁を走らせる。

すると——。

「わわっ!?　じゃがいもよりも簡単に切れる！」

てっきりガツンという嫌な手ごたえが返ってくるかと思いきや、石はバターを切るようにスッと切れてしまったのだ。

しかも刃に触れた灰色の石が、瞬く間に白い物体へと姿を変えていく。見間違いでなければ、これはやたら綺麗な岩塩だ！

試しに少し手に取って舐《な》めてみると……うん、やっぱり塩！

「す、すごい……!!　石が塩に変わっちゃった……！　奇跡だ……！」

私、今日は「すごい」しか言っていない気がする。でも本当にすごい！　だってこの力があれば、一生塩に困らないんだよ!?　それに、他にも《砂糖生成》があるってことは……！

私はごくりと唾を呑んだ。それから、ふとあることに思い至って、顔を上げる。

「これだけ塩があるなら、もしかして……」

私は作り立ての塩を持って、ベアウルフの血抜きをしているラルスさんのところに向かった。

「つかしいっスね。なんでこのベアウルフだけこんな変な斬れ方しているんスかね——」

「あの、ラルスさん、ちょっといいですか？」

私が声をかけると、ベアウルフを解体中のラルスさんがぎょっとしたようにこっちを向く。

「どうしたんスか、ララさん。今解体しているところなんで、女性にはちょっと刺激が強い光景かもしれないスよ」

「大丈夫です。動物をさばくのはキラーラビットでよくやりましたから、ベアウルフも全然平気です！」

「え。ララさん、キラーラビットさばいていたんスか？　強いスね……」

ラルスさんにちょっと引かれた。

でも、そういう反応は慣れているから大丈夫！

実家にいた頃も「男爵令嬢なのにあの凶暴なキラーラビットを捕まえてさばくの!?」ってよく驚かれていたもの。

それよりも……。

「あのう、ベアウルフの肉って、そんなに臭いんですか？　私、食べたことないんです」

私が興味津々で聞くと、ラルスさんが「ああ」と呟いた。

「とにかく臭いっスね。……もし平気なら、嗅いでみますか？　血抜きしたのにこれっスよ」

言いながら、水で洗ったらしい一枚の分厚い肉をべろんと差し出す。

とたんに、まだ顔を近づけてもいないのに、ムッとする強烈な獣のにおいが鼻腔《びこう》をついた。

ううん、これは確かに……臭い！

念のため鑑定してみたけれど、次のように書いてあって、やっぱり傷んでいるわけではなさそうだ。

ベアウルフの肉：正常。日持ち残り二時間

眉間にぎゅっとしわを寄せた私を見ながら、ラルスさんが言う。

「一応ローリエとかっていうハーブが、臭み消しの効果があると聞いて使ってみたこともあるんスけど……それぐらいじゃこの臭みは全然消えなかったっスね」

「タイムや、他のハーブはどうでしたか？」

「さあ、そのあたりは……。自分、他の人よりは器用なのを買われて炊事係を押し付けられ……じゃない、やってるっスけど、正直詳しくは全然わかんないっス」

どうやらラルスさんの本業は騎士の方で、専門の料理人というわけではないらしい。

それを聞いた私は、ある提案をした。

「なら……ラルスさん。このベアウルフのお肉、ちょっと私に任せてみてもらえませんか？」

「ララさんにっスか？　構いませんけど」

「ありがとうございます！」

私は腕まくりをすると、早速強烈な異臭を放つベアウルフ肉を見つめた。

それからリディルさんを構えると、迷わずスッと肉に刃を入れる。

相変わらずリディルさんは切れ味抜群で、手ごたえを一切感じさせない軽やかさでスッスッと肉が切れていく。

ああ、この切れ心地もなんてすばらしいんだろう！　リディルさんは間違いなく一流の包丁だわ！

感動しながら、私はまずベアウルフの肉を人数分、分厚いステーキサイズに切り分けた。最終的にはもっと細かいひと口サイズに切る予定なんだけれど、今は下ごしらえのために面は広い方がいいと思ったの。

肉を切り終わると、私はリディルさんを自分の中に収納した。

それから地面の上に葉っぱをたくさん並べ、その上に一枚ずつ肉をのせていく。先ほど《塩生成》で作って細かく刻んだ塩をひとつかみ握ると、私は肉の表面にパラパラと振りかけていった。

周りでは、私の様子に気づいた騎士さんたちが何事かと集まり始めている。

用事を終えたらしいフィンさんやテオさんもやってきた。

「ララ、それは一体？」

「お嬢ちゃん、塩振って食べるつもりなのか？　やめとけやめとけ。ベアウルフはくせぇぞ」

「いえ、これは肉の臭み消しなんです。うちは貧乏だったので腐りかけのお肉もよく食べていたんですけれど、そういう時にこの方法を使うんですよ」

私の言葉に、フィンさんたちがどよめく。

「腐りかけの肉……!?」

「そんなものを食べるなんて、嬢ちゃんガッツあるなあ……」

「自分たちですらないっスよね。王立聖騎士団はこう見えて全員、貴族の家系っスから」

その場にいる騎士さんたちが、一斉にうんうん、とうなずいている。

……ど、どうしよう。実は私も一応男爵家の娘なんです、とは言いづらい……。さいわい気づかれていないみたいだし、わざわざ自分から言わなくてもいいよね……？

私は赤面して縮こまりながら、ひたすら塩をぱらぱらと振っていった。

それから鞄をごそごそと探って、今日摘んだばかりのハーブを取り出す。

「ラルスさん。ハーブを結べるような紐《ひも》か糸を持っていませんか？　ブーケガルニを作りたくって」

「ぶーけがるに？　それはよくわかんないっスけど、紐ならこれがあるっスよ」

言うなり、ラルスさんは結ぶのにちょうどよさそうな紐を持ってきてくれた。私は今日集めたローリエにマジョラム、パセリ、ローズマリーを紐できゅっきゅと結びながら説明する。

「ありがとうございます！　ブーケガルニは、シチューやスープなどに使う、いくつかのハーブをまとめたものなんです」

用途に合わせて入れるハーブも変えるんだけれど、森にいっぱいあったおかげでいいブーケガルニが作れそう！　それにしてもこの森、本当によく色々生えていたんだなぁ。きのこも生えているし、季節とか関係ないみたい。なんでだろう……？

不思議に思いながら、私は次にローズマリーを細かくちぎって木のボウルで混ぜ合わた。そうしている間にほどよく時間が経《た》ったので、塩を振っておいたベアウルフの肉を見ると、表面が水っぽくなっている。

うんうん、いい感じ！　なぜかは知らないけれど、塩をまぶすと臭みが浮き出すんだよね。

それを近くの池から汲《く》んできてもらった水でじゃぶじゃぶと洗う。さらに洗い終わった肉を、包丁の背でトントントントンと細かく叩いて柔らかくしてから、ちぎったローズマリーをまぶす。

普通のお肉なら塩だけでも十分なんだけど、ベアウルフは手ごわそうだから、ハーブも追加だ！

肉の下ごしらえが終わると、私は鍋の準備に取りかかった。

大鍋の底に油を垂らし、ラルスさんが用意してくれた網を張った金属製の台のようなものにのせる。網の下ではぱちぱちと焚火《たきび》が爆《は》ぜていて、これで料理をするらしい。よくできているなぁ。

鍋をあたためている間に、私はローズマリーをまぶしておいた肉を手に取った。

それから鼻を近づけてみて……うん、これならいけそう！

私はにっこり微笑むと、ラルスさんの方を向いた。

「ラルスさん、ベアウルフの肉を使ってシチューを作ってもいいですか？」

「ええっ！　シチューにっスか!?　そんなことしたら、シチュー全体にベアウルフの臭みがつくんじゃ……」

「でも、もう臭くありませんよ」

言いながら、手に持っていた肉を差し出す。

それをラルスさんがくんくんとにおいを嗅ぎ――。

「!?　本当だ！　全然においがしないっス！」

「なんだって？　お嬢ちゃん、俺にも嗅がせてくれ！」

ラルスさんの叫び声に、見守っていたテオさんら騎士さんたちも次々においを嗅ぎに来る。

「本当だ！　あのすさまじいにおいがしない！」

「確かにこれなら食べられるかもしれないな……」

「やったあ！　もしかして、肉入りのシチューが食べられるんですか!?」

肉入りシチューは、街中でもなければなかなか食べられる機会はないのだろう。興奮して盛り上がる騎士さんたちを見ながら、私はにっこりと微笑んだ。

「安心してください。煮込む時、お肉の臭み消しに特化したブーケガルニも入れるので、においはしないはずです！」

まさかこんなところで散々質の悪い肉を調理した経験が生きてくるなんて……！　人生何事も経験だわ！

肉を手に取り、くんくんと嗅ぎながらラルスさんが感心したように言った。

「ララさんすごいっスね！　あの臭かったベアウルフ肉から何もにおいがしないなんて……！　あ、切るのは自分がやるっスよ！　これくらいは自分も手伝わないと」

言いながら、腕まくりしたラルスさんが分厚かった肉をちょうどいいひと口サイズに切り分けてくれる。私はそれを大鍋に並べ、軽く焼いてまんべんなく焼き目をつけていった。

それから一度肉を鍋から取り出すと、私は再びラルスさんに声をかけた。

「ラルスさん、食材の中にワインがあったと思うんですが、少しもらってもいいですか？」

「もちろんっス」

もらったワインをゆっくりと鍋に回し入れると、木べらで鍋底の焦げをこそげ取って煮溶かしていく。

途端、肉の香ばしい匂いと、ワインの芳醇《ほうじゅん》な香りが混ざり合って、そばにいる騎士さんたちがうっとりと目を細めた。

さらに先ほど焼いたお肉と水、ブーケガルニも投入し、火を弱めに調整してもらって、野菜と一緒にくつくつ、くつくつと煮込んでいく。

「おっ!?　早くもいい匂いがしてきたなぁ！」

「テオさん、気が早いっス。これからが本番スよ」

くんくんと鼻の穴を広げて吸い込むテオさんに、ラルスさんが突っ込む。その様子を見て、私とフィンさんは笑った。

「ここからしばらく煮込むので、もうしばらく時間はかかります！」

「外であたたかいものを食べられるだけで十分だと思っていたが……こんなに夕食が楽しみなのは久しぶりだ」

そう言ったフィンさんは本当に嬉しそうな顔をしていて、なんだか私まで嬉しくなった。

『令嬢が自炊なんて』と散々馬鹿にされて笑われてきたけれど、ここでみんなの役に立ててよかったなあ……！


――やがて、夏の夜空に白い湯気の筋が立ち上る。

「ごめんなさい！　遅くなっちゃいましたね。もう少しでできますので！」

気づいたら辺りはすっかり暗くなってしまっていた。

同時にふわんと広がるシチューの匂いに、数人の騎士さんがワクワクした顔で駆け寄ってくる。

フィンさんも目を細めて匂いを嗅いでいた。

「すごいな……。ベアウルフのひどいにおいが全然しないどころか、嗅いでいるだけでお腹が空《す》く」

「おい、フィン……。こりゃなんともいい匂いだなぁ、ええ？　ラルスが作ってた時とはえらい違いだなぁ」

「うるさいっスよ。そもそも自分、料理人じゃないんスから、あったかいごはんを食べられるだけ十分でしょ」

そんなやりとりを聞きながら、私は貸してもらったおたまでシチューを少しすくい取り、味見をする。

……うん！　これなら大丈夫そう！

出汁《ブイヨン》をとる時間がなかったのだけれど、ワインのおかげだろうか？　ベアウルフ特有の臭みは感じられず、シチューはいい感じにとろっとしていて、ひと口舐めただけで濃厚なコクを感じた。

これなら皆さんに出せる！

私は器にシチューを盛り付けると、それをずいっと差し出した。

「お待たせいたしました！『ローズマリー風味ベアウルフの野営シチュー』の完成です！」

「できたか！　早速皆で食べよう」

フィンさんが嬉しそうな顔で言った途端、他の騎士たちもワッと駆け寄ってくる。

私はラルスさんと協力して器に盛り付けて、どんどん皆に配っていった。

やがて全員に行きわたったのを確認すると、フィンさんが木製のジョッキを掲げる。

「今日の夕食は、今日からしばらく聖騎士団に加わることになったララローズ嬢が作ってくれた！
皆、感謝して食べるように！」

「ララにかんぱーい！」

乾杯を終えると、騎士さんたちが一斉にシチューを口に運んだ。その様子を、私はドキドキしながら見つめる。

すると。

「うっ……ま！　なんですかこれ！　今まで食ったことのないおいしさですよ!?」

「これがベアウルフ肉って本当ですか!?　臭いどころか……香草と混じってさわやかないい匂いがします！」

「少し癖がありますけど、それもまたやみつきになる……！　肉も思ったよりずっと柔らかいし、たまらないですね！」

なんて言いながら、他の騎士さんたちが嬉しそうにシチューをかきこんでいる。その様子を見て、近くに座るテオさんが豪快に笑った。

「わっはっは！　皆、すごいがっつきっぷりだな！」

「でも、気持ちもわかる。これは本当においしいよ。ララ、ありがとう」

フィンさんが、私を見ながらにっこりと微笑んでいた。

さらさらの紺青色の髪に、優しく細められたサファイア色の瞳が、焚火の明かりを受けてきらりと光る。その顔は暗闇の中でも際立って美しく見えていて、私は目を丸くした。

フィンさんって、本当に綺麗な顔立ちだなぁ……！　テオさんは豪快だけど顔立ちは整っているし、ラルスさんも可愛《かわい》い系の顔立ちだし、よく見ると他の騎士さんたちもみんなどこか上品だ。都会の騎士様ってすごいんだなあ。

「お役に立てたようでよかったです！　おかわりはたくさんあるので、好きなだけ食べてくださいね！」

言って、私も山盛りにしたシチューをぱくっと食べた。

……うん！　おいし～い！

煮込む前にしっかり焼いたベアウルフ肉はほろほろだし、それでいて噛《か》むと肉汁とシチューが混じり合ったおいしい汁がじゅわっと出てくる。

ベアウルフ肉の臭みを取るのに必死だったけれど、反面しっかり煮込んだおかげでいい出汁が出ているらしく、ハーブも効いてなんとも香り高い味わいのシチューになっていた。

「よっしゃ！　せっかくうまいシチューがあるんだ、今日はララの参加を祝って宴《うたげ》だぜ！」

ワインの入ったジョッキを掲げてテオさんが叫ぶ。それに対して他の騎士さんたちも、うぉおっとそれぞれのジョッキを掲げた。

「まったくテオは……すぐ酒盛りにしたがる」

「テオさんはどっちかというと騎士っていうより、傭兵《ようへい》って感じっスよね」

フィンさんとラルスさんの言葉を聞きながら私は笑った。

あ。そういえば……。実はさっき包丁で切っている途中でレベルが3に上がって、《バフ付与・小》っていうスキルを取ってみたんだけれど、効果って出てるのかな……？

バフ付与は、リディルさんいわく〝バフ〟っていう体に良いものがごはんに付与されるらしい。

そういえば、そんなスキル持ちの人がいるって、前に聞いたことがあるような気もする！

私は何か変化がないか、騎士さんたちに聞いてみようと思って彼らの方を見た。けれどフィンさんは早くも酔っぱらったテオさんに捕まって何やら話し込んでいるし、ラルスさんや他の騎士さんたちも楽しそうに盛り上がっている。

むむ。こんなことで邪魔するのもなんだか気が引けちゃうな……。あ、そうだ。それなら、ごはんを鑑定してみよう！

思い出して、私は心の中で『鑑定』と呟きながら作ったシチューをじっと見つめた。

すぐさま、シチューの上にぱっと白い文字が浮かび上がる。

ローズマリー風味ベアウルフの野営シチュー：攻撃力＋５％、力＋５％、防御力＋５％、
スキルスピード＋５％

すごい、ちゃんと私が命名した料理名がついている……！　じゃなくって、ちゃんと何やら色々上がっている！　でもスキルスピードってなんだろう……？

相変わらず不思議な単語に首をかしげつつ、私はいったん《バフ付与・小》のことは置いておいて、シチューを食べることにした。

騎士さんたちは普段からいっぱい食べるみたいで、鍋は巨大だし底が深いしでシチューはたんまりとある。これなら私がちょっとくらい食べても、全然減らないよね？

わいわいと盛り上がっている横で、私はせっせと自分の器にシチューを盛り付け始めた。

それから、ふと静かにしているリディルさんのことを思い出す。

そうだ！　せっかくだからこのシチュー、リディルさんにも食べてもらいたい！　でもリディルさんって包丁だよね？　ごはん、食べるのかな……？

「リディルさん……」

『はい、何でしょうララ』

試しに名前を呼んでみると、すぐにリディルさんから返事があった。

「リディルさんって、ごはん、食べられるんですか？」

『わたくしは剣の女神なので、そのようなものは必要ありません』

「そう、なんですね……」

予想していたこととはいえ、返ってきた返事に私はしゅんとした。

そうだよね。リディルさんは包丁だもんね……。でも、残念だなぁ。

実は私はごはんを食べるのも大好きなんだけれど、それ以上に、作ったごはんをみんなに食べてもらう方がもっともっと好きだった。

工夫して作ったごはんを、おいしい、おいしいって言いながら食べてるみんなの顔を見ると、本当に胸がいっぱいになって幸せな気持ちになれるの。

だからぜひリディルさんにも！　と思ったんだけれど……。

しゅんとしていると、私の落胆を悟ったのか、リディルさんが控えめに言った。

『……必要ありませんが、食べることは恐らくできますよ』

「えっ!?　本当ですか!?」

『はい。あなたはわたくしの鞘。わたくしはあなたを通して外の世界を見ているので、やろうと思えば他の感覚を共有することもできるのです。試しにララ、わたくしに食べさせたいものの見た目と味を、頭の中で思い浮かべてください』

言われて、私はすぐさま目をつぶった。

頭の中に思い浮かべるのは、色鮮やかなにんじんとじゃがいもが浮かぶ、ワイン色のこっくりとしたシチューだ。

えーと、お肉はほろほろで、シチューはコクうまで、じゃがいもはほくほくで、それからそれから……。

一生懸命考えていると、いつの間にか暗闇に、木の深皿に入ったシチューがぼんやりと浮かび上がっていた。

そこにスッと白い手が伸びてくる。リディルさんだ。

『これがシチューなのですね。……今まで歴代の使い手たちが食べているのを見たことはありますが、食べるのは初めてです。私にごはんを食べさせようなんて奇特な人はひとりもいませんでしたから』

リディルさんにさらっと奇特な人呼ばわりされている……！　でもいいんだ！　そんなことより！

「食べるなら、スプーンがいりますよね！」

思い出して、私は急いで木のスプーンを思い浮かべた。

『なるほど、これを使って食べるのですね。……どれ』

言いながら、リディルさんが少しぎこちない手つきでシチューをすくう。それから美しい口元にぱく、とスプーンが吸い込まれ——。

『…………これは……』

リディルさんの瞳が大きく見開かれた。

ど、どうしよう。もしかしておいしくなかったのかな!?　だとしたら申し訳ないことをしちゃったかも……。

私がドキドキしながら見ていると、相変わらずぎこちない手つきのまま、リディルさんが猛然とシチューを食べ始めた。

『これはっ……もぐっ……！　ララ、これは……もぐもぐもぐ……これは……！』

白い頬を赤らめ、目をらんらんと輝かせているその姿は……多分、喜んでいるんだよね？

私はおそるおそる聞いてみた。

「もしかして……おいしい、ですか？」

『〝おいしい〟！　なるほど、これが、〝おいしい〟ということなのですね!?』

おいしいという言葉に、まるで雷に打たれたように、リディルさんがハッと天を仰いだ。

大きな目はこぼれ落ちそうなほど見開かれ、唇はあえぐようにはくはくとしている。普段無表情とも言えるリディルさんのそんな顔は初めてで、見ている私がぎょっとするほどだ。

そんな私には構わず、興奮と恍惚《こうこつ》が入り混じった表情でリディルさんが続ける。

『剣の女神として数え切れないほどの時を過ごしてきましたが、これが〝おいしい〟なのですね……!?』

なんて言いながら、一生懸命シチューを食べ続けている。

口ぶりからして、リディルさんは生まれて初めてごはんを食べたのかもしれない。あ、口の端にシチューがついていますよ……！

『ああ……なんでしょう。口の中から、〝おいしい〟が全身に広がっていくようです……。こんな、こんな感覚は初めてです。まるで、わたくしが生き物として生きているような……』

そう言ってしみじみとシチューを見つめるリディルさんに、私は力強くうなずいた。

「もちろん、リディルさんも生きていますよ！　人も動物も、みんな生きるためにごはんを食べます。つまり、食べることは生きることなんです！」

リディルさんはごはんを食べなくても生きていけるようだけれど、ごはんが満たすのはお腹だけじゃない。

生活が苦しくても、みんなに貧乏って笑われても、家族みんなで食卓を囲んでごはんを食べれば元気が出た。生活は大変だけれど、また明日もがんばろうって思える。

おいしいごはんには、そういう力があるのだ。

きっとリディルさんも、初めてのごはんでそのことを感じ取ったのかもしれない。

「だからリディルさんも、たくさん食べてくださいね！　おかわり、いっぱいありますから！」

私が言うと、リディルさんはふふっと笑った。それから、空になった器を差し出してくる。

『では……〝おかわり〟を頼めますか、ララ』

「はい！」

リディルさんの言葉に、私は満面の笑みを浮かべた。

閑話　ララローズ嬢は……（フィンセント視点）

真ん丸の月が見下ろす夜。

ララが作ってくれたベアウルフのシチューを食べ終わって皆がくつろいでいると、口に葉っぱを加えたテオがどかっと私の前に座った。

「おいフィン、それじゃ明日はボート侯爵家に行くのか？」

「ああ。聖剣がない以上、事実を確認しなければならないから」

「まあそうか。それにしてもまさか聖剣がないなんてな……。きっと勇者に抜かれたんだよな？何十年、いや下手すると何百年ぶりか？」

テオの言葉に、私は考え込む。

聖剣。それはリヴネラード王国に伝わる伝説の剣《つるぎ》。

剣を抜けるのは女神に選ばれし勇者のみだと言われ、いつの時代もその絶大な力で、魔物や魔王を打ち払ってきたのだという。私は呟《つぶや》いた。

「史実によると、最後に抜かれたのが百二十年前だな」

最後に聖剣が抜かれて以来、魔王は誕生しておらず、リヴネラード王国を含めた大陸全土はひたすら安寧の期間を享受している。

今回、王立聖騎士団がここに来たのも、聖剣に用があったわけではなくただの偶然だ。遠征の帰りにボート侯爵領を通ることがわかり、聖騎士団の務めとして軽く偵察に来ただけのつもりだった……はずなのに。

まさか聖剣がないとは……。

私はふーっと息を吐いた。

勇者の登場は、国に激震が走るほどの大事件。

すぐさま見つけ出し、大陸を挙げて勇者の補佐に回らなければいけない。そもそも私たちの所属する王立聖騎士団は、そのために作られたのだ。

考えているとテオが続ける。

「ボート侯爵はこのことを知っているのか？　聖剣の管理って、ボート侯爵の一番大事な仕事だったよな？」

「もしかしたら、もう勇者を保護している可能性もある。何はともあれ、明日直接聞いてみよう」

「それもそうだな」

うなずくテオを見てから、私は少し離れたところでラルスと一緒に片付けをしているララの方を向いた。

「ララ、少し来てくれないか」

「はい、なんでしょう？」

スカートで手を拭《ぬぐ》いながら、小柄なララがこちらに小走りでやってくる。

肩まである柔らかなピンクブロンドが、今は料理のために結ばれており、菫《すみれ》色の瞳は魔法ランタンに照らされてオレンジに染まっている。

彼女は今日、ベアウルフの集団に襲われているところを偶然助け、王都まで一緒に行くことになった女性だ。

男性なら放っておかないであろう愛らしく親しみやすい顔立ちで、そこを下劣なボート侯爵に付け込まれたのだろう。

「本当にすまない。王都に戻る前に、ボート侯爵家に寄らなければいけなくなった。君をひとりで森に放り出すわけにはいかないため、同行してもらえないだろうか」

「ぼ、ボート侯爵家、ですか……！」

途端に彼女の顔がこわばる。

無理もない。彼女はボート侯爵の愛人にされかけたあげく、給金も支払われないまま身ひとつで森に追い出されたのだ。侯爵の顔など、二度と見たくないのだろう。

「すまない。君がボート侯爵に会いたくないのはわかっている。だから侯爵家にいる間はこれを着て、騎士たちの中に隠れていてくれないか」

言って私は自分のフード付きロングマントを差し出した。

これを着てフードをかぶれば、全身がすっぽりと隠れるはずだ。ボート侯爵は権威に弱い反面、後ろに立つ騎士たちには見向きもしないため、これを着ていればララだとは気づかれないはず。

「ありがとうございます！　これがあれば平気そうですね」

ほっとしたように言ってから、ララがふわりとお辞儀をした。

……まただ。

その姿を、私はじっと見つめていた。

ララは普段気さくでとても親しみやすい雰囲気であるものの、時折ふとした仕草がドキリとするほど美しいのだ。スッと伸びた背筋に、指先まで丁寧な所作は、貴族女性にも通じる品を感じる。

出会った当初はただの街娘かと思っていたのだが……もしかして彼女は貴族の生まれなのか？

だが、貴族女性が料理をするなんて聞いたことがない。ましてや、ララは血にまみれながらベアウルフをも平気でさばいていたのだ。

それに、社交界で彼女を見た記憶もなかった。

私は物覚えがよく、特に一度見た人の顔は忘れないという能力がある。社交界の令嬢や令息たちはもちろん、彼らに付き添う使用人の顔も忘れたりはしない。

そんな私の記憶力をもってしても、彼女の顔には見覚えがないのだ。

「？　フィンさん、どうかされましたか？」

私がじっ……と見つめていると、気づいたララが首をかしげた。

「ああ、いや、失礼。以前どこかで君を見たことがあったかな、と思って」

「私をですか……？　だとすると森とか畑とか牧場とか、市場とかでしょうか？」

森はともかく、畑や牧場、市場に普通、令嬢はいないはず……だよな……？　やはり彼女はただの街娘なのだろうか。

考えていると、テオがばんばんと背中を叩《たた》いてくる。

「おい、フィン！　なーに見惚《みと》れているんだよ。今まで貴族のご令嬢たちにもことごく無関心だったのに、そんな古典的な手法を使ってナンパだなんて珍しいなぁおい」

「いや……そういうわけでは……」

結局その日、私は何やら変な誤解をしたテオにずっとにやにやされながら夜を過ごすことになったのだった。


翌日。

侯爵邸で出迎えてくれたボート侯爵は、怪訝《けげん》な顔をしていた。我々を歓迎していないことがひとめでわかる顔だ。

「これはこれは……聖騎士団様が、一体何用で？」

「聖剣のことで、至急聞きたいことがある」

「聖剣の？　……まあ、立ち話もなんですし、フィンセント様はどうぞこちらへ」

そう言って、ボート侯爵は私だけを貴賓室に案内しようとする。

副団長だが家の爵位が子爵であるテオや、そのほかの騎士に対する興味は相変わらずゼロのようだ。もちろん騎士たちにこっそりと紛れ込んでいるララのことにも気づいていない。

「んじゃ、ま、フィンが話をしている間に俺らはのんびり過ごさせてもらうってことで」

「すまない。皆を頼んだ」

「ボート侯爵の態度には慣れたもんよ。それより、ここって庭を貸してもらえたりしないかねえ」

「庭？」

予想外の単語に私が聞き返すと、テオがぐるぐると腕を回しながら言った。

「いや、なんかさ。昨日の夜からやったら体の調子がイイんだわ。体が軽いっつーか、全身から力が湧いてくるっつーか、とにかくじっとしているのがもったいないから、庭で素振りでもしようかと思ってな」

「あ、それわかるっス。今日みんなそんな感じっスよね」

そこにラルスも加わってきて、私は目を見張った。

実は私も、昨夜からまったく同じことを思っていたのだ。久々に心からおいしいと思えるごはんを食べて、柄にもなくはしゃいでしまったのかと思っていたのだが……。

「驚いたな。まさか私だけではなく、みんなそうなのか？」

「あれか？　もしかしてベアウルフ肉の滋養強壮ってやつ？」

「確かにベアウルフ肉は栄養豊富っスけど、さすがにここまで体感できるような効果はないっスよ」

「一体なぜなんだろうな……」

もう少し話したいところだが、ボート侯爵が「まだですか？」と言いたげにこちらを見ている。

「ひとまず、私はボート侯爵と話をしてくる。ふたりともララを頼んだぞ」

彼女は今、私が渡したマントを纏《まと》って、目立たないようにひたすら縮こまっていた。ここは居心地が悪くて落ち着かないだろうし、早く聖剣と勇者のことを確認して、侯爵家から離れたい。

私はボート侯爵とともに貴賓室に入った。そして椅子に腰かけるなり、話を切り出す。

「昨夜、侯爵領で管理しているはずの聖剣がなくなっていた。一体どうなっているのか至急説明してくれ。勇者は既に貴殿が保護しているのか？」

途端、葉巻に火をつけようとしていたボート侯爵がぎょっとした顔になった。その勢いで、手から葉巻が落ちる。

「せっ、聖剣がない!?　まさかそんな」

私は侯爵をじっと見つめた。この反応からして、勇者を既に保護しているという線はなさそうだな。

ひとつの誤魔化しも見逃すまいと、私はなおも侯爵を注視しながら続ける。

「……まさかも何も、聖剣の管理を任されているのはボート侯爵である貴殿だろう。では最後に聖剣を確認したのはいつだ？　昨日か？　それともおとといか？」

私の質問に、それまで横柄だったボート侯爵が急に媚《こ》びへつらうような笑みを浮かべる。

「そ、そ、それ……は……！　おい！　誰か知らんのか!?」

控えていた使用人たちが、おろおろと互いの顔を見る。やがて執事らしき男性がやってきたかと思うと、何やら侯爵に耳打ちした。それを聞いた侯爵の顔が、見る間に赤くなる。

「な……なんだと!?　半年前が最後!?　お前たち、一体なにをサボっていたんだ!?」

ボート侯爵はそのままこれみよがしに執事を怒鳴りつけようとした。

だが、それを止めたのは私だった。

「なにをサボっていたんだというのはこちらの台詞《せりふ》だ、ボート侯爵。使用人たちのせいにしたいようだが、そもそも貴殿が一番把握していなければいけないことのはず」

ボート侯爵領は別名、聖剣領とも呼ばれる。

それは聖剣が眠る土地だからであり、ボート侯爵は〝聖剣の守り手〟という名誉ある役割を担っているからこそ、代々侯爵でいられるのだ。

だというのに、この体たらく。

いくら世の中が平和になっているとはいえ、半年間、一度も聖剣の存在を確認していなかったとは……。

私は眉間にしわを寄せ、厳しい顔で言った。

「それに、最近女性の使用人に対する不当な仕打ちがあったとも聞いている。聖剣を守り、ひいては国を守る大貴族でありながら、立場の弱い女性に愛人になれと迫るなんて……貴族の風上にもおけないぞ」

「そ、それは……」

「聖剣の件と合わせて、どちらも国王陛下に報告させてもらう。厳罰を覚悟するように」

途端、ボート侯爵があわてたようにガタッと立ち上がった。その顔は真っ青だ。

「お、お許しください！　フィンセント殿下！　今すぐ聖剣を探してまいりますので！　あと、ええと……その女性にも謝りますから！」

その言葉に、私がぎろりと侯爵をにらむ。

「謝って済むなら警吏はいらない。未払いの給金と見舞金をきっちり支払え。それに聖剣を探す？　半年もあれば、勇者はとっくにこの地から離れているぞ」

「も、申し訳ありません……！」

「あと私を殿下と呼ぶなと言ったはずだ。今の私は聖騎士団長のフィンセントだ」

「失礼いたしました、フィンセント様……！」

私はため息をつくと、席を立ち上がった。

期待していたわけではないが、聖剣の行方も勇者の行方も、あまりにも情報がなさすぎる。とにかく一度王宮に戻って、陛下と兄上にこのことを相談しないと……。

そう思いつつも、その日は団員たちからのベッドで寝たいという要望もあり、ボート侯爵家に一泊することになった。

ボート侯爵は聖剣にまつわる不祥事をなんとか私にとりなしてほしいのだろう。やたら私にベタベタとまとわりついてきたが、私はそれを利用してララへの見舞金をどんどんと吊《つ》り上げた。この額なら、彼女もしばらくは生活に困らないはずだ。

それからようやくボート侯爵を追い出して静かになったひとり部屋の中。

どう勇者を探したものか……と頭を悩ませていると、コンコンと部屋のドアがノックされた。

もしやまたボート侯爵か？　と思って警戒しながらドアを開けた先には、頭にすっぽりとフード付きマントをかぶって、マグカップを持ったララがいた。

私はぎょっとした。

「ララ……!?　こんな時間にどうしたんだ!?」

以前、私と既成事実を作りたがった令嬢が部屋に忍び込んできたことはあったが、普通そんな状況でもない限り、女性がひとりで男性の部屋にやってくることはまずない。

外聞を何よりも大事にする令嬢たちにとって、男性とふたりきりになっただけでも大変な醜聞なのだ。

もしや街の娘たちはそういう価値観ではないのか？　いや、でも女性がこんな夜更けに男性の部屋に来るのは誰であっても危険なはず……。

私の動揺をよそに、ララはにこにこしながら白いミルクがたっぷり入ったマグカップを差し出してくる。

「実はこの家で働いていた時の同僚さんが私に気づいてくださいまして、こっそり厨房《ちゅうぼう》を貸してもらったんです。フィンさん、今日ここに来てからずっと難しい顔をされていましたから、蜂蜜入りホットミルクでもいかがですか？」

その顔には、以前忍び込んできた令嬢のようなギラギラした雰囲気や邪気は微塵《みじん》もない。彼女は純粋に親切で持ってきてくれているようだ。

「あ、ありがとう……」

「どういたしまして！　では、他の皆さんにも飲み物をお届けしてきますね！」

「待て！」

すぐに身をひるがえそうとしたララを、私は急いで引き止めた。

「その……君は知らないようだが……この時間に、女性がひとりで男の部屋に行くのは危ないからやめた方がいい。騎士たちは手を出したりしないだろうが、君が自分に好意を抱いていると勘違いされるかもしれない」

途端、ララの顔が青くなった。

「ご、ごめんなさい……！　そっか、普通、そういう意味になるんですね……!?　教えてくださってありがとうございます。これからは気をつけます……」

どうやら本当に知らなかったらしい。

ララに変な下心がないことを知ってほっとしたような、同時に少し残念なような……。って残念？　なぜ私はそんな考えが出てきたんだ？

考えていたらララがそのままトボトボと自分の部屋に戻ろうとしていたため、私は思わず彼女を引き止めた。

「ララ、少し話をしないか？」

「話ですか？　はい、何でしょう？」

私がうながすと、ララは大人しく私の部屋に入った。

……こうもあっさり男性の部屋に入ってしまうなんて、やはり彼女は警戒心というものがないようだ。とはいえ、警戒されたらされたで困るのだが……。

ごほん、と咳払《せきばら》いしながら、私はララと向かい合って椅子に座ると話を切り出した。

「ボート侯爵のことだ。先ほど侯爵が、君へのお詫《わ》びとして見舞金を出すと言っていた。お金は私が預かって君に渡そう。そうすれば君は侯爵と顔を合わせなくて済む」

「本当ですか!?」

見舞金という言葉に、パァッと彼女の顔が明るくなる。

「よかった、これで実家に仕送りができます……！」

「仕送り……？　ずっと気になっていたんだが、君の家はどこに？　ご両親は何をしている人なんだ？」

何気なく尋ねたつもりだったのだが、私の質問にララがサァーッと青ざめた。それから目をそらして、ぷるぷると震えだす。

「そ、その……」

それから彼女は勢いよく頭を下げた。

「……ごめんなさい！　騙《だま》していたわけじゃないのですが、実家はコーレイン男爵家なんです！」

「コーレイン男爵家？　というと……カシュズル地方に領地がある、あの？」

ではやはり、彼女は貴族の令嬢だったのか！　……だいぶ規格外ではあるが。

私が驚きながら聞くと、どうやらコーレイン男爵家は、借金のせいで今は食べるものにも困るほどの貧乏っぷりらしい。彼女が社交界に来たことがないというのも家計状況が影響していると聞いて納得した。道理で一度も見たことがないわけだ。

「そうか。令嬢でありながらそんな苦労を……大変だったろう」

「それほどでもないんですよ。お義母《かあ》様に教育もつけていただきましたし、運のいいことに体はすごく丈夫なので、バリバリ働けるんです！」

「そういえば王都で職を探すと言っていたな。何か伝手《つて》はあるのか？」

その質問に、ララは照れたような、困ったような笑みを浮かべた。

「いえ、実は何も……。でも王都なら広いですし、私の《はらぺこ》スキルでも気にしない方がいるかも、と期待しているんです」

「へぇ……。《はらぺこ》というスキルとは初めて聞いたな。そのスキルはそんなに不利なのか？」

私は興味深くララを見つめた。

私は《剣聖》というスキルを授かっているし、テオは《狂戦士の魂》、少し変わったスキルだとラルスの《ものまね》があるが、《はらぺこ》は初めて聞く。

「貴族の方々には『卑しい』と笑われてしまいましたが、実際どういう効果があるのか、はっきりしていないんです。ボート侯爵家でも本当は念願だった厨房の仕事に就く予定だったのですが、直前になって侍女に配置替えになって……」

厨房仕事、という単語に私はあることを思い出した。

「料理か。もしそれでいいなら、私が紹介できるかもしれない。王都に聖騎士団がよく行く酒場があるんだが、そこで先日働き手を募集していたはずだ。もちろん、怪しい店ではない」

「本当ですか!?　ありがとうございます！」

私の言葉に、ララがぱっと顔を輝かせて頭を下げた。

その笑顔はまるで花が咲いたように明るく可憐《かれん》で――一瞬でその場が華やいだ気がした。

……こんな屈託ない笑顔を向けられたのは久しぶりな気がするな。

社交界で私に近づいてくる女性は、皆、打算的でぎらぎらした人ばかり。隙《すき》あらば体に触れてこようとするし、向けられる笑みにも媚びがべったりと浮かんでいる。

もともと女性に興味が薄かった私はそれにうんざりして、夜会などは極力避けるようになっていたのだが……。

「あ、フィンさん。冷めるとよくないので、ミルクは早めに飲んでくださいね。蜂蜜が入っているので、夜はぐっすり眠れるはずですよ！」

言われて、私は蜂蜜入りミルクをひとくち飲んだ。

ミルクはあたたかく、そしてほんのりと口に優しく広がる蜂蜜味が、どことなくララを思わせる気がした――。

王都、れべるあっぷ食堂の料理人

ボート侯爵家に泊まった翌日、私は聖騎士団の皆さんと一緒に王都に向かって出発した。

みんなが自分の馬に乗って移動する中、私はといえば、ラルスさんの馬が引く荷車の隅っこに、食材と一緒にちょこんと丸まって座っている。

ふぅ……侯爵様に私だってバレたらどうしようって思ったけれど、フィンさんやテオさんたちが協力してくれたおかげで、どうにかバレずに済んだみたい。

それに、嬉《うれ》しいことがひとつあったの！　なんとフィンさんいわく、侯爵様がお詫《わ》びとして見舞金をくれるらしい！

見舞金はフィンさんが交渉してむしり取ってくれたおかげで、見たこともないすごい金額だった。

私の当面の生活費を抜いても、お義母《かあ》様たちにたっぷり仕送りできる！

私はうきうきしながら、藁《わら》で編んだ籠《かご》をぎゅっと抱きしめた。中にはボート侯爵がくれた卵が入っていて、他にもベーコンやバターなどの食材をたくさんもらえたのだ。

テオさんいわく、これもフィンさんがむしり取ってきたらしい。……フィンさんって真面目な人っていうイメージがあったんだけれど、意外と交渉上手……？

とにかく！　今日はこの食材でおいしいごはんを作るぞ〜！

やがて昼食の時間がやってきて、私は早速、この間も使った金属の台（ラルスさんお手製の移動式厨房《ちゅうぼう》らしい）でお昼ごはんを作り始めた。今日はもらった食材と、このあいだ森で拾ったきのこたちの出番だ。

まずは先に、冷めてもおいしい方から作ろう。

しめじを食べやすいように小分けにほぐし、マッシュルームをトントンと薄切りにする。森でいっぱい拾ったくるみも小さく切ってから、火をかけた巨大なフライパンにバターをぽん。

じゅわっとバターが溶けたら、しめじとマッシュルームを投入。

途端にふんわりと香ばしい匂いがただよってきて、早くもテオさんたちが寄ってきた。

「ほうほうほう！　今日はきのことくるみか。そのまんま食べるか、焼いて食べるかぐらいかと思っていたが……」

「テオさんって、貴族のわりに食生活が貧相っスよね」

「貧相って言うな貧相って！」

そこへ団長としての仕事を終えたらしいフィンさんも合流する。

「テオは騎士団生活が長いからな。騎士歴で言うなら、私よりずっと先輩なんだ」

「そうだぞ、俺は先輩なんだぞ」

ふふん、と胸をそらすテオさんを見て私は笑った。

テオさんは子爵家の嫡男なのだけれど、社交界よりも騎士団の方が水が合うらしく、領地は弟に任せて、自分はもう十年以上も騎士団にいるのだとか。

対してラルスさんは伯爵家の五男坊で、領地も継げないし遺産もあんまり期待できないからという理由で、出世を目指して騎士団に入ったと言っていた。

私は毎日の生活にいっぱいいっぱいでほとんど交流をしてこなかったのだけれど、ひとくちに貴族といってもみんな色んな人生を歩んでいるんだなぁ……なんて感心する。

あれ？　そういえば団長のフィンさんの生い立ちはまだ聞いていないような……。

考えながら、私はまたフライパンに目を戻した。

きのこに火が通ったあとは、くるみを加えサッと炒めて塩、胡椒《こしょう》で味付け。

仕上げに、薄く切ったバゲットに炒めたきのことくるみをのせて刻んだパセリを振れば……『侯爵領の森産きのことくるみのブルスケッタ』の完成だ！

ブルスケッタの準備が終われば、次はいよいよ本命の準備。

まずは細かく切っておいたきのことベーコンをさっと炒め、一度取り出してからここでもバターを投入する。

そしてほどよく溶けてきたところで、混ぜほぐした卵の出番！

流し入れると、じゅわぁっという音を立てながら、目にも鮮やかな黄色の卵がフライパンいっぱいに広がった。

すぐにぷつぷつと泡が膨らんできたところを、私は隠し玉である具材を投入した、そしてフライパンの柄をトントンと叩《たた》いて揺らしながらささっと卵の衣で包む。具材を先に炒めて火を通す時間を短くし、卵のとろとろをなるべく保つのが私流オムレツなのだ。

よし、これで『とろとろ隠し玉入りベーコンのオムレツ』も完成だ！

ラルスさんと協力してごはんを配って席に戻ると、自分の分をもらったフィンさんがオムレツにフォークを入れながら呟《つぶや》く。

「ふわふわのオムレツをこんな森の中で食べられるとは。……おや？　これはチーズか？」

ふふふ。そう、実は隠し玉として中にチーズを仕込んでいたの！

切り分けたオムレツから覗《のぞ》くのは、とろ〜りとのびたチーズ。

フィンさんはそれを嬉しそうにほおばって、ほぅ、とため息を漏らした。

……な、なんだかその顔もやたら色っぽい。そんな効果がつくなんて、顔がいいってお得なんだなぁ……！

「……うん、うまい！　ふわふわのオムレツとチーズが混ざり合うと、こんなになめらかな味になるのか……！」

「こっちのブルスケッタ？　とかいうやつもいけるなあ。手に取って食べやすいし、きのこもくるみもちょうどいいしょっぱさだし……くぅう、酒が飲みたくなってきた！」

「もうっスか!?　テオさん、まだ昼っスよ!?」

ラルスさんの突っ込みに、皆が笑う。

それを見ながら、私も自分の分を食べた。

すぐにふわぁん、と口に広がる卵の味に、うっとりと目を細める。

うんうん、侯爵家だけあって卵は上質だし、上質な卵を使ったオムレツはふわっふわ、チーズはとろっとろ。チーズの海に泳いでるごろごろベーコンもちょうどいいしょっぱさだし、本当にオムレツってなんておいしいんだろう……！

ブルスケッタも、ソテーされてくたっとしたきのことくるみのカリサクッとした食感の違いが楽しい。こんなおいしい食材がまとめて採れるなんて、森ってなんてすごいんだろう。

それから私は、あっと思い出して、ふたつの料理を鑑定してみた。

せっかく作ったんだもの。今回はどんな効果があるのかな？

すぐさま、白い文字がパッと表示される。

それぞれ書かれているのは……。


とろとろ隠し玉入りベーコンのオムレツ：攻撃力＋2%、防御力＋5%、クリティカル＋2%

侯爵領の森産きのことくるみのブルスケッタ：クリティカル＋5%、運＋5%、

スキルスピード＋3％

運……はまだわかるとして、今度は〝クリティカル〟っていう謎の単語が出てきている。なんだろうこれ……？

どっちの料理にもついているバフは、もしかして両方きのこを入れたから？　食材によって、バフが違ったりするのかなあ？

考えながら、私は目をつぶった。バフも大事だけれど、リディルさんにおすそ分けするのはもっと大事だ！

一生懸命食感やら味やらを思い浮かべていると、まだ声をかけていないのに、いつの間にか暗闇の中でリディルさんが待機していた。顔はいつもの無表情なんだけれど、どこかそわそわとしている。

よし、今度はしっかりフォークも添えて……と。

「お待たせしました！　今日はとろとろ隠し玉入りベーコンのオムレツと侯爵領の森産きのことくるみのブルスケッタです！」

私が言うと、リディルさんがおっかなびっくりという手つきでフォークを手に取った。それから暗闇に皿ごと浮かぶオムレツにフォークを入れ……。

『ララ！　なんですか、こののびのびした白いものは！』

「それはチーズです。牛の乳を発酵させたもので、おいしいですよ」

『ちーず……聞いたことはあります』

にゅ～んと伸びたチーズを落とさないようがんばりながら、リディルさんがぱくっと口に含む。

途端にリディルさんの顔がぱあああっと輝いた。

『……っ！　……っ!!　これ、は……!!』

この反応二回目だ。

私はニコニコしながら聞いた。

「リディルさん、おいしいですか？」

『おいしい！　すごくおいしいですよララ！　口の中が、ふわふわのおいしいでいっぱいです！』

ふふふ、今回も喜んでもらえたみたいでよかった。

『それに、こっちも不思議な味です！　くたくたなのにカリカリでサクサクで……！　おいしいですよララ！　こちらもおいしいです！』

おいしいを連呼しながら頬《ほお》を上気させ、めいっぱいほおばっているリディルさん、本当においしそうに食べるなあ……！

料理を作った人からすれば、やっぱり「おいしい」って言ってもらえるのは何よりのご褒美。

もぐもぐもぐと手と口を休めることなく食べるリディルさんをニコニコ見ながら、私も自分のオムレツをに手を伸ばした。

それから私たちは、順調に王都への道のりを進んでいった。

森で採取した食材や、騎士さんたち（主にテオさん）が調達してきた獲物肉を取り入れながら、毎日ごはんを作る。

そうしているうちに私のレベルも上がって、新たに《下級火魔法〈ファイアーボール〉》と《下級水魔法〈ウォーターボール〉》のふたつを覚えた。

どちらも料理を作る時には必須のものだから、すっごく助かる！

早速るんるんで水魔法を使って野菜を洗っていたら、狩りから戻ってきたフィンさんに話しかけられる。

「おや、ララは魔法が使えるのか。もしかしてそれが《はらぺこ》スキルの効果なのか？」

「は――」

はい！　と言おうとして、私は止まった。

あれ？　これって、《はらぺこ》スキルの効果なのかな？

どっちかというとリディルさんのおかげだと思うんだけれど……。それに、包丁を抜いたらスキルが増えるようになりました！　って言って信じてもらえるのかな……!?　リディルさんの声って、他の人には聞こえていなさそうだし……！

私がぐるぐる考えていると、でっかいワイルドボアをかついだテオさんとラルスさんもやってくる。

「おっ？　ララはスキル持ちなのか？　やったな。平民でスキルが発動するのは珍しいから、ラッキーじゃないか」

うっ。この口ぶりからして、やっぱり私が貴族だとは夢にも思われていないみたい……！

そんな私に助け舟を出すように、フィンさんがごほん、と咳払《せきばら》いした。

「テオ……。実は、ララはコーレイン男爵家の令嬢なんだ。だから我々と同じ、貴族階級に当たるぞ」

「ええっ!?　そうなんスか!?」

……ラルスさんまで驚きの声をあげている。

私がトホホと肩を落とす前で、テオさんがあわてたように手を振った。

「す、すまん、俺はてっきり……！」

「いえ、気にしないでください。令嬢らしくないという自覚はありますので……！」

だって、普通のご令嬢はキラーラビットもベアウルフもさばかないし、なんなら包丁を握ったことすらないはずだ。

むしろ気を遣わせてしまって申し訳ないなあ……と思っていたら、テオさんがかついでいたワイルドボアを、どん！　と私の前に下ろす。

「すまんな！　代わりにこれやるよ！」

「いやテオさん、それ最初っからララさんに調理してもらう予定だったっスよね？」

ジトッとした目を向けるラルスさんに、テオさんは「バレたか」とガハハと笑った。

その後フィンさんとテオさんは会議のために移動し、私はラルスさんと協力しながらワイルドボアを解体していった。ラルスさんが、ちらちらと私――の手元、包丁を見ながら呟く。

「……ララさんの包丁、切れ味がすごいっスよね。そんな綺麗《きれい》な見た目してるのに芋でも肉でも、なんなら骨でも簡単に断っているし。スゲー包丁じゃないスか？　それに……その包丁、どっかで見たことある気がするんスよね……」

聞かれて、私はリディルさんを掲げてみせた。

「そうなんです、本当にすごいんですよ！　実はこれ森に刺さ――」

「ラルスさーん！　テオさんが呼んでいますよ！」

「うぃっス！　すみませんララさん、話はまた今度で！」

呼ばれて、ラルスさんがあっという間に駆け出していく。

せっかくリディルさんのことを紹介するチャンスだったのに、逃《のが》してしまった……。でも、しょうがない。

ラルスさんの後ろ姿を見ながら、私はまたごはんの準備に戻った。

それから、先ほどのフィンさんの言葉を思い出す。

『もしかしてそれが《はらぺこ》スキルの効果なのか？』

「うーん。リディルさんのおかげでスキルは増えているけれど、これは《はらぺこ》スキルといえるのかな……？」

『それはですね、ララ』

すぐさま私の質問に答えるように、リディルさんの声が聞こえる。

『わたくしと《はらぺこ》スキルがシナジーを起こした結果、通常とは違う現在のスキルツリーが誕生しています。ただ《はらぺこ》スキル自体にも効果は別にあるはず。ララ、自分を鑑定してごらんなさい』

「えっ!?　というか鑑定って、人にも使えるんですね!?」

人に使えるというのは聞いていた気がしたけれど、自分に使うという発想が全然なかった私は、驚いてリディル《包丁》さんを見た。

『はい、鑑定はすべてのものに使えます』

鑑定、すごいなあ……！

リディルさんがおすすめしただけあるなと思いつつ、私は早速、食べ物を鑑定する時と同じように自分のことを鑑定してみた。

ぽわん、と目の前に現れた文字には――。

〈ララ・コーレイン〉
性別：女　年齢：16歳
レベル７：21／２３４
状態：はらぺこ　職業：はらぺこ包丁使い
体力：７００　精神力：７００
力：２　防御：５　素早さ：７
器用：10　魔力：１　運：７
スキル：はらぺこ
包丁使い
鑑定
塩生成
バフ付与：小
下級火魔法

下級水魔法

すごい！　レベルアップするための数値も、今まで覚えたスキルも、全部表示されている！

……でも職業の『包丁使い』はともかく、前についている『はらぺこ』は必要だったのかな!?

あと体力と精神力が他に比べてやたら高い気がする……。

私がじぃいっと見つめていると、どこか得意げなリディルさんが続けた。

『それから、スキル欄に載っている文字を触ってごらんなさい。詳細が見られるはずです』

「えっ!?　そうなんですか!?」

なんて便利設計なんだろう！　これでようやく、私のスキルの謎が解明されるのかもしれない！

ワクワクしながら、私は早速宙に浮かぶ《はらぺこ》の文字に触れた。

途端、ぽぅんと音がして、新しい文字が表示される。そこには——。

はらぺこ：スキル所持者の胃袋が巨大化する

……。

…………。

………………えっ、それだけ!?

私は思わずリディル《包丁》さんをぎゅっと握りしめた。

役立たず役立たずとは言われてきたけれど、まさか本当にそれだけだなんて……。

もしかしたら何かいいこともあるんじゃないかって、ちょっとだけ期待したのに……。いや、ごはんをたくさん食べられるのはいいことだし、リディルさんのおかげですごく便利なスキルや魔法を使わせてもらっているけれども……！　胃袋巨大化って……！

私がくぅぅ……とうなだれていると、『おや』というリディルさんの声が聞こえた。

『ララ、よくご覧なさい。スキル説明の最後に、鍵のマークがついていますよ』

えっ？

言われて、私はあわててまじまじと文字を見つめた。

言われてみれば確かに、『胃袋が巨大化する』の後ろには、小さな鍵のマークがついている。

「これは……？」

『なるほど。どうやら、ララの《はらぺこ》スキルはまだ未覚醒の部分があるようですね。レベルが上がるか、あるいは必要なスキルを習得するか……いずれにせよ、条件を満たさなければ、ここは開かないようです』

それってつまり……まだほかにも効果があるってことだよね？　よかった、お腹が空《す》くだけじゃなかった！

私はホッとした。

何も書いていないから鍵の部分が解放される条件は全然わからないけれど、このままレベルが上がっていけばヒントぐらいはわかるかもしれない。

一体、どんな効果が待っているんだろう。食べても太らないとか？　ううん、ここはもっとすごく、毒でも腐ったものでも何でも食べられるようになるとか!?　そしたらすごい節約に繋《つな》がるよね！　いい効果だと嬉しいなあ。

私はまだ解放されない効果を考えながら、ひとりでワクワクした。

他の人には散々笑われてきたスキルだけど、リディルさんのおかげで今はすごく楽しい。これからもたくさんおいしいごはんを作れればいいな。

フィンさんも、酒場の仕事を紹介してくれると言っていたし、そこでなら念願の料理人になれるかもしれない！

私はうきうきしながら、まだ行ったことのない王都のことを考えてトントントントンとリディル《包丁》さんでリズムを刻むのであった。


「ここが王都なのですね！」

私は胸の前で両手を組みながら、感極まって目を輝かせた。

数日の旅を終えて、ついに私を含めた聖騎士団はリヴネラード王国の王都、通称〝蜂蜜色の都ヘシトレ〟にたどり着いたのだ。

大きな門を抜けた先には、名前の由来となった蜂蜜色の石灰岩で造られた建物がずらりと立ち並んでいる。明るく輝くようなヘシトレストーンの中、真っ赤に色付けされた扉や緑の窓枠などが目にも鮮やかだ。

通りでは、あちこちに並んだ露店から売り子たちが明るい声を張り上げている。それは道行く人のにぎわいとあいまって、歩いているだけで楽しくなりそうだ。

「もしかしてララは、王都は初めてなのか？」

「はい！」

穏やかな顔のフィンさんに聞かれて、私はうなずいた。

私の主な行動範囲は実家があるカヴ村の領地と、そばにある森の中だけ。

他の令嬢は社交界のために王都に来ているだろうし、王都にタウンハウスと呼ばれる別邸もあるだろうけれど、コーレイン家ではそんなものはとうの昔に売り払っていた。

「そうか。なら、王都は広い。ここでしばらく暮らすつもりなら、今度私が街を案内しよう。危険な裏通りなども知っておいた方がいいからね」

「ええっ!? いいんですか、ありがとうございます！」

私は感動に目を潤ませた。

働き口を紹介してくれるだけでもありがたいのに、街の案内までだなんて……！

きっと騎士団長さんともあれば忙しいだろうに、なんて優しいんだろう。やっぱり都会の騎士さんって紳士なんだなあ……！

「でもその前に、まずはララの働き口を見つけないと。皆、せっかくだからこのまま酒場に行こう。陛下への謁見《えっけん》は私だけ行くから、皆は帰還の打ち上げをしていてくれ。ただし、飲みすぎるなよ」

フィンさんの言葉に、ワッと騎士さんたちから喜びの声があがった。

「おっ！　早速『勇者の憩い亭』か!?　あそこのエールはうまいんだよな～！」

「テオさん、帰還早々酔いつぶれるのはやめてくださいね。テオさん重いんですから、運ぶのは数人がかりなんスよ！」

そうお小言を言うラルスさんの顔も、心なしかいつもより嬉しそうだ。

やっぱりみんな、王都に帰ってきて嬉しいんだろうな。そんな騎士さんたちの顔を見ていると、なんとなく私までニコニコしてしまう。

「そういうことなら、すぐに行こうぜ！」

テオさんが先頭を駆ける中、早速着いた『勇者の憩い亭』は裏に厩《うまや》もある大きな酒場だった。私の家よりもずっとずっと広い酒場はたくさんの人たちでにぎわい、四十代の店主らしい男性がフィンさんを見つけてすぐさま駆け寄ってきた。

「やあやあ、これは聖騎士団のフィン様ご一行ではないですか！　偵察の旅からお戻りになられたのですね！」

「ああ。せっかくだから、慰労会でも開こうと思って。今から騎士たちを入れてもいいか？」

「もちろんですとも！　そろそろかと思って、お酒もたぁんと用意してありますよ！　……おや、その女性は？」

そこで、店主さんの目が私に向けられる。

「ちょうど紹介したいと思っていたんだ。彼女はララローズ。わけあって働き先を探しているのだが、以前ここで料理人を募集していた気がして」

フィンさんに紹介されて、私は緊張しながらぺこりと頭を下げた。

「ララローズと申します！　《はらぺこ》スキル持ちですが、ご迷惑はおかけいたしませんっ！」

「スキル？　へえ。お嬢ちゃんはお貴族様なのかい？」

「はい！　といってもものすごく貧乏なので、仕送りするために働き口を探しています！」

私が言うと、店主さんは目を丸くしてからわっはっはと笑った。

「貧乏だなんて、自分で言うお貴族様も珍しいですなあ。……おわっ！」

そこへ、既にエールのジョッキを握りしめたテオさんがガシッと店主さんの肩に腕を回してくる。

「おいオヤジよぉ、ぜひともこの子を雇ってくれよ。いい子だし、何より作るメシがうまいんだ。俺が保証するぜ！」

絡んでくるテオさんを押しのけながら、店主さんはううむとうなる。

「私はその、はらぺこスキル？　とやらも気にしないし、雇いたいのはやまやまなんですが、ちょうど先日、新しい料理人が見つかったばかりなんですよ。ウェイトレスの職だったらまだ空いているんですが……」

「ウェイトレスか……。でもララは、料理人として働きたいんだよな？」

フィンさんに聞かれて、私は口ごもった。

確かに、私は料理人として働きたい。

でも、スキルを気にしないで雇ってくれる人は貴重だし、フィンさんの紹介だし、仕送りができるならウェイトレスでもいいのかも——。

私がそう考えていた時だった。

入り口から、白髪のおばあちゃんが扉を開けて入ってきたかと思うと、私たちに向かって叫んだのだ。

「料理人なら、あたしが探しているよ！　そこのお嬢ちゃん、あたしのところで働きな！」

「ドーラさん!?　一体、急にどうしたんだい？　店はもう畳んだんだろう？」

あわてる店主さんが言う横で、私はおばあちゃんを見た。

ドーラさんと呼ばれた気の強そうなおばあちゃんは、五十、いや六十代ぐらいだろうか？　足が悪いのか、杖《つえ》をつきながらひょこひょことこちらに歩いてくる。その後ろには、髭《ひげ》がふさふさした、困った顔の商人らしき男性もついてきていた。その男性が言う。

「そうですよ、ドーラさん。店の土地は私に売るという話だったじゃないですか。なんでまた急に食堂を再開するだなんて……その体じゃ無理ですよ！」

「ふん。うるさいね。あたしが無理でも、料理人を雇えば無理じゃないさ！」

話の成り行きがわからず、私はフィンさんと顔を見合わせた。

フィンさんもフィンさんで心当たりがないらしく、不思議そうな顔をしている。後ろではテオさんが目を丸くしたまま、グビッと無言でエールを呑《の》んだ。

「だけどさぁ、ドーラさん」

と、『勇者の憩い亭』の店主さんが続ける。

「おやっさんが生きていた頃ならともかく、今から店を再開しようなんて無茶だよ。おたくのすぐ近くに、でっかい酒場ができたのはドーラさんだって知っているだろう？　客もみんなそっちに引っ張られちまったし、おやっさんの味なしで店を再開してもねぇ……」

「それは……！」

口ごもるドーラさんに、ここぞとばかりに商人さんも追い打ちをかける。

「そうですよ。ドーラさんだってもういいお歳なんですから、商売のことは忘れて、店を売って老後の資金に換えた方がいいですよ。今なら、娼館《しょうかん》になっちまいますが、高く買い取ってくれるお客さんがいるんですから。ねっ？」

「私も彼の言葉に賛成ですよ、ドーラさん。あんたのことを考えるからこそ言うけど、その歳でまた商売を始めるのは体にもよくないですって。まだ病の後遺症も残ったままなんでしょう？」

その言葉に釣られるように、ドーラさんがゴホッゴホッと咳をした。それから、苦しそうな顔で続ける。

「でも、あたしは……あたしにはあの店しかないんだ。あの店を失ったら、あの人との思い出だって、全部失われちまうんだよ！」

その声は震えていた。

泣きそうなおばあちゃんの顔に、私はおろおろする。

事情はよくわからないけれど、おばあちゃん、すごく困っている。どうしよう……！

その時だった。

「その話、詳しく聞かせてもらっても？」

気づくと、一歩進み出たフィンさんがおばあちゃんに話しかけていた。気づいた店主さんが「ああ」とこちらを見る。

「ドーラさんは、ふたつ隣の通りにある元・食堂の女将《おかみ》でね――」

店主さんの説明によればこうだ。

ドーラさんとドーラさんの旦那さんは、長年協力して食堂を経営していた。

味の良さや夫妻の人柄の良さもあって食堂は繁盛し、店もかなり大きくなっていたらしい。

けれど三年前の疫病で、旦那さんや料理人を含め、食堂の中心となっていた人たちがほとんど倒れて亡くなってしまったのだ。

かろうじて一命をとりとめたドーラさんも、足のしびれと、咳が止まらなくなる後遺症が残ってしまったのだという。

そこまで説明してから、店主さんがまたドーラさんの方に向き直る。

「ドーラさん、一度は店を閉めていたじゃないか。この三年間ずっと再開していなかったし、維持費も大変だっただろう？　商人さんの言う通り、無理せずもう店は売っておしまいなよ」

「そうだよ。私だって、何もあんたから無理に店を取り上げたいわけじゃないんだ。本当にあんたのためを思うからこそ言っているんだよ」

そう言う店主さんも商人さんも、どちらも悪い人には見えない。

確かに、今は従業員がひとりもいなくてドーラさんはひとりぼっちのようだし、体も悪くしているならお金に換えた方がいいのかもしれない。

でも……。

私の気持ちを代弁するように、またフィンさんが落ち着いた声で言った。

「だがドーラさんは、店を再開したいようだ。病んだ体を押してまでそうしたい理由があるのだろう？」

その言葉に、ドーラさんがこくこくとうなずく。それから、どこか寂しそうな表情で言った。

「あたしと旦那の間には、子どもがいなくてねぇ……」

しわしわの手をぎゅっと握るドーラさんの顔は、笑っているようにも泣いているようにも見えた。

「欲しかったんだが、どうがんばってもできなかったんだ。だから、あの店はあたしにとっては子どもみたいなもんなんだよ。確かに、一度は店も閉めた。……でも、だからこそわかったんだ」

言って、ドーラさんが顔を上げる。その瞳には揺るぎない強い決意が浮かんでいた。

「どんなにボロボロで、お金がかかってもいい。老後の資金なんかいらない。あたしはただ、旦那が生きていた場所を、食堂として残しておきたいんだって……！」

それはドーラさんがしぼり出した、心からの叫びだった。

「ドーラさん……」

その場にいた人たちが皆、ドーラさんの強い想《おも》いに言葉をなくす。

私も、会ったこともないのに、ドーラさんの旦那さんを想像してぎゅっと自分の手を握りしめていた。ドーラさんの強い気持ちに、心を揺さぶられていたのだ。

気づけば私は、ドーラさんに向かって一歩踏み出していた。

「あの！　私でよければ料理人、やります！」

声をあげた私に、ドーラさんがパァッと顔を輝かせた。

「お嬢ちゃん、やってくれるのかい⁉」

反対に、店主さんが心配そうな顔で言う。

「お嬢ちゃん……本当にいいのかい？　こんなこと言いたかないが、ドーラさんは厨房に立てないから料理も配膳も全部自分でしなきゃいけないんだ。料理人になりたいだけなら他の店を探した方がいいんじゃあ……」

「いいえ。私、ドーラさんのところだから働きたいと思ったんです。ドーラさんが何よりも大事にしているお店を、もう一度開くお手伝いがしたいんです！」

私は料理人になりたいし、ドーラさんは旦那さんの思い出の店を再開したい。なら、ふたりで手を取り合えばいいと思ったの。多少大変だろうと気にしない！　だって私は貧乏を乗り越えて生きてきたんだもの。

それに、今はふたりじゃない。リディルさんもいるから三人だ！　古いことわざにも『三人寄れば文殊の知恵』っていうのがあるしね！

私の言葉に、ドーラさんが涙ぐむ。

「お嬢ちゃん……ありがとうね。そして心配しないでおくれ。ちゃんと給金も支払うし、都に来たばかりならうちに住み込みで働くといい！　仕入れはかつての伝手《つて》があるから任せておくれ。そこのあんたも、手伝ってくれるだろう!?」

言って、ドーラさんは杖でビシィッと後ろにいる商人さんを指した。彼はあたふたとあわてながら、こくりとうなずく。

「わ、わかりましたよ……！　本当にお店を再開する気なら、もちろん手伝いますとも」

「おうおう、ララが料理人として働く店なら、俺たち聖騎士団で通って繁盛させないとなぁ!?」

乗り出してきたテオさんの力強い声に、そばで聞いていた騎士さんたちもうんうんとうなずく。

「自分たちが交代で通えば、ひとまず閉店はないっスよね？　ついでに他の人にも言い広めておくっスよ。ララさんの料理、マジうまいんで」

「皆さん……！　ありがとうございます！」

なんて頼もしいんだろう！　偶然の出会いだったけれど、本当に優しい騎士さんたちと知り合えてよかったなぁ……！

力強い後押しに不覚にも涙ぐみそうになって、私はあわててキリリと顔を引き締めた。それからドーラさんに向き直り、深々と頭を下げる。

「私、がんばります！　どうぞよろしくお願いいたします！」

「お嬢ちゃん、よろしく頼んだよ。そういえばお嬢ちゃんの名をまだ聞いていなかったね？」

「私はララローズと申します！　《はらぺこ》スキル持ちですが、ご迷惑はおかけしませんっ！」

「はらぺこ？　ハハッ！　なんだいそりゃ、縁起がいいねえ。はらぺこの客が山ほどやってきそうじゃないか！」

ドーラさんの言葉に私は目を丸くした。

『はらぺこ？　何なのその貧乏くさいスキルは』

『いつも飢えてそうで縁起が悪いな。うちには来ないでくれ』

と過去に言われることはあっても、縁起がいいと言われたことはなかったのに……。

じんわりと、胸があたたかくなる。小さなことかもしれないけれど、私にとってドーラさんの言葉はとても嬉しかったのだ。

「よかったな、ララ」

隣ではフィンさんも優しく微笑《ほほえ》んでいる。

「テオやラルスも言っていたが、私たちも店に行こう。ドーラさん、店の名前は？」

フィンさんに聞かれて、ドーラさんが胸を張った。その顔はどこか自慢げで、嬉しそうだ。

「店はね、ここからふたつ隣の通りにある、『れべるあっぷ食堂』だよ！」

………ん？　なんか聞いたことのある単語のような……。

私が目を丸くしていると、やんややんやと騎士さんたちが盛り上がる。

「おお、れべるあっぷか！　そりゃあいい名じゃねえか、ばあさん」

「うん、縁起がいいな。いつか、れべるあっぷの伝説をこの目で見てみたいものだ」

んんん？

勇者にまつわる……??

れべるあっぷの伝説を、この目で見たい……??

私ははて……？　と首をかしげる。

「れべるあっぷって、あの……いつもリディルさんが言っているアレですよね……？」

おそるおそる呟くと、リディルさんの声が頭に響いた。

『そうです、ララ。さぁ、まだまだあなたのレベルは上がりますしスキルも増えます。今日も食材を切って切って切りまくりましょう！　そしておいしいごはんを作ってわたくしに食べ……ゴホン。ごはんを作ってもっとレベルアップするのです！』

……気のせいかな。

リディルさん今、レベルアップより先に自分が食べることを気にしていたような……。

それに以前は魔物を斬るって言っていたのに、ちゃっかり食材に修正されているような……。

私の考えていることが伝わったのか、リディルさんが再度咳払いした。

『か、勘違いしないでくださいララ。これは女神の務めとして言っているだけです。決してわたくしが食べたいからというわけでは……』

リディルさんがごにょごにょ言うのを聞きながら、私は笑う。

「ふふっ。いいんですよリディルさん。ごはんを食べるのは、とっても大事なことですからね！」

グッ！　と手を握りながら言うと、ドーラさんが不思議そうな顔でこっちを見た。

「……お嬢ちゃん、いやララ、一体誰と話しているんだい？」

しまった。興奮して声が大きくなってしまった。

でも、リディルさんのことを説明するちょうどいいチャンス――。

と思っていた私に、フィンさんが優しい瞳で言う。

それは善意百パーセントで言っているとわかる優しい瞳で、言う。

「ああ、ララは時々ひとりごとを言う癖があるんだ」

「そうそう。俺たちでいう精神統一的なものかなーと思っているから、あんまり気にしないでやってくれ、ばあさん」

「ああ、そうなのかい。ちょっと変わった癖だけど、まぁ色んな人がいるさねぇ」

……あっ、あれぇ……!?

今まで私の声は届いていないのかと思っていたんだけれど、皆さん、ばっちり聞こえていたんですね……!?　それでもって、ひとりごとだと思われていたんですね……!?

私は恥ずかしさにかぁあああっと顔が赤くなった。

こ、これはリディルさんのことを説明しなければ……！　そしてひとりごとじゃないって、わかってもらわなければ……！

強く決意しながら、私は顔を上げた。

「あっ、あのぉ……！」

私がリディルさんのことを説明しようと声をあげたその時だった。

またもや扉が開き、豪華かつカッチリした貴族服を着た壮年の男性が入ってきた。そしてフィンさんを見つけるなりパッと顔を輝かせる。

「ああ、ここにおられたのですねフィンセント様！　王城で皆様がお待ちですよ」

フィンさんが小さくため息をつく。

「今回も見つかるのが早かったな……。わかった。行こう。皆は引き続き打ち上げを楽しんでくれ。ララも、次に会う時はれべるあっぷ食堂で」

さわやかな笑顔で微笑まれて、私は返事をした。

「あっ、はい！　れべるあっぷ食堂で！」

そのまま壮年の男性にうやうやしく案内されるフィンさんを見送っていると、後ろでテオさんがぽつり……というにはやや大きすぎる声で呟いた。

「相変わらずフィンは人気者だなぁ。知ってるかい嬢ちゃん。さっきのお役人は『王城で皆様がお待ち』って言っていたが、その中には王様だけじゃなくて貴族のご令嬢たちも山ほどいるんだぜ。皆、フィンが戻ってくる日だけ用もないのに登城してくるんだ。……どうだ、気になるか？」

「えっと……？」

私は言葉の意図がわからず、聞き返した。

優しく紳士でいながら剣も強い騎士団長のフィンさんが人気者なのはわかるとして、私が気になるとは一体……？

そんな私の反応を見て、テオさんがくつくつと面白そうに笑う。

「くくっ。ダメだこりゃ。あっちもあっちで大概だが、こっちはこっちで大概だな。これは先が思いやられるぞぉ」

「あのう、テオさん。何のお話を……？」

「いーや、なんでもねえ。こっちの話だよお嬢ちゃん」

なおもくつくつ笑うテオさんを見ていると、ドーラさんが言った。

「さあ、じゃあララも私と一緒に食堂に行こうかね」

「はいっ！　……って、今さらですがドーラさん。本当に初対面の私を雇ってよかったのですか？私は料理人といっても、どこのお店でも働いたことがなくって……」

「ああ、いいのさ。だって、お前さんはあの聖騎士フィンセント様の紹介だろう？　誠実さにかけては彼以上の人はいないから、フィンセント様が推すんなら間違いない」

ドーラさんの言葉に私は目を丸くした。

フィンさんって、王都ですっごく信頼されているんだな……！

またリディルさんのことは話せなかったけれど、フィンさんは行ってしまったし、それなら次に騎士団の人たちが集まった時にでも話そう。

私は鞄《かばん》をぎゅっと握ると、テオさんたち騎士団の方を向いた。

「皆さん、短い間でしたが、本当にありがとうございました！」

バッとお辞儀してから頭を上げると、テオさんだけじゃなくラルスさんや他の騎士さんたちも優しい目でこっちを見ていた。

「おう。嬢ちゃんとはここでいったんお別れだけど、いっときでも騎士団に入ってくれて嬉しかったぜ」

「ララさん、色々教えてくれてありがとうございました！　自分も、もっともっと料理がんばるっス！」

「ララちゃーん、ありがと～！」

「ごはん、すごくおいしかったです！」

「食堂、食べに行きますね！」

思わぬあたたかい声援に、私は不覚にも胸がいっぱいになる。

ドーラさんが、目を丸くして言う。

「おやおや、ララはずいぶんと人気者なんだねえ。こりゃ食堂に連れていったからって、あたしを恨まないでおくれよ」

「恨みませんよ。もともと料理人になるのはララさんの希望っスから」

「うむ。まーでも、また機会があったら一緒に遠征にでも行きたいもんだな」

「テオさん、それ完全にララさんのごはん目当てっスよね？」

「当たり前だろ！」

テオさんの声にドッと笑いがあがる。

私は目が潤みそうになるのをこらえながら笑った。

「皆さん……いつでも食堂に来てください。私も、何か力になれるようなものを考えておきますね！」

私にできるのは、ごはんを作ることだけ。

食べに来た騎士団のみんなが……ううん、食べに来た人たちみんなが元気になるごはんを、作るんだ！

そうして私は、みんなに見送られながら聖騎士団と別れたのだった。


「さぁ、ここがあたしの城、れべるあっぷ食堂だよ！」

『勇者の憩い亭』から歩くこと十数分。

私はドーラさんと一緒に、『れべるあっぷ食堂』の前に立っていた。

どどんと構えられた蜂蜜色の建物は、勇者の憩い亭に負けず劣らずな大きさだ。ただし手入れされていない建物特有の、少しすさんだ空気もただよっている。

それもしょうがない、だって店を閉じてからもう三年も経《た》っているんだもの。中は当然、もっと埃《ほこり》っぽかった。

私は鞄を地面に置くと、腕まくりする。

「お店を開く前にまず、お掃除ですね！　ドーラさんはそこで座って待っててもらえますか。私が掃除します！」

「すまないねえ……。本当はあたしがやらなきゃいけないのに、そんなことまでやらせちまって」

「何を言っているんですか！　ここで働くと決めた時から全部覚悟してます。それに私、お掃除は得意なのでまかせてください！　あ、モップとバケツだけ借りてもいいですか？」

　よーし、こうなったら上から下まで全部ピカピカに磨いちゃおう！　もちろん調理道具だってお手入れしないとね！

　私が意気込んでいると、突然リディルさんの声が聞こえた。

『ララ、なぜ掃除道具を出しているのです？』

「それはもちろん、掃除するからですよ！」

　言いながらモップとバケツを持ち上げた私に、リディルさんが不思議そうに言う。

『掃除なら……先日覚えた《浄化》スキルがあるではありませんか』

「えっ？」

　《浄化》スキル？　……確かにワイルドボアを調理した後にレベルが上がって、スキルポイントが3溜《た》まったから浄化を覚えてはいたけれど……。

「浄化って、食べ物のことだけじゃないんですか……？」

　覚えた直後に、毒きのこの毒を浄化して普通のきのこにして喜んでいたんだけれど、まさか他にも効果があるの!?

　あわてて《浄化》スキルの説明を出してみたけれど、書いてあることはやっぱり前に見た時から変わっていない。

浄化：毒や穢《けが》れを取り除く

リディルさんの得意げな声が響く。

『ほら、書いてあるでしょう。穢れを取り除くと。部屋の汚れも、広義では穢れと同じ。浄化スキルが通用するはずです』

えっ、そんな解釈でいいんだ!?

思ったよりくくりが雑……！　と思いながらも、私は埃が積もったテーブルに向かって心の中で『浄化』と呟いた。

すると――。

ヒュウウッとどこからともなくキラキラした風が吹き、辺りの埃を巻き上げた。さらにそれだけでは飽き足らず、テーブルや壁にこびりついていた古い汚れもふわりと浮き上がる。

「えええっ!?」

驚く私の目の前で、あっという間に目の前の一画が綺麗になってしまったのだ！

「なんだいこりゃあ!?」

私が叫ぶのとドーラさんが叫んだのは、ほぼ同時だった。

「ララ、お前さん一体、何をしたんだい!?　テーブルが一瞬で綺麗になっちまって……！」

「えっと、あの、これは……！」

なんて説明しよう!?

……あっ！　今こそリディルさんのことを教えるいいチャンスなんじゃ……!?

私は椅子に座るドーラさんの前まで行くと、頭の中で念じてリディルさんを具現化した。それを構え、ドーラさんに近寄る。

「実は、森ですごい包丁を拾いまして……！」

「包丁……？」

そして私はドーラさんに全部説明した。

奉公先を追い出されて森を歩いていた時に包丁を見つけたこと。包丁を拾ったら、リディルさんという女神様が喋《しゃべ》り出したこと。包丁を使うとれべるあっぷして、スキルが増えること。

そしていつもひとりごとを言っているわけじゃなくて、リディルさんと会話をしていること。

「へぇええ……!?　な、なんだか作り話のようで信じがたいけれど、じゃあララはその……包丁を使うとスキルが増えていくんだね？」

信じられないというように目をぱちぱち瞬《しばたた》かせながらドーラさんが言った。

「はい！　そうなんです！　だからひとりごとじゃなくて、リディルさんとお話ししているんです！」

ここは大事だから、念押ししておかなくっちゃね！

鼻息荒い私に、ドーラさんがおっかなびっくりといった様子で言う。

「すごいねえ……その、リディルさんとやらは。それに……れべるあっぷするって、まるで伝説に出てくるれべるあっぷのようじゃないか」

伝説？　そういえばさっき、フィンさんも言っていたような……一体何だろう？

けれど続きを聞く前に、食堂の扉がガチャリと開いた。そこに立っていたのは先ほどドーラさんと一緒にいた商人さんだ。

「ドーラさん、とりあえず食材の調達はできそうで――って何やってるんですか!?」

「えっ？」

「ラッ、ララさん！　あなたまさか、人のいないところでドーラさんを襲おうと!?」

「えっ!?」

言われて、私ははたと気づいた。

――包丁を構えながらドーラさんに詰め寄っている私の姿は、はたから見たら強盗にしか見えないことを。

「ララさんあなた……！」

「ちちっ違うんです!!　断じて違うんです誤解です！　この包丁を、ドーラさんに見せようとしていただけで！」

私はあわてて後ずさった。

「そうだよヤーコプ。あんたの早とちりさ。ララはただ包丁を見せてくれていただけだ」

ドーラさんの言葉で、商人のヤーコプさんはようやく信じてくれたらしい。ほっとした顔でこっちにやってくる。

「ああ、びっくりした……。早とちりして申し訳ありませんでした」

「いえ、私こそ紛らわしいことをしていてすみません！」

なんとか誤解が解けたところで、ヤーコプさんが「んっ？」と目を細める。

「おや……？　ララさん、よく見ると実に素晴らしいお品を持っていますね。仕事柄色々と見てきましたが、そんなに美しい包丁は初めてです。曲線が繊細かつ優雅……！　少し見せていただいても？」

「あ、どうぞどうぞ」

聞かれて、私はニコニコしながら包丁を差し出した。

そうなんです、既に肉やら野菜やらを切りまくっている私が言うのもなんだけれど、リディルさんって本当に綺麗な包丁なんです。

「いやあ、白銀の刀身といい柄《え》に彫り込まれた彫刻といい、本当に美しいですねぇ。家系に伝わる由緒ある一品とかです——かっ!?」

ヤーコプさんが柄を握ったのを見て、私が手を離した次の瞬間だった。

急にヤーコプさんが体ごと床に向かって引っ張られたかと思うと、スターン！　という小気味いい音を立てて、包丁《リディルさん》が床にまっすぐ突き刺さったのだ。

「や、ヤーコプさん？」

「どうしたんだい、ヤーコプ」

目を丸くする私とドーラさんの前で、両手で包丁の柄を握りしめたヤーコプさんが歯を食いしばって言う。

「ぐっ、ぐぬぬぬ……!!　ララさん、何ですかこれは!?　あなた、こんな重い包丁を持っていたのですか!?　華奢《きゃしゃ》な体のどこにそんな怪力が!?」

え？　重い？

その言葉にきょとんとする。

見ればヤーコプさんは、リディルさんを床から引き抜こうとしているようだ。けれど全然引き抜けずに、顔だけどんどん真っ赤になっていく。

やがて数分格闘したのち、ぜぇぜぇと息を切らしながらヤーコプさんが言った。

「いや無理ですって！　重すぎてびくともしません！　こんなの引き抜ける気がしませんよ！」

「そう、なんですか……？」

「ララはどうなんだい？　さっきまで軽々とその包丁を持っていたじゃないか」

ドーラさんに尋ねられて、私は戸惑いながらリディルさんに手を伸ばした。

すると――。

「あっほら。やっぱり全然重くないですよ？」

リディルさんは森で引き抜いた時と同じく、あっけないくらいスポッと抜けたのだ。重いどころか、相変わらず羽根のように軽い。

「えええ!?」

今度はヤーコプさんがぎょっとしたように目を丸くした。

そばで見守るドーラさんが、どっちを信じていいかわからない、という顔で言う。

「一体どっちが本当のことを言っているんだい……」

「いや絶対さっきは重かったですって！　試しにララさん、もう一度私に……！」

「は、はい」

私はまたリディルさんを差し出した。

そこへ、緊張した顔のヤーコプさんがそーっとそーっと手を伸ばしてくる。

そして――。

スッターーーン!!

「うわあああ!!」

また小気味いい音を立てて、ヤーコプさんをくっつけたままリディルさんが床に刺さった。

「もはや重いっていう次元すら通り越してますって！　信じてくれないならドーラさんが抜いてみてくださいよ！」

「どれどれ……」

ヤーコプさんの言葉に、興味が湧いたらしいドーラさんも身を乗り出してくる。私の支えを受けながらドーラさんがリディルさんに手を伸ばし――。

「んっ!?　なんだいこりゃあ！　いくらあたしがよぼよぼだからとはいえ、ビクともしないよ!?」

「ほらほらほらぁ！　私の言った通りでしょ!?　嘘《うそ》、言ってなかったでしょ!?」

口から唾を飛ばしながら必死の形相でヤーコプさんが言う。

それからふたりは、私が見守る前で散々リディルさんを引き抜こうとしたが、結局ビクともしなかった。

困惑する私がスポッとリディルさんを抜くと、ふたりに魔物を見るような目で見つめられる。

「ララさん、一体どういう体の構造しているんですか……!?」

「お前さん……」

「い、いえ、あの、貧乏育ちで体は丈夫な方だと思いますが、その、そこまで変わったことはない……はずです」

ぼそぼそと、最後の方は声が小さくなった。

だって本当に知らなかったの。まさかリディルさんが実はそんなに重かったなんて……！　もしかして私、気づかないうちにとんでもない怪力になっていたの!?

　動揺していると、ドーラさんがふぅむとうなる。

「もしかしたらそれも、ララのはらぺこスキルとやらが関係しているのかもしれないね。ララ、ヤーコプに見せておあげよ。お前さんが覚えた《浄化》を」

「あっ、はい！」

　うながされて、私はまだ汚れが残っている食堂内に向かって《浄化》スキルを発動させた。

　途端キラキラした風が巻き起こり、塵《ちり》や埃、汚れがごっそり舞い上がってフッと消える。

　スキルが発動し終える頃には、食堂内に広がるテーブルや椅子は、新品同様の輝きを放っていた。

「おおおおお!?」

　ヤーコプさんが大げさなほど目を輝かせる。

「すばらしい！　これがララさんのスキル効果なのですか!?　こんな便利すぎる魔法、見たことありません！　……どうですララさん、週一だけ、うちの商会に掃除に来ていただくことは……!?　報酬ははずみますよ！」

「えっ!?」

　想定外のお誘い！

「確かに週一ならいいかもしれないねえ、ララだって稼げる場所は多い方がいいんでないのかい？」

「ええっ!?」

　そしてドーラさんから想定外の許可！

　そっか、このスキルを使って働くこともできるんだ……！

《浄化》スキルの思わぬ可能性にドキドキしながらも、私は申し訳なさそうに切り出した。

「あのぅ……お誘いは大変嬉しいのですが、今はまずれべるあっぷ食堂のことに集中したくて……」

「ああ、そうですよね、いやすまなかったですララさん。でも余裕ができた時にでも私に声をかけてください！　その力はいつでも大歓迎ですよ！」

ヤーコプさんの言葉に私はほっとした。よかった、怒ってはいないみたい。

「じゃあ話がひと段落したところで、次は肝心のメニューかね。ヤーコブの仕入れ可能リストも来たところだし」

ドーラさんの言葉に、私は力強くうなずいた。

「はい！　実際に出すメニューですね！」

ヤーコプさんがくれた仕入れ可能な食材リストには、玉ねぎやじゃがいも、にんじん、かぼちゃといった定番野菜のほかに、牛肉や豚肉、羊肉など、必要そうなものはひと通り書いてある。

……意外にも、キラーラビットや魔物肉は載っていなかった。村では私たち以外にもみんな捕まえて食べていたんだけれど、都会の人たちは魔物を食べないのかな？

そう思って私が聞くと、ドーラさんが「ああ」と教えてくれた。

「ヘシトレは平和だからね。魔物の巣ができてもすぐに聖騎士団が片付けてくれるから、安心して家畜を育てられるんだ」

どうやら、平和ゆえにわざわざ魔物を食べなくてもいいらしい。その平和を維持してくれているのはフィンさんが率いる聖騎士団で、だからこそみんなに支持されていると聞いて納得した。私と出会った時は偵察のために王都を離れていたけれど、普段は王都で働いているようだ。

「もちろん、魔物肉を扱う店もあるけどね。ララが魔物肉を使いたいならあたしは構わないよ」

言われて私は考えた。

魔物肉は野性味があっておいしいから、いつかみんなに食べてみてほしいと思う。けれど、問題がひとつあるの。

「魔物肉、私がキラーラビットを仕留めに行く時間がなさそうなので厳しいと思います」

「まさか自分で捕まえる気だったのかい!?」

その反応には慣れたものだったので、私は微笑んだ。

「実家の方はキラーラビットがうようよいたので、よくお世話になっていたんですよ！」

「驚いたねえ！　ラビットって響きだけ聞くと可愛《かわい》いけど、あんなでかくて凶暴なうさぎ、よくその細っこい体で捕まえられたねぇ……。そのすんごい包丁があるからかい？」

実はリディルさんと出会う前から捕まえていました。多分、七歳ぐらいの時から。

……っていうのを言うかどうか迷っていると、何かを思い出したらしいドーラさんがごそごそと厨房を漁《あさ》った。

「あ、そうだ。話は変わるがララ、よかったらこれを使っておくれ」

言いながら、ドーラさんが今度は古びた厚紙を渡してくれる。字がかすれ気味だけど、どうやらドーラさんの旦那さんが健在だった頃のメニューのようだ。

「今はお前さんが料理人だ。昔と同じことはしなくていいが、参考までに見ておくといいかと思ってな」

「ありがとうございます！」

私はメニューを開いた。そこには朝食、昼食、晩餐《ばんさん》のメニューがそれぞれ書いてある。

目を通しながら私は言った。

「そういえば私……今日ここに来る時に思ったんです。しばらくは、朝と昼、夕方までの営業にしたらどうかって」

「晩餐以外ってことかい？　それはまたなんで？」

「なぜなら、すぐ近くに『花の都亭』があるんです」

『花の都亭』。それは先ほど商人さんたちが言っていた、『最近れべるあっぷ食堂の近くにできたでっかい酒場』のことだ。

実は移動の時、ドーラさんと一緒に少しお店を覗いてみたんだけれど、そこは酒場だけあって、夜の営業がメインのようだった。今、従業員が私とドーラさんのふたりしかいない状態では、とてもじゃないけど夜に戦える相手じゃないと思ったの。

それに……。

「『花の都亭』は二階に娼館が入っているから、夜は危ない気がするんです」

娼館目当てにやってくる客は、圧倒的に男性が多いはず。しかも夜なら、きっとお酒も入っていると思う。

「ああ、そうだね。あたしたちはばあさんと若い女の子だから、酔った客に絡まれたら危ないもんねぇ」

「はい、危ないです。……あの、私たちじゃなくて、お客さんの方が」

「えっ？　なんだって？」

怪訝《けげん》な顔をするドーラさんに、私はスッ……とリディルさん《包丁》を構えてみせる。

「もし私が変なお客さんに絡まれたら……多分、リディルさんが容赦なく斬っちゃう気がするんです……！」

リディルさんは、私が何もしなくてもベアウルフをまっぷたつにしてくれた過去がある。つまり、リディルさんの意思だけでも物は切れるのだ。

私の呟きに、リディルさんがさらっと返事する。

『そうですね。不届きな輩《やから》は人間だろうとまっぷたつにします』

ひぃぃ！　やっぱり！

私が慄《おのの》いてベアウルフの件を説明すると、ドーラさんも理解したらしい。

「そっそれは大変だね！　さすがに食堂で殺人沙汰は起こしたくないよ。よし、それなら当分は朝と昼だけにしよう」

「はい！」

理解が得られたことにほっとしていると、しみじみ……といった様子でドーラさんが言った。

「それにしても、本当にそのリディルさんとやらは不思議な存在だねぇ……。あたしには何も聞こえないんだけど、確かにいるんだろう？」

「はい！　とっても美人さんですよ！　いつかリディルさんも、皆さんとお話できるようになればいいんですけど……」

一応リディルさんにも聞いてみたんだけれど、残念ながら他の人と会話はできないらしい。だったらリディルさんが寂しくないように、私がいっぱい話しかけなくちゃな……！　なんて決意する。

「それで、朝と昼に出すメニューなんですが……オムレツやハム＆エッグ、ビスケット、ポトフなど、このあたりは私でも作れると思います。レシピが残っていれば、れべるあっぷ食堂の味にがんばって近づけます！」

「おお、嬉しいね。ありがとうよ」

そう言ってから、ドーラさんはなぜかふっと寂しげな顔をした。

「ドーラさん？」

「ああいや、すまないね。ララが、食堂の味に近づけてくれるって聞いて、一瞬旦那の味を思い出しちまってね……」

その瞳は、切なそうに揺れていた。

きっとドーラさんは本当に旦那さんが大好きで、仲のいい夫婦だったんだろうな。完全には無理でも、少しでも旦那さんの味に近づけられたらいいのだけれど……。

「旦那さんの得意料理はなんだったのですか？」

「色々あったけど、やっぱりフィリッツのピリ辛おつまみポテトかねえ」

「フィリッツのピリ辛おつまみポテト……」

「ああ、フィリッツっていうのはあたしの旦那の名前なんだけどね、そのおつまみポテトがやたらうまいのさ。作り方は切ったじゃがいもにスパイスをかけて焼くだけなんだけど、このスパイスの配合がくせものでねぇ。旦那もこれだけは、誰にも教えてくれなかったんだよ」

おかげで、とうとう誰にも作れなくなっちまったんだけどね、とドーラさんは寂しそうに笑った。

「まっ、そんなことを言ったが、あたしはこの店さえ残っていれば満足なんだ。ララもフィリッツの味になどこだわらず、好きなもんを作ってくれればそれでいい。もちろん、経営していけるだけの売り上げは必要だけどね。この三年の間に、貯金も随分減っちまったからねえ」

言いながら、ドーラさんがひらひらと手を振る。

聞けば、旦那さんが存命だった頃にお金を貯《た》めていたらしく、そのお金でこの三年間、ヤーコプさんの助けを借りながら細々とやってきたらしい。本当はひとりなら、ここからあと数年は暮らしていけるし、それこそ食堂を売れば、老後の心配はしなくてもいいぐらいの額だったらしい。

でもドーラさんは隠居生活を選ばず、危険を覚悟しながら再始動を選んだのだ。

きっと私を気遣って、フィリッツさんの味は気にしなくていいと言ってくれたのだろうけれど、そんなドーラさんの覚悟に私もなんとかして応えたい！

私は決意すると、むんっと気合を入れた。


食堂の新メニューを決め終わる頃には、もう日も暮れていた。

私はメニューを片付けて厨房に立つと、ドーラさんや自分、それから夜遅くまで付き合ってくれたヤーコプさんのために、晩ごはんを作り始める。

《浄化》スキルでぴかぴかになった厨房は私ひとりには広すぎる気もするけれど、いつかは私以外にも料理人でいっぱいになったらいいなあ……！

そんな明るい未来を想像しながら、私はトントントントントンとリディル《包丁》さんを振るう。

これから作るのは、食材庫に入っていた野菜のごった煮スープだ。

じゃがいもに玉ねぎ、にんじん、さやいんげん、えんどうまめ、とうもろこし、それからヤーコプさんが差し入れてくれた鶏肉！

私はまず小さなスキレット《鉄製フライパン》でバターをじゅわっと溶かすと、そこへにんにくとローズマリーを入れて軽く炒める。香ばしい匂いがただよい始めたらいったん火を止め、余熱でバターに風味がしみ込むのを待つ。

その間に、今度はザクザク切った野菜を他のハーブと一緒に深鍋に投入。炒めた野菜がくたくたになってきたら、鶏肉の出番だ。

水を入れてひと煮立ちさせたあとは、さやいんげん、とうもろこしを入れて、蓋《ふた》をしてごくごく弱いとろ火でくつくつ煮込む。

ほどよく野菜が柔らかくなってきたところで、ハーブを取り出して塩胡椒で味を整えたらほぼ完成だ。

ふんわりとただよう野菜と鶏肉の優しい匂いに、ヤーコプさんが鼻をひくひくとさせている。

「いい匂いですねぇ。野菜たっぷりスープは、素朴ながらいくらでも食べられる。あと、私の太った体にも優しいですな、ハハハ」

ぽよん、と膨れたお腹を叩きながら、ヤーコプさんがスープの入った器を手に取ろうとする。

私はあわてて止めた。

「あっ、待ってください。最後に仕上げが！」

言って、私はスキレットを手に取った。今頃溶けたバターには、ローズマリーとにんにくの風味がじんわり染み込んでいるはずだ。

きょろきょろと辺りを見渡すと、さすが食堂！　すぐに目当ての濾《こ》し器を見つけられて、私は器に溶かしガーリックバターを濾して入れた。

それからバターを小さじ一杯分、それぞれの皿に回しかける。終わると、私は椅子に座るふたりに器を差し出した。

「おまたせいたしました！　『野菜ごった煮スープの溶かしガーリックバターがけ』です！」

「ほぉ。ガーリックバターをスープに入れたのかい。これはあたしも初めて見るねぇ」

ドーラさんが言う横で、待ちきれないといった様子のヤーコプさんがズズッとスープをすする。

「……うん！　うまい！　野菜の甘みもさることながら、そこににんにくの風味が加わって素晴らしいハーモニーを奏でていますね！　これは確かに、聖騎士団の皆さんが絶賛するだけありますねぇ」

「体があったまるし、あたしでも食べやすい。これはいいねぇ」

「喜んでもらえてよかったです」

私はにこにこしながら、自分もスープに口をつけた。

すぐにふんわりと口に広がるのは、ぎゅっと詰まった野菜の旨《うま》みと甘み。そしてガーリックバターのコクが、スープに深みを与えておいしさを引き立てている。

このスープは具材もたっぷり入っているから、他におかずがなくてもこれだけでお腹いっぱいになれる便利な一品だ。実家ではこんなにたくさんの具は入っていなかったし、ガーリックバターもなかったけれど、色んな食材でよく楽しんでいたなぁ。

……あ、そういえばこのスープは、どんな効果なんだろう？

思い出して私はスープを鑑定した。

野菜ごった煮スープの溶かしガーリックバターがけ：攻撃力＋2％、スキルスピード＋10％、運＋2％、浄化（小）

ん……？　なぜかこの料理だけ、スキルスピードっていう効果がやたら大量についている！　いつもよりたくさん野菜を入れたのが関係しているのかな？

それに、この《浄化》って、もしかして《浄化》スキルを覚えたから？

私は目をつぶって、スキルツリーを出現させた。

最初はわけがわからなかったこのスキルツリーとやらも、今じゃすっかり慣れたものだ。浮かぶ銀色のコインを見ながら考える。

ついている浄化が（小）なのって、もしかして《バフ付与・小》を取ったからなのかな？　じゃあ、《バフ付与・中》とか《バフ付与・大》とかを取ると浄化もそれに合わせて変化するのかな……!?

ドキドキしながらスキルツリーをさらにみつめる。

《バフ付与・中》に必要なスキルポイントは3、《バフ付与・大》に必要なスキルポイントは6。さらにその上には、スキルポイントが12必要な《バフ付与・ＥＸ》という項目もある。

むむむ……！　どれも面白そうで、次にどれを取るのか、すっごく迷う！

もっと大きなバフはもちろん、生成シリーズにあるプロテインとかポン酢とかの謎の単語も気になるし、浄化の先にある毒無効や毒変化だって……ああ、取ってみたいスキルが山ほどある！

気づけば私はすっかりスキルツリーに夢中になっていた。だって取れるスキルが本当にどれも便利そうで、ワクワクするんだもの。

そこへ、いつの間にか暗闇でスープを飲んでいたリディルさんが満足そうに言った。

『今日のスープはとても優しい味ですね、ララ。わたくし、この間のシチューもおいしかったですが、こちらもとても好きです』

最近はリディルさんも慣れたもので、わざわざ念じなくても、私が食べただけでリディルさんが取り出せるようになったらしい。

「明日からはしっかり出汁《ブイヨン》も取っていくので、もっとおいしくなりますよ。楽しみにしていてくださいね！」

出汁はもともと、くず野菜や骨も残さず食べられないかと試行錯誤していたら出来上がった偶然の代物だ。後になって村の人たちから「それは出汁と呼ばれるものだよ」と聞いて驚いたのだけれど、それ以来欠かせないものになっている。

騎士団に合流した時はずっと移動していたし、そんなに調理時間を取れなかったから今まで入れずにきたけれど……これからは腰を据えてじっくり作れるぞ！

『それは楽しみです。……ところでスキルツリーを眺めてどうしたのですか？』

「実は、次に何のスキルを取ろうか悩んでいたんです。リディルさんがずっとおすすめしていた《浄化》もすごかったし、きっと他のスキルもすごいんだろうなぁと思って……！」

『そうですね。ララが魔物討伐をするのであれば魔法系や剣術を極めるようにすすめるところなのですが』

「ま、魔物討伐はちょっと……！　食べみたい気はしますが……！」

私が怖気《おじけ》づくと、リディルさんは特に残念がることもなく淡々と言った。

『でしたらやはり生成シリーズがよいのではないでしょうか。この、ショウユとかミソとかも並びから想像するに食べ物のようですし』

確かに、料理人としてそれは気になる！　だとしたら、次に目指すのはスキルポイント6で取れるプロテインかな？　塩、胡椒《こしょう》の次にあって、ショウユの前に挟まっている。

派生している砂糖の方もすごく気になるんだけれど、実は胡椒生成の方が後のスキルを考えた時にちょっとポイントがお得なんだよね……。

「それにしてもプロテインって、一体何なんでしょうね？」

私はくたくたになった野菜をおたまですくいあげながら、まだ見ぬスキルのことを想像した。

閑話　勇者の探索（フィンセント視点）

王宮にある謁見《えっけん》の間《ま》で、私は玉座に座る両親と、そばに立つオリフィエル兄上を見上げていた。

「此度《こたび》の遠征、ご苦労だった。無事に戻ってきてくれて嬉《うれ》しいぞフィンセント」

「向こう《辺境》では聖騎士団が大活躍だったという報告を聞いている。さすがフィンだな」

笑顔で言うふたりに、私は臣下らしく首《こうべ》を垂れる。

「労《ねぎら》いのお言葉ありがとうございます。陛下、王太子殿下」

「そんな堅苦しい呼び方はよしてくれ、フィン。僕とお前は、たったふたりの兄弟じゃないか」

「ですが、今の私は騎士ですので……」

固辞すると、兄上はやれやれといった顔で首を振った。

「相変わらずフィンは頭が固いな」

隣では王妃である母も、ぼやきながらため息をつく。

「聖騎士団に入ると言った時も、頑《かたく》なでしたものね。第二王子なのですから、聖騎士団なんて危険な職務になど就かなくてもよいのに」

「だが聖騎士団に入るのはいいことだぞ。体も精神も鍛えられるし、その経験はきっと将来オリフィエルの助けとなるだろう」

「そうですよ母上。私は体が弱くて遠征に行けないから、私の代わりに見てきてくれるフィンにどれだけ助けられていることか。……ゴホッゴホッ。ほら、私の体は相変わらずですから」

「それはそうですけれど……だからって、聖騎士団長にまでならなくったって……」

そんな三人のやりとりを、私は黙って聞いていた。

――私が第二王子という身分でありながらわざわざ聖騎士団に入ったのは、何を隠そう兄上の王位を守るためだった。

聡明《そうめい》で優しい兄は生まれつき体が弱く、昔から王に向いていないのでは、という声が多い。

それだけならまだ静観していられたのだが、ここ数年はフィンセント《私》を王にした方が、という声が無視できないほど大きくなり始めていた。

だから私は、兄を押しのけて王位に就く気はないということを周囲に知らせるために、王族としては初となる聖騎士団長の座に就いたのだ。

本当は王位継承権そのものを放棄できれば一番よかったのだが……さすがにそれは、と父である陛下に止められ、苦肉の策で選んだのが聖騎士団長の座だった。

「まぁまぁ、この話はよそう。せっかくフィンセントが戻ったのだ。近々、帰還の祝宴でも開こうではないか」

祝宴、という言葉に母の目がきらりと光る。

「宴！　ええ、そうですわね。祝宴がいいですわ。今をときめく聖騎士団長ですもの、ご令嬢たちもたくさん呼ばなければ。ふふっ」

そう言う母は張り切っていた。……理由は聞かなくてもわかる。

聖騎士団に入ってからというもの、母は一刻も早く私を結婚させようとしていた。

いわく、「守りたい女性のひとりやふたりいれば、無駄に命を落とすこともなくなるでしょう。もしかしたら聖騎士団もやめてくれるかも」という考えらしい。

もちろん、私の身を案じてくれる母の気持ちもわかるし尊重したいのだが……接すれば接するほどご令嬢、いや、女性全般が苦手になっていくのは、自分でもどうしようもなかった。

考えながら、ふぅ、とため息をつく。

世の中の女性が、皆ララのように話しやすければいいのに……。

こんな時につい思い浮かべてしまうのは、ボート侯爵領で知り合った男爵令嬢のことだ。

彼女は色々風変わりではあるものの、その風変わりさが私にとってはとても居心地がよかった。

胸を押し付けてきたり甘ったるい声を出したりせず、また変に私を美化しすぎたりもしない。ただただ私にフィンセントというひとりの人間として接してくれる。だから私も、変に警戒することもなくひとりの人間として話ができる。

長年王宮で過ごしてきた私にとって、そんな女性は初めてだった。

そこまで考えてふと思う。

それとも……彼女も私の身分を知ったら、態度を変えてしまうのだろうか？

想像して一瞬暗い気持ちになりかけたが、すぐにその考えを振り払う。

今それを考えるのはよそう。いつか彼女も、私が第二王子であることを知る日が来るだろう。その時彼女の態度がどんな風に変わっても、それは彼女の自由だ。

ただ――。

こちらに向かって微笑《ほほえ》むララの顔を思い出しながら、私はきゅっと唇を結んだ。

ただ、それによってあの笑顔が失われないことを、今は願うだけだ。

それから顔を上げると、私は母に向かって言った。

「王妃陛下、気遣いは大変ありがたいのですが、祝宴を開くなら私ではなく騎士たちを主役にしていただきたい。私はしばらく王都を離れていたため、やることが山積みになっているのです。そちらの仕事を放ってはおけない」

遠回しに宴を辞退すると、母が不満げな顔になる。

「でも、帰還の祝宴なのに団長であるあなたがいないなんて……」

「聖騎士団長など、ただの飾り。こういう時こそ、普段主力となって支えてくれている騎士たちを慰労したいのです。私も、少しだけ参加しますので」

少しだけ参加する、の言葉に、母は渋々ながらも納得したようだった。

次に、私は陛下に声をかける。

「陛下、早馬を飛ばした件なのですが――」

その言葉に、陛下の顔つきが変わった。

実は昨日、王都に着くと同時に王宮に向かって早馬を飛ばしていたのだ。用件はもちろん聖剣のことだ。

「うむ。手紙は読んだ。聖剣がボート侯爵領から失われたそうだな。ボート侯爵が最後に聖剣を確認したのは半年前だとも」

「はい。そのため、早急に勇者を捜し出す必要があると思っています」

「ふぅむ……。しかし、この広い国で、どうやって勇者を捜す？　国外に出ている可能性もあるのだろう？」

私はうなずいた。

陛下の言う通り、聖剣を携える勇者は、もしかしたら今頃国外にいるのかもしれない。

だが、私は勇者にまつわることを知っていた。

ちらりと兄上を見ると、兄もやはり覚えていたらしい。微笑みながら言う。

「懐かしいね。まさか今になってあの頃の記憶が役に立つなんて」

実は幼い頃、私は勇者やら聖剣やらの響きに憧れて、兄と一緒によく勇者にまつわる記録を読んでいた。後に、それが王家にしか伝えられていない情報だと知ってずいぶんと驚いたものだ。

勇者を捜すために重要な情報もその中にあった。

「陛下。勇者は一度現れれば必ず人目を集め、話題になると記録に書かれていました。そのため、王宮の人員を各地に派遣する許可をいただきたいのです。何か異変があれば、すぐに情報を掴めるように」

記録によれば、いつどの時代でも、勇者は現れると必ずその規格外すぎる能力で瞬く間に存在を認知されていったのだという。

村に襲いかかってきた魔物の大軍を、十歳の少年がたったひとりで返り討ちにしたり、巨大化しすぎて誰も足を踏み入れられなかった巣窟をひとりで一掃したり……。

最後の勇者が登場したのは百二十年前だが、今回もきっと、そういうとんでもないことを達成する人物が出てくるはず。その人物をいち早く捜し出し、聖剣の所持が確認できれば、勇者の発見に繋《つな》がるというわけだ。

私が説明すると、陛下は納得がいったようにうなずく。

「わかった。ではフィン主導のもと、勇者を捜すことを命ずる」

「承知いたしました」

私は恭しく頭を下げた。

……その時に一瞬、「これなら、ララに街案内する時間を取れるな……」という考えが浮かんだのを、私ははっとしてすぐに振り払った。


翌日。

母の「誰でもいいからいいご令嬢はいないの？」攻撃をかわし、聖騎士団長としての雑務を終わらせた私は、朝一番に「れべるあっぷ食堂」へ向かう準備を始めた。

さすがに疲れが重なっていたのだろうか？　ここ最近軽かった体が、今日は少し重く感じるな……。

そんなことを思いながら、私はクローゼットの服を眺めた。

前までは侍女に身支度を任せていたのだが、以前、裸になった侍女がベッドに侵入していた事件が起きて以来、私はひとりで身支度をするようになっている。とはいえ聖騎士団ではそれが普通なので、特に不自由は感じてない。

さて……。

あまり物々しい格好で行ってもララたちを困らせるかもしれないから、聖騎士団長の服ではない普通の服を着ていこうと思ったのだが……普通の服とは一体なんだ？　聖騎士団に入る前に着ていた服は豪華すぎて、通りを歩くには目立つだろうし……。

一瞬テオやラルスたち聖騎士団の面々に聞いてみようかと思ったが、彼らが昨夜『勇者の憩い亭』で騒いでいたのを思い出してやめる。ラルスならともかく、テオは確実にまだ寝ているだろう。

なら……と私は、稽古時に着る一番地味な騎士服に着替えた。そして、自分が外出に着ていける服がこれしかないことに気づいて苦笑する。

今までテオたち以外と外に行くことなどなかったからな……。

だが、私にもついに女性の友人ができたのだ。

上機嫌で着替えているとノックの音がして兄のオリフィエルが部屋に入ってくる。

「おや？　一緒に朝食でもと思っていたんだけれど、出かけるのかい？」

「はい。今から友人のところに行こうかと」

「友人……それにしては何やら珍しい服を着ているな。それに、顔も何やら楽しそうだ」

指摘されて私は目を丸くした。……相変わらず、兄上はこういうところによく気がつく。

「そう……でしょうか。確かに少し変わった友ではありますが」

「へえ？　その人物の名は？」

「ララです」

彼女の名に、兄が首をかしげる。

「ララ？　まるで女性のような名だな」

「まるでも何も、ララは女性ですよ」

そう言った途端、兄はぎょっと叫んだ。

「なんだって!?　お前に、女性の友人が!?」

「そこまで驚かなくても……私にも女性の友人ぐらいいますよ」

「でも、今までひとりもいなかっただろう？」

少し虚勢を張ったつもりだったが、速攻で見抜かれた。気まずさにふいと目を逸《そ》らしつつ、私はゴホンと咳払《せきばら》いする。

「い、今までは今までですよ」

「そうか……ついにお前にも女性の友人が……。では女性に対する苦手意識は克服されたということか？」

「それは……今までと変わらずです。貴族のご令嬢たちには申し訳ないが、やはり苦手です。彼女だけ平気なんですよ。私を色眼鏡で見たりしないので」

その言葉に、なぜか兄は大きく目を見開いた。それから、にこりと笑う。……なんですか、その意味ありげな笑顔は。

「ほぉ。……そのご友人は、一体どんな人なんだい？　フィンの格好からして……もしや街娘なのかな？　さすがにお前が娼婦《しょうふ》に入れ込むことはないだろうし……」

「家は貧しいですが、彼女は男爵令嬢ですよ。コーレイン男爵家の長女ララローズです」

「へぇ。コーレイン男爵家の。確かにあの家は借金で苦しんでいると聞いたことがあるな。そのせいで長女は社交界デビューもできなかったとか」

さすが兄上、社交界の事情に精通している。

私は一度会えば顔は覚えるが、それ以外の表に出てこない人たち、特に娘のことまで知ろうとしたことはない。

私も見習って、もっと勉強しなければ……と思ったところで、兄が私の肩をぽんぽんと叩《たた》いた。

「引き止めて悪かったなフィン。僕のことは気にせず、友人のところへ行ってくるといい。大丈夫、母上には僕がうまいこと言っておくから」

「ありがとうございます、殿下。……でもなぜ母上にうまいこと言う必要が？」

「それは気にしなくていい。さぁさ、時間は有限だ。早く行きたまえ！」

腑《ふ》に落ちないながらも、私は兄に背中を押されるまま、王宮を出発した。

それから聞いた道をたどり、思っていたよりもずっと立派な『れべるあっぷ食堂』に着く。

この食堂はこんなに大きかったのか……！

てっきりもっとこぢんまりした食堂なのかと思っていたが、料理人がララひとりでこんな大きな食堂を回せるのだろうか？

そんなことを心配しながらキィ、と扉をくぐると、中ではララがひとりで大きなテーブルをよいしょよいしょと引きずっているところだった。

「ララ、一体何を？」

驚いて声をかけると、私に気づいたララがぱっと顔を輝かせる。

「あっ。おはようございますフィンさん！　昨日ぶりですね！　実は今、区画を作っているところでして」

「区画？」

「はい！　今の食堂だと、広すぎて私ひとりじゃ手が回らないので……」

言いながら、ララは説明した。

食堂を再開させた場合、ドーラさんも手伝ってはくれるものの、調理も配膳も実質ララひとりでやらなければいけない。そのため、しばらくは受け入れる客の人数も、出すメニューも、数を減らして営業するつもりなのだという。

広々とした二階は当然全部閉鎖するとして、一階も三分の二ほどを閉鎖。残された三分の一の面積だけで営業するとララは言った。

「それで使わないテーブルや椅子を片付けていたんです」

「なるほど。なら私も手伝おう。ここにあるテーブルや椅子をどかせばいいのだな？」

言って私がテーブルに手をかけると、ララがあわてる。

「そんな、大丈夫ですよ！　フィンさんに手伝わせるわけには！」

私は微笑みながらひょいとテーブルを持ち上げた。彼女がそう言うだろうと思っていたのだ。

「なら、昼食はララが作ってくれないか。このままララの〝ごはん〟を食べずに帰るのも惜しいし、それが手伝い料ということでどうだろう」

「でも……今日のごはんは、昨日の残り物スープとサンドイッチぐらいしかないですよ……？」

「かまわない。むしろそれが食べたい」

「それなら……喜んで！　ありがとうございます、フィンさん！」

屈託のない明るい笑顔を見ながら、私は微笑んだ。

――そうだ、この笑顔だ。

ララに邪《よこしま》な気持ちがないから、私は安心して接していられるんだ。

それからふたりでテーブルやら椅子やらを片付けると、ララが今度はロープとカーテンを持ってきた。しばらくはこのロープを張って、カーテンで間仕切りをするのだという。

それもララに代わって背の高い私が、ちょうどよさそうな梁《はり》にロープを結び付けていく。

「あとはここにカーテンを通せばいいんだな？　ララ、カーテンを――」

「はい！　どうぞ！」

言いながらララがカーテンを渡してくる。

その瞬間、受け取ろうとした私の手とララの手が一瞬触れた。ほんのりとあたたかい指先に、私は動揺する。

「わっ、と。……すまない！」

「大丈夫ですよ！」

……が、ララは全然平気そうだった。どうやら動揺していたのは私だけらしい……。

複雑な気持ちになっていると、ララが何やらしみじみした顔で言う。

「……前から思っていたんですが、フィンさんってすごく紳士ですよね。テオさんやラルスさん、騎士団の皆さんも優しいんですが、飛びぬけて礼儀正しいというか。やっぱりフィンさんも、とってもいい貴族の生まれなんですか？」

「それ……は……」

私はどう言うべきか迷った。

この流れで、自分が第二王子であることを言ってしまおうか？　でも、万が一それで彼女の態度が変わってしまったら……。

そんな考えがよぎって、気づくと私は誤魔化すような言葉を口走っていた。

「……まぁまぁいいところの貴族だよ」

「やっぱりそうなんですね！　だったら……あの、もしかして、舞踏会や夜会に参加したことがあるのですか!?」

「舞踏会？　もちろんだが……」

言って、ふと思い出す。

そう言えば兄上が言っていたな。コーレイン男爵家は借金のせいで、長女がいまだに社交界デビューできていないと。貴族の令嬢は通常十四歳で社交界デビューするのだが、ララはもう十六を過ぎていたはずだ。

「やっぱり君も、舞踏会に興味があるのか？」

私にはよくわからないが、女性は美しいドレスや宝石、きらびやかな舞踏会そのものが好きだと聞く。彼女もそういうものに対する憧れがあるのかもしれない。

私がそう思っていると、ララはきらきらと目を輝かせ、ぐっと拳《こぶし》を握りしめながら言った。

「もちろんです！　だって、舞踏会にはおいしいごはんがたっくさん出るのでしょう!?」

……ん？

「しかも、お金もいらず食べ放題なんだとか！　なんですかそれは天国ですか!?」

……ん？

おかしいな。思ってた反応とちょっと違う。

私が目を丸くして見つめていると、はっと気づいたララが、頬《ほお》を染めた。

「って、ご、ごめんなさい。参加するためにはまず綺麗《きれい》なドレスが必要でしたね……！　それも準備できないのに、お金がいらないなんて言ってごめんなさい……！」

いや、大事なのはそこではないと思う。

……そう思うのに、突っ込む代わりに笑いが出た。

「ふ、ふふ……ふははっ」

誰もが着飾り、気取って歩く中、ひとり食べ物に夢中なララの姿を想像したら思わず笑みが込み上げてしまったのだ。

きっと、彼女ほど喜んでくれる人がいたら、料理人たちも作った甲斐《かい》があるだろうな。

……いつかその光景を、見てみたいものだ。

そう思った次の瞬間には、驚くべきことに私はララを誘っていた。あんなに行くのが嫌だった、舞踏会に。

「なら、今度私と一緒に舞踏会に行くかい？　お世話になったお礼に、ドレスは私がプレゼントしよう」

「えっ、えええ!?　だめですよ！　フィンさん、何やらとんでもなく高価なドレスをくれそうな気がするのでだめです！　そこまでご迷惑はおかけできません！」

……なぜ私が高価なドレスを贈ろうとしていると見抜かれたのだろう。

思いのほか強い口調で断られてしまったが、どうやらこれはララが断れないよう何か理由が必要なようだな。

考えていると、コツ、コツ、と杖《つえ》の音がして、入り口からこの間の老婦人が入ってくる。名前はドーラだったな。

ドーラ婦人は私に気づくと、おや？　と眉を上げた。

「フィンセント様がいらっしゃってたんですか。すみませんね、まだ開店の準備ができていないんですよ」

「いえ。私はララの様子を見に来たんです」

「フィンさんが手伝ってくれたおかげで、間仕切りがもう終わったんですよ！」

「おお、それは助かるねえ。男手がないと、力仕事はどうしても苦手だからねぇ」

ララがにこにこと言うと、すぐにドーラさんもにこにこし始める。

……最近気づいたが、ララの笑顔はどうも伝染するらしい。彼女がにこにこしていると、なんとなくこちらまで気持ちが明るくなって、にこにこしてしまうのだ。

「お役に立ててよかったです。さ、ドーラさんは席にどうぞ。予定より早いですが、もうお昼ごはんを作り始めちゃいますね。フィンセントさんの分も作ってもいいですか？」

「ああ、もちろんだともさ」

「ドーラ婦人、お手を」

私が手を差し出すと、ドーラ婦人が驚いたようにこちらを見る。

「おや？　フィンセント様がエスコートしてくれるのかい？　さすが聖騎士団長様だねぇ」

「当然のことです」

ドーラさんをエスコートして、厨房《ちゅうぼう》と向かい合った対面《カウンター》の席につかせている間に、ララは昼食を作るためにエプロンをつけていた。

「いつも通り私におまかせで大丈夫ですか？」

「あたしゃ大丈夫だよ」

「私もだ」

言って、私もドーラさんの隣に座った。それから、じっとララを見つめる。

遠征中は何かと雑務が多く、いつも料理のいい匂いがただよい始めてから見に行っていたから、こうして一から作るところを見るのは初めてだ。

私が穏やかな気持ちで眺める前で、気づけばララが、スゥッ……と白い包丁を握っていた。

……ん？　今この包丁、どこから取り出したんだ……？

さっきまで持っていなかったような……。

不思議に思いながら、目を細めてじっと包丁を見つめる。

……ん？　……んん？

あの白い持ち手に、白い刀身。そしてびっしりと刻まれた優雅な彫刻、どこかで見たことがあるような——。

そこまで考えてから、私はガタタッと席を立ち上がった。

「ラッ、ララ！　その包丁は……！　なんでそれを君が!?」

「はい？」

きょとん、とした顔でララが握っていたのは、私が王宮の記録室で何度も何度も目に焼き付けるようにして見た、『聖剣』そのものだった。

「……!?」

何度目を凝らして見ても間違いない、ララが持っているのは私が捜し求めていた聖剣だ！

記録に描かれていた聖剣の姿はなんとなく……というかどこからどう見ても包丁にしか見えない形をしていて、それがひどく印象に残っていたのだ。

「あっ、実はずっと話しそびれていたのですが……」

言いながら、ちょっと照れた顔のララが聖剣を差し出す。

「実はフィンさんたちと出会う少し前に、森で拾ったんです！」

それってどう考えても、聖剣の眠るボート侯爵領のことだよな!?

「この包丁、名前はリディルさんっていうんですけれど、すごいんですよ！」

リディル！　確かに記録で見た！　剣の女神リディルは、聖剣リディルの守り手であり、勇者の導き手だと！

「使えば使うほどれべるあっぷするんですけれど、それと一緒にスキルも増えていって！」

れべるあっぷ！　それって、勇者だけに許された〝れべるあっぷ伝説〟のことか!?

「この間フィンさんたちにひとりごとを言っていると勘違いされたのですが、実はあれもリディルさんとずっと会話をしていて――ってどうしたんですかフィンさん！」

もはやどこから突っ込んでいいかわからなくなった私は、ふぅ……と深いため息をついてがっくりとうなだれていた。

「大丈夫……少し気が抜けただけだ……」

まさか捜し求めていた聖剣と勇者が、こんなところにいたなんて……！

いや、彼女の場合は勇者というくくりでいいのか……？　歴代勇者は確か全員男性だったはずだが……。

私が考えていると、ララよりも先に何かを察したらしいドーラさんがひそひそと耳打ちしてくる。

「フィンセント様やい。やっぱりあれ、普通の包丁じゃないんだよな……？」

私もひそひそと囁《ささや》き返した。

「ええ、そうです……。あれは百二十年も眠っていた、聖剣リディルですよ……」

「聖剣ッ……！」

その言葉に、ドーラさんが目を剥《む》く。

「おとぎ話で聞いたことはあったが、本当に実在していたのかい!?　そしてララが持っているのがそれだって!?」

ドーラさんが驚くのも無理はない。

最後に聖剣が振るわれたのは百二十年も昔。その当時のことを知る人は誰も生きておらず、勇者伝説も聖剣伝説もおとぎ話と化していた。

その上、ボート侯爵領は聖剣保護法にのっとって観光客の立ち入りも禁止していたため、「聖剣などないのではないか」「ただのおとぎ話なのでは」という声もあがるほどだったのだ。この件に関しては、陛下も見直しを考えている最中だった。

さらにおとぎ話として拍車をかけたのが、近年の平和ぶりだ。

魔物は依然として出現し続けてはいるものの、それは雨が降り作物が育つのと同じ自然の摂理程度に過ぎず、魔王が実在していた頃のような苛烈《かれつ》さもない。

そのため、勇者の出現など誰も夢にも思っていなかったのだ。

「あのう……。私、何かおかしなことを言ってしまいましたか……!?」

おかしいというか、聖剣に気づいていないのがおかしいというか、いやでも記録を見たことがなければ、聖剣が包丁の形をしているなんて誰も気づかないのか……!?

混乱した私は、気持ちを落ち着けようとララに質問した。

「ララ……聖剣伝説のことは知っているかい？」

「セイケン伝説……？　それっておいしいですか？」

「え？」

「ごっ、ごめんなさい！　私、食べ物以外のことはあまり興味がな――じゃなかった、詳しくなくて……！」

ララがしゅんと眉を下げる。

なるほど。彼女はまず聖剣伝説そのものを知らないのか。というか聖剣の単語を持ち出して、「おいしいですか？」って聞かれたのは初めてだな……。

はっ！　もしかして、だからこそララが聖剣を引き抜けたのか!?　見た目が包丁だから……！

そこへ、ドーラさんが声をかける。

「ララ、とりあえずごはんを作ってくれないかい？　あたしゃそろそろお腹が空《す》いてきたよ」

「あ、はいっ！」

話が変わってホッとした顔のララが、せっせと食材を切り始める。

そのトントントントンという軽やかな音を聞きながら、ドーラさんが私に耳打ちした。

「フィンセント様やい……。あたしゃそういうのは詳しくないんだが、あれが聖剣だとするとどうなっちまうんだい？　ララ、王宮に連れていかなきゃならんのかね？」

「それは……」

聞かれて私は考え込んだ。

通常であれば、勇者は発見次第王宮に召される。

そこで王から装備を賜り、魔王討伐へと出発するのが、記録に残っている一連の手順……なのだが……。

……実は今、魔王がいないのだ……！

私は頭を抱えた。

そう、ボート侯爵にもわずかだが同情の余地があって、そもそも平和すぎて魔王の気配など微塵《みじん》もないのだ。そのため、勇者だけが現れるとは誰も予測できないだろう。

そして勇者も、倒すべき魔王がどこにもいないとなると仕事がない。

ならば魔物退治に、と言いたいところだが、それも規模の大きいものは先日我々が討伐したばかり。

もちろんこまごまとした魔物はいるものの、昨今は平和すぎて冒険者という職業そのものが廃れつつある状態、わざわざ料理人であるララを連れ出す必要はあるのだろうか……？

あと女性の勇者なんて初耳だぞ。性別、合っているのか？　あんな見かけだが、実は男です、なんてことはないよな……!?

考えれば考えるほど、ぐるぐると思考のドツボにはまっていく。

だめだ、これは私ひとりでは結論を出せない。すぐに陛下や兄上たちに報告しなければ。

そう思って、私は一瞬立ち上がろうとし——思い直して席についた。

……いや、せめてララのごはんを食べてからにしよう。

私が悩んでいる間にも、ふんわりとおいしそうな匂いがただよってきているのだ。

「いったん、この件は保留にして、陛下に意見を伺おうと思っている」

「そうかい……。まあ事が事だもんねえ……。まさか聖剣だなんて」

ドーラさんとひそひそ話していると、ララが元気な声で言った。

「お待たせいたしました！　今日のお昼ごはんは昨日の残り物スープと、『カンクローネ風ホットサンド』です！」

「ほう……」

お盆にのって出てきたのは、深皿に入った野菜たっぷりスープと、重しを載せて焼いたらしい具入りのパンだ。それを目の前で、ララが包丁――もとい聖剣で、パンの真ん中をさっくりと切っていく。

……聖剣でパンを切っていると知ったら、神官は失神してしまうかもしれないな……。

このことは黙っておこう、と思いながら、私はまずホットサンドを手に取った。

バゲットを薄く切って焼いたパンとパンの間からは、真っ赤なトマトと緑がかったソース、それからとろりとしたチーズが覗《のぞ》いている。このとろけ具合……チーズはロッツァアレラだろうか？

確かロッツァアレラは、イタリン語の「ちぎる」を意味するロッツァーレという単語からきているんだったな……。

思い出しながらひと口かじると、サクッという音とともに、あつあつとろとろのトマトとチーズが口に広がった。さらにバジルのさわやかな香りで、ソースがバジルソースだとわかる。

私ははふはふとほおばりながら、目を輝かせた。

「うん、おいしいな！　この組み合わせは私も大好きだ」

「カンクローネ風とは意外と物知りだねえ。ララはどこで料理を学んだんだい？」

隣ではドーラさんも、とろ〜りとチーズを伸ばしながらホットサンドを食べている。

「村に来る行商人です。よく余った食材や傷んだ食材を譲ってもらっていたんですけれど、レシピも教えてもらっていて」

なるほど。彼女の料理知識はそんなところからきていたのか。

聞きながら、私はまたホットサンドにかぶりつく。それから野菜たっぷりのスープに口をつけると、野菜の優しい甘みが染み出していてこちらも大変に美味だった。

パンに口の水分を持っていかれた後に入るスープは、文句なしにうまいな……！

夢中で食べているうちに、みるみる体があったまってゆく。どちらもそんなに量は多くないのだが、満足感が高く、食べ終わる頃には幸せな気持ちで満たされていた。

「今日もすごくおいしかった。ありがとう、ララ」

それに気のせいか、また疲れが吹っ飛んだようだ。体が活力に満ちている。料理には、そんな精神的な効果もあるのだろうか。

私がほくほくしていると、思い出したようにララが顔を上げる。

「あっ、そうだ！　ずっと聞こうと思って忘れていたんですが、フィンさんは〝すきるすぴーど〟って単語が何か知っていますか？」

「〝スキルスピード〟？　……それは勇者が使っていた呪文ではないか？」

確か記録で見たことがあるな。

なんでも、勇者がスキルスピードの呪文を唱えると、人体の限界を超えてスキルが高速で使えるようになるのだとか。

我々聖騎士団も戦闘中は各自のスキルを最大限使っているが、その発動スピードをさらに上げて高速で使えるようになったら……考えただけでワクワクしてしまう、夢の単語だな。

「っと、ララは勇者のことは知っているのか？」

「勇者は……昔お母さんがそんなおとぎ話をしていたような、していなかったような……」

返ってきたのは、かなりあいまいな返事だ。

勇者についてだったら一度は聞いたことがあるかと思っていたが、これもあまり期待しない方がよさそうだな。どうやら彼女は、本当に食べ物以外興味がないらしい。……それもララらしいといえばララらしい。

「でも、そのスキルスピードがどうしたんだ？」

「実は今、フィンさんにバフとしてスキルスピードが付与されている……みたいなんです」

「なんだって!?」

その言葉に、私はまたしてもガタタッと立ち上がり、あやうく皿をひっくり返すところだった。

驚いたララとドーラさんが、目を丸くして私を見る。

「あ、大声を出してすまない……！　そんな話をここで聞くとは思わなくて……！」

そもそも、《バフ付与》は、スキルの中でも極めて希少なスキル。

このスキルを授かった者は王宮でバフ付与師として召し上げられ、高給取りとして一生生活に困ることはない。

それくらい、価値の高いスキルなのだ。

しかも彼女は言った。『スキルスピードが付与されている』と。

《バフ付与》で聞いたことがあるのは攻撃力が上がったり、魔力が増えたりするもの。

それだけでも十分すごいのに、まさかあの伝説のスキルスピードが私に付与されているだと……！

私はそのまま急いで食堂の外に出た。

大通りは多少剣を振り回してもケガ人が出なさそうなほど広々としており、私はそのことに感謝しつつ、鞘《さや》から剣を抜いた。

通行人がぎょっとした目でこちらを見るが、気にしてなどいられない！

「《剣聖》スキル、発動！」

途端、コォオオと私の体から白い光が発せられ、血がぐつぐつと煮え立つ感覚に襲われる。反対に体はフッと軽くなり、剣の重さも自分の体の重さも、すべての重さが消え失《う》せる。

人々の動きは牛よりも遅くなり、それはまるで緩慢な世界の中、私だけが自由に解き放たれているようだった――。

「や、やめてください。私はおつかいの途中で……！」

「へへ、ちょっとぐらい付き合ってくれよ姉ちゃん――」

少し離れた街角で女性にしつこく絡んでいた男が、そう言った次の瞬間だった。

男の着ていた服にスッ……と太刀筋が走ったかと思うと、はらはらはらっ……と服が散り散りになったのだ。

現れた締まりのない裸体に、女性が叫ぶ。

「きゃあああ！　変態！」

「なんだこれ!?　ち、ち、違うんだって！」

素っ裸になった男が股間を押さえて逃げていくのを見ながら、私は剣を鞘に納めた。

先ほどのように、天から授かった《剣聖》スキルを発動させると、私は常人では不可能な、目にも止まらない速さで剣を振るうことができる。

しかし一度発動させた後はしばらく使えないはずだが――。

体に流れる力の源を感じながら、私はぐっと手を握る。……うん。この感覚なら、もしかしたらアレができるかもしれない！

「二度目の……《剣聖》！」

私が叫ぶと、まだ体が軽い状態であるにもかかわらず、再びカッと血が全身に巡る。それは一度目の発動をさらに超える、未知の領域だった。

……すごい、思った通りだ！

復活が早いおかげで、一度目のスキル効果が切れる前に二度目のスキルが発動できたぞ……！

私が感動してまじまじと手を見つめていると、心配したらしいララが食堂の扉からひょいと顔を覗かせた。

「あの、フィンさん……？」

その声に、私はあわてて彼女の方を向く。

「ああ、すまない。興奮してつい……。それにしても驚いたよ。まさかララが《バフ付与》を使えるなんて。以前、火と水の魔法を使っていたから、てっきり《はらぺこ》はそういうスキルかと思っていたのだが」

「それもリディルさんのおかげなんですよ。バフも、今は《バフ付与・小》のみですが、いずれ中と大も取りたいなと思っていて……」

……ん？　中と大も取る？　彼女は何を言っているんだ……？

スキルは自然に発生するものであって、主体的に選択できるなんて聞いたことがな――。

そこまで考えて私ははっとした。

……いや、いる。

この世にたったひとりだけ、そんなことができる人が。

唯一〝れべるあっぷ〟の概念を持つ、勇者その人が。

……だとすると、やはりララは勇者で間違いないのだな……!?

私はくっとうめいて額を押さえながら、ララに聞いた。

「その……ララ。念のため、念のためだ。……ひとつ聞いてもいいだろうか」

「はい、なんでしょう？」

「これは決してやましい気持ちがあったり、君の外見がどうこうという理由ではない、あくまで形式上の、書類に書くために必要な確認なのだが……」

「はい……？」

山ほど前置きをつけてから、私は慎重に尋ねた。

「その……君の性別は、女性……で合っているだろうか？」

おそるおそる尋ねると、ララは目をぱちぱちとさせた。

澄んだ菫《すみれ》色の瞳はアメシストのように輝き、それを彩るストロベリーブロンドの髪も、これ以上ないくらい華やかで可愛《かわい》らしいと思う。

　そんなララが……まさか……ないよな……？

　ドキドキしながら見つめる私の前で、ララはにっこりと微笑んだ。

「はい！　女ですよ！」

　その言葉に、私はほーっと息をついた。

　よかった。彼女が女性で。そして嫌な顔をされなくて……。

　それにしても、ララが女性となると前代未聞だな。

　これは一刻も早く陛下に相談をしなければ……。

　そして陛下が正式な決断を下すまで、しばらく聖剣や勇者のことはララに説明しないでおこう。

　こちらの見通しも立っていない状態で、食堂を始めようと奮闘している彼女を変に動揺させたくなかったのだ。

　決意しながら、私は話を変えた。

「ところでララ。食堂の開店はいつになるんだ？　本格的に忙しくなる前に、この街を案内しようと思って」

　……おほん。

　冷静な自分が、「そんなことをしている場合ではないのでは!?」と言っているのが聞こえるが、彼女が勇者であることと、彼女に街案内をすることとは別の話だ。

　私は自分にそう言い聞かせながら、しっかり彼女の予定を聞き出していた。

「あそこがエイズワースの鍛冶《かじ》屋で、隣接しているのがトリンドルの武器屋と防具屋。それからこっちの通りにあるのが、粉挽《こなひき》屋とパン屋だ」

大通りでフィンさんの説明を聞きながら、私はふんふんとうなずいた。

そばではすれちがう女性たちが、ポッと頬《ほお》を染めてフィンさんを見ている。

……その気持ち、わかるなぁ。

だって、今は私に合わせて軽装に着替えているけれど、それでもフィンさんから漏れ出るオーラはすごいのだ。《剣聖》のスキルを持っていると言ってたから、本当にスキルのオーラが漏れちゃっているのかもしれない……。

——私は今、『れべるあっぷ食堂』開店準備の間を縫って、フィンさんとともに王都へシトレの街中に繰り出していた。フィンさんが、

「これから都で生活をするなら、色々知っておいた方がいい。案内しよう」

と提案してくれたので、ありがたく甘えさせてもらったのだ。

実際ドーラさんは足が悪いし歩き回らせるのも申し訳ないと思っていたから、私がしっかり覚えておつかいができるようにならなくっちゃね！

私はフィンさんが指し示してくれた店をじっと見つめた。

えっと……開け放たれた扉からカーンカーンという金槌《かなづち》の音が聞こえるのが鍛冶屋さんだよね？

武器屋さんと防具屋さんは用がないと思うんだけど、鍛冶屋さんの場所は一応チェックしておかなくっちゃ。万が一リディルさんに何かあった時に駆け込めるのは、きっと鍛冶屋さんだもの。

それから反対側の通りにある粉挽屋さんとパン屋さんを見る。

ふたつの店はどちらも最近、商人のヤーコプさんに仲介してもらって契約を交わしたばかり。この粉挽屋さんから小麦粉を仕入れ、パン屋さんには毎日パンを配達してもらうことになっている。

私が両方のお店に行って軽く挨拶を済ませると、今度はフィンさんが少し離れたところにある細い路地を指しながら言った。

「この辺りだったらひとりで歩いても問題ないが、あそこから向こうには行かない方がいい。ここはがらりと雰囲気が変わる。もしどうしても用事がある時は、必ず私を呼ぶように」

「フィンさんを……ですか……？」

私はまじまじとフィンさんを見た。

運よく知り合えてとても親切にしてもらっているけれど、フィンさんは聖騎士団の団長さんなのだ。こうして案内してもらっているだけでもすごくありがたいのに、そんなに甘えてしまっていいのだろうか。というかすっごく忙しいんじゃ……。

「あの、フィンさんは団長さんなのですから、私がそんなに軽々しく呼んだらご迷惑になるのでは……」

そう聞いた途端、なぜかフィンさんがすごく嬉《うれ》しそうな顔でニコッと笑った。

輝く笑顔はペカーッと音が聞こえそうなほどまばゆく、私は思わずうっと顔を覆いそうになる。

通りにいる女の子たちからも、キャーッと黄色い悲鳴があがっていた。

「それが、実は仕事としてこの辺りに通うことになったんだ。なんなら近くで、家でも借りようかと考えている」

えっ!?　家まで借りるんですか!?

どんなお仕事かはわからないけれど、思ったよりも本格的に腰を据えるつもりなんだ！

「だからララは遠慮なく私を呼んでほしい。騎士としての務めだけではなく、友人として君の力になりたいと思っている」

「フィンさん……！　ありがとうございます！」

友人だなんて嬉しい！　村の人たち以外で友達って初めてだ！

本当にフィンさんにはずっと助けてもらってばかりだから、私もごはんで恩返ししていけたらいいなぁ。

嬉しくてるんるん歩いていると、ふいにお肉の焼ける香ばしい匂いが鼻をくすぐった。反射的にくんくん、と匂いを嗅ぎ、少し歩いた先に串焼きの屋台が出ているのを見つける。

わぁっ！　串焼き屋だ!!

私は口から出かけた声を飲み込み、代わりに目をらんらんと輝かせた。

実家のある村では、屋台といえばお祭りの時だけ出る催しものだった。でも料理はどれもお祭り価格で高くって、貧乏な我が家には到底買える代物じゃなかったの。

お父さんがまだ健在だった頃に一度だけ串焼きを買ってもらったんだけど、スパイスがたっぷりのラム肉、すごくおいしかったなあ……！

せめて匂いだけでもめいっぱい吸っておこう……。

と思って私が密《ひそ》かにくんくんしていたら、隣でふはっ、と笑う声が聞こえた。見ると、フィンさんが口を押さえてくつくつ笑っている。

「……も、もしかして、バレてました……？」

「いや、すまない。気づかないふりをしようと思っていたんだが、その……突然あまりにも素早い動きで屋台の方を向いていたから……」

私はかぁぁっと顔が赤くなった。

は、恥ずかしい……！　私、そんな風になっていたなんて！

「すみません、はしたないですよね……！」

「大丈夫だよ。ある意味君らしい。それよりもせっかくだから、屋台で何か食べていこうか。見てごらん。昼どきだから色々な屋台が出ている」

言われて私は気づいた。

通りには串焼き屋だけではなく、ホットワイン屋や出張パン屋といった様々な屋台が並んでいる。あの浅いお鍋にのっている黄色いお米は……もしかして前に教えてもらった、パエージャ《パエリア》のお店かな!?

「すごい。今日はお祭りか何かなんですか？　こんなにたくさん！」

「毎日ここに来るわけじゃないが、どの通りもごはんどきは大体こんな感じだ。固定の店を持たず、屋台だけを出す人も多い」

フィンさんいわく、この街では最初に屋台から始めて、お金が貯《た》まったら念願の店を構える人たちが多いのだという。ドーラさんももしかしたら、そういう風に食堂を始めていたのかもしれない。

「そう考えると、未経験だったのに最初からお店に立たせてもらえる私は幸せものですね！　ドーラさんがいなかったら、きっとあのままウェイトレスをやっていたと思いますし」

聞けば、ドーラさんも最初は伝手《つて》をたどって料理人を探していたらしい。

けれど『花の都亭』が開店したことでこの辺りの料理人は皆雇われてしまった上に、フィリッツさんがいた頃の『れべるあっぷ食堂』の評判を落とすのが怖い、という理由で誰にも引き受けてもらえなかったそうだ。

そこに折よく現れたのが私で、聖騎士団の紹介なら！　と藁《わら》にも縋《すが》る気持ちで声をかけてくれたのだとか。

「それは……実はお互い様だと思うな」

「え？」

「ドーラさんもまさか、ララみたいないい人材を捕まえられるとは思っていなかっただろう。明るくて優しいし、何より……」

「何より？」

だがそこで、私のお腹が盛大にぐごぉぉおおお！　と鳴った。

それはもう、巨大なヒキガエルの魔物、ジャイアントトードの鳴き声と聞き間違えるくらい、盛大に。

「……」

「……」

私の顔が再び真っ赤になる。

……せ、せめてもうちょっとこう、「きゅるる☆」みたいな、可愛《かわい》い音だったら……！

隣のフィンさんは笑わないよう必死にこらえていたけれど、でもちょっとだけ漏れている。

「ふ、ふふっ……。話はあとにして、そろそろごはんを食べに行こうか。私がおごるから、屋台の食べ歩きでもしよう」

「いいんですか!?　ありがとうございます！」

よかった！　実は本当にお腹がぺこぺこだったの！

私は遠慮することも忘れて、ダッと屋台に駆け出した。

後ろから、ニコニコしたフィンさんがついてくる。

「ああ、なんでも好きなものを好きなだけ食べてくれ。君がよく食べるのはもう知っているから、遠慮しなくてもいい」

み、見透かされている……。

それはそれで嬉しいような、恥ずかしいような……。

複雑な気持ちになりつつも、私は串焼き屋のおじさんからそっと串焼きを受け取った。

スパイスがたっぷりかかった肉厚のラム肉は見るからにおいしそうだ。独特の匂いを胸いっぱい吸い込んでから噛むと、スパイスの風味とともにじゅわっと肉汁が口の中に広がる。

「ん～～おいしい！　これですよこれ！」

昔お祭りで買ってもらった串焼きの味が、一瞬で口の中に蘇る。それはとってもおいしくて、そして幸せな味がした。

「よし！　いよいよ、今日が開店日ですね！」

朝。私とドーラさんは顔を見合わせながら、緊張した面持ちでうなずいた。

厨房《ちゅうぼう》には商人のヤーコプさんから仕入れた食材がどっさりと積み上がり、オーブンや大鍋には朝から仕込んだ食材や料理が出番を待っている。

《浄化》スキルで掃除した食堂内もピカピカだし、あとはここにお客さんを迎えるだけ！

私はぎゅっと手を握った。

実家で料理を作ったり、聖騎士団で料理を作って食べてもらったりはしたけれど、最初から「料理を売る」という前提で作るのは初めてだ。お金をもらうことで急に責任が重くのしかかってきた気がして、私はドキドキした。

「そんなに緊張しなくても大丈夫だよララ。毒でも入れない限り、多少やらかしちまってもなんとかなるさ。死ぬわけじゃあない」

ぽんぽんと私の背中を叩《たた》きながら、ドーラさんが励ましてくれる。

「そ、そうですよね！　……それで思い出したんですが、念のため《鑑定》で、料理が毒になっていないか確認してもいいですかね!?」

「驚いたねえ。お前さん、そんなことまでできるのかい？」

この数日でドーラさんにはリディルさんのことを色々と話したから、最近は何を言ってもすんなり受け入れてくれるようになった。

　フィンさんにもついに話せたし、テオさんたちにもフィンさんから伝えておいてくれると言っていた。だからみんな、私がひとりごとを言っているわけじゃないってわかってくれるはずだ！

「おっと。話しているうちにそろそろ時間だね。それじゃ、店を開けようかね！『れべるあっぷ食堂』の再始動だよ！」

「はい！」

　私はドーラさんが用意してくれた、「営業中」と書かれた看板を持ち上げると、外に向かって歩き出した。店の前に置くことで、再開したと知らせるのだ。

　カランカラン、と鈴をくくりつけた扉を開けたところで、ちょうど向こうからやってくる見慣れた顔ぶれが見えた。――フィンさんたち、聖騎士団の面々だ。

「おう！　ちょうどいいタイミングだな嬢ちゃん！」

　遠くからでも聞こえるのは、間違いなくテオさんの声。

「皆さんおはようございます！　今日から『れべるあっぷ食堂』の再始動です！」

　テオさんに負けじと声を張り上げる。そうすると、本当に今日から開店するんだ！　という実感がじわじわ込み上げてきて、私も気合が入る気がした。

「おはようララ。あまり大勢で押しかけてもよくないと思って全員は連れてこなかったが、明日以降も皆で来るつもりだ」

　爽やかな笑みを浮かべるフィンさんの横で、ラルスさんがふぃーっと息を漏らしながら言う。

「どうなるかと思ったっスけど、自分、じゃんけんになんとか勝ててよかったっスよ」

「フィンだけずるいよなぁ、団長特権とか言って、自分はじゃんけん免除なんだから」

「じ、実際団長なんだから仕方ないだろう」

話を聞く限り、どうやら、今日はじゃんけんで来る人を決めたらしい。

ごほん、と咳払《せきばら》いするフィンさんに、テオさんとラルスさんがじとーっとした目を向ける。

私はにこにこしながら、食堂の扉を開けた。

「皆さん、本当にありがとうございます！　今日来てくれただけでも嬉しいのに明日もだなんて……さあ、どうぞ中へ！」

案内されるまま、騎士さんたちがぞろぞろと食堂内に入る。

ぴかぴかになった店内を見て、真っ先にテオさんが声をあげた。

「おおっ！　これがばあさんとララの城か！　結構いいところじゃねえか」

「こらっ！　ばあさんなんて呼ぶな！　あたしにはドーラって名前があるんだよ！」

「いてっ！」

ドーラさんに杖《つえ》でコツン、と頭を叩かれたテオさんを見て、フィンさんが笑う。その横ではラルスさんもきょろきょろと食堂を見回している。

「綺麗《きれい》なところっスね！　カーテンで仕切っているのは人数制限っスか？　フィンさんの言う通り全員で来なくてよかったっスね。この規模だと聖騎士団だけで埋め尽くしちゃうところだったっス」

「さぁさお前たち、話すのもいいが、ここは食堂なんだ。何か食べていっておくれよ。うちのララがおいしいものを作るからね！」

「おお、そうだったそうだった。これがメニューか？」

パンパンと手を叩くドーラさんにうながされて、テオさんたちがガヤガヤと席につく。私が厨房から板に書かれた小さなメニューを持ってくると、みんなが一斉に覗《のぞ》き込んだ。

「やっぱ男は朝から肉だよな。俺はこの『頑固ステーキ』で！」

「なら、私は『フラットブレッドのサラダ巻き』をいただこうかな」

「自分は……『バターミルクビスケットの蜂蜜がけ』にするっス」

ラルスさんの注文に、テオさんがくわっと目を剥《む》く。

「ミルクビスケットぉ!?　お前は赤ちゃんか！」

「それのどこが悪いんスか。自分が赤ちゃんなら、テオさんは野獣スね」

「がっはっは！　いいじゃねえか野獣！　赤ちゃんなんかひとのみでちゅよ～」

「こら、お前たち。いきなり騒がしくするな」

やれやれという顔で仲裁するフィンさんの顔を見ながら、私は他の騎士さんの注文も小さな黒板にメモして厨房へ行った。

よし、れべるあっぷ食堂最初のごはん、がんばって作るぞ！

トントントントントントン、という包丁の音に、ジュージューと焼くフライパンの音。その間に他の材料を混ぜたり、時間を計ったりと座ってできる仕事はドーラさんにお願いしている。

ふぅ……！　やっぱり並行して違う料理をいくつも作るとなると大変だな。

私は頭の中で順序だてながら、効率よく動ける最善の方法を選んでいく。

そんな中、ふと気づくと、聖騎士団の人たちが首を伸ばしてじぃっと私のことを見ていた。……ううん、私じゃなくて、包丁を見ているのかな？

「あっ、もしかしてフィンさんからリディルさんのことを聞きましたか？」

にこにこしながら、私はスッとリディルさんを構えた。

途端に、「おお、これが！」とどよめきがあがる。

ふふ、リディルさんは綺麗な上にすごい包丁だから、皆さんが驚くのも無理はない。

「おっ、おう……！　これが聖け……じゃなくて、ララちゃんの包丁なんだな！」

「いやぁ、なんかその、まさかのそれが聖け……じゃなくて、綺麗な包丁っすね！」

珍しくラルスさんもテオさんも歯切れが悪い。

さらに、ぼそぼそとこんな会話も途切れ途切れに聞こえてくる。

「おい……！　ラルスお前、いつも嬢ちゃんのそばで料理していたじゃないか……なんで気づかなかったんだよ……！」

「そ、それは……その、あんまりちゃんとそういう勉強してなかったっスから……ていうかテオさんだって人のこと言えないっスよね!?」

「お、俺はいいんだよ俺は……！　だって肉体派だからよぉ……」

「そんなの……言い訳になってないっスよ……」

「そうだぞふたりとも……。聖騎士団に所属しているのに……聖剣の形を覚えていないなんて……いや私も気づくのが遅くなったが……」

ボソボソ、ボソボソ。

聞こえてくる会話が気になって私は顔を上げた。

「あ、あのう……もしかして私が何かご迷惑を……」

「いや！　ララは気にしないでくれ！」

「何でもない！　何でもないんだ嬢ちゃん！」

「そうっス！　大丈夫っス！」

戸惑ってドーラさんの方を見ると、いつの間にかドンッ！　と腕を組んでいたドーラさんが力強く言った。

「ララ、世の中には知らない方が幸せなこともあるんだよ！」

えっ。それってどういう……。

「それよりも、料理から目を離してもいいのかい!?」

言われて私はハッとした。そうだ、今は目の前の料理に集中しなきゃ！

私はてきぱきと料理を仕上げ、そして多少順番が前後しながらも、なんとか全部の料理をテーブルに並べることができた。安堵《あんど》で、ほっとため息が漏れる。

今日皆さんにお出ししたのは、クレープのように薄く焼いた生地で野菜を包んだ『フラットブレッドのサラダ巻き』に、特製ソースをかけた『頑固ステーキ』。それからサイコロのように真四角で、コロコロした形の『バターミルクビスケットの蜂蜜がけ』だ。

目の前では早速、フィンさんたちが食べ始めている。

「なるほど。フラットブレッドで野菜を巻くと、手が汚れなくて食べやすい。書類仕事をしながらでも食べられそうだな……」

「んん、うめぇな！　結構いい肉使ってるじゃねーか！」

「サクサクの生地に、染み込んだ蜂蜜がたまらないっスね～」

……よかった！　他の騎士さんたちも、みんなおいしそうに食べてくれている。

ちゃんとおいしい料理を出せたことにほっとしていると、不意にむっすりとしたリディルさんの声が聞こえた。

『……ララ、わたくしもあれを食べたいのですが』

あっ、しまった！　私が食べていない時は、リディルさんも食べられないんだった！　とはいえさすがにお客さんのごはんを食べるわけにもいかないし……。

「ごめんなさいリディルさん、お昼休憩になったら私も食べるので……！」

『お昼？　ではお昼になったら、あれらの料理が全部食べられるのですか？』

「ぜ、全部ではない、かも……。一種類だけじゃだめですか……!?」

『……』

「リディルさん……？」

『………』

「あ、あの～、リディルさ～ん……！」

『……………』

無言が怖い。

それからたっっっっっっぷりの間を空けてから、ハァア……という特大のため息をついたリディルさんが言った。

『……しょうがないですね。なら一種類で我慢してあげましょう。ではわたくし、あれがいいです。バターミルクビスケット』

「わかりました！　ビスケットですね！」

一種類しか食べられない代わりに、蜂蜜はたっぷりかけてあげよう……！

そう思っていると、テオさんが一瞬でステーキを食べ終わったらしい。他のみんながまだ食べている中、テオさんだけが席を立ち上がる。

「よしっ、食べ終わったし……いっちょやるか！」

「やるとは？」

「何をでしょう？」

「なんか……嫌な予感がするっス」

みんなが不思議そうな顔で見つめる中、テオさんは何も言わずのっしのっしと食堂の外に出ていった。

かと思うと――。

「おう！　早速、客を捕まえてきたぜ！」

言いながら、見知らぬ男性をひとり、肩にかついで戻ってきたのだ。

「えええ!?　テオさん何やってるんっスか!?」

「テオ!?」

「テオさん!?」

仰天する私たちに向かって、テオさんはけろりとした顔で言う。

「ん？　何って、新規客だが？　近くに住む人たちにも、ララのメシのおいしさを知ってもらわないといけないだろ？」

「それはそうだが、だからって力ずくで捕まえてきてはいけないよテオ。仮にも我々は聖騎士団なんだから……！」

「別に力ずくじゃねーよ？　店の前でうろうろしていたから運んでやったんだ。そうだよなぁ？」

と言いながらかついでいた眼鏡の男性を下ろし、嬉しそうな顔でバンバンとその肩を叩く。

一方、眼鏡をかけた細い男性は、テオさんに肩を叩かれるたびに、どんどん地面にめり込んでいくようだった。

見た目は二十歳ぐらいだろうか？　何度も繰り返し着て裾が擦り切れた服に、斜めがけの大きな鞄《かばん》。青年はボソボソとした声で喋《しゃべ》った。

「あ、あの……はい、仕事の前に食事をとらねばと思っていたところで……あの、この方に運んでいただきました」

「この人、テオさんに無理やり言わされてないっスか？　あんたも嫌だったら逃げて大丈夫っスからね？」

「そうだ。テオは私たちが止める。君の安全は保証しよう」

「おいおいおいおい。俺を魔物か何かだと思っていないか？」

「違うんスか？」

そのやりとりに私は思わず噴き出した。

「ご、ごめんなさい。笑っちゃいけないのについ……フフッ。あの、大丈夫ですよお客さん。食べたいならどうぞ席に、今日は違うならまた別の日にでも」

声をかけると、背中を丸くした青年はズレた眼鏡を直しながら、何も言わず席に座った。

それを見たテオさんが自慢げに言う。

「ほら、やっぱり客じゃねーか」

「大丈夫っスかね。怯《おび》えてるだけなんじゃ……」

「とりあえず様子を見ようか」

私はメニューを取ると、青年に差し出した。

「こちらが朝のメニューになります」

「……ではあの、『頑固ステーキ』と『フラットブレッドのサラダ巻き』と『バターミルクビスケットの蜂蜜がけ』で」

「うおっ!? 兄ちゃんそんな細身なのに、よく食べるねぇ！」

「こらテオ。ここは酒場じゃないんだから、絡むのはやめなさい……」

「そっスよ。いいご迷惑っスよ。あんたも嫌なら言ってくださいね。すぐテオさんをつまみ出しますんで」

「いえ……。にぎやかなのは慣れているので大丈夫です」

無表情のまま、青年がボソボソと言う。

この人、誘拐同然で連れてこられたけど、意外と肝は据わっているみたい……？

私は急いで注文の料理を作ると、青年に出した。

彼はみんなが見守る中、まず無言で『頑固ステーキ』をひとくち食べ――。

「っ……!?」

カッと、大きく目を見開いた。

……だ、大丈夫かな。何か苦手なソースだったのかな……!?

「おい。味はどうなんだ兄ちゃん。うまいだろ？　うまいよな？」

そう言うテオさんの声に、しかし青年は答えない。

代わりに、カツッカツッ！　と音を立ててフォークとナイフを動かし、すごい速さで食べ始める。

ひゅんっ、もぐもぐ。ひゅんっ、もぐもぐ。

一瞬で口の中にステーキが吸い込まれたかと思うと、次に野菜を巻いたフラットブレッドもすさまじい速さで平らげられる。

……あれ、このパターン、このあいだ見たばっかりなような……。

私はこっそり、シチューを食べる白い女神様の姿を思い浮かべていた。すると、

『……ゴホン。ララ、わたくしはあんな風に、はしたなく食べてはいませんよ』

と不満げなリディルさんの声が聞こえた。

「どうやら……気に入った……ようだな？」

「まあ、すごい勢いで食べてるっスからね。気に入ったんじゃないっスか？」

「うまくて言葉も出ないってやつか！　わかるぞ～。うまい料理をもくもくと食べたい時も、あるよな！」

「え。テオさんにもそんな時あるんスか？　てっきり黙ったら死ぬのかと思ってました」

「お前なあ……」

そんな会話にも動じず、青年は最後のビスケットを一個まるごとごくんっと飲むようにして食べたかと思うと、席を立ち上がった。

「……あ、あの、おいしかったです。これ、お代……」

「あいよぉ。まいどあり！」

そして会計係のドーラさんにお金を支払った途端、さっさと食堂を出ていってしまう。

あまりにも速い一連の動きに、テオさんが目を丸くした。

「おわっ。あの兄ちゃん、食べるだけ食べて一瞬で消えちまったな……」

「仕事前だと言っていたからな。急いでいたんじゃないか」

「その割にはよく食べてたっスねー。自分たちですら朝からあの量、いけるか怪しいっスよ」

「でも、いい食べっぷりでしたね」

私はにこにこしながら言った。

豪快な食べっぷりからは、何も言わずとも「おいしい」という気持ちが伝わってくる。言葉で褒めてもらうのももちろん大好きだけれど、口に出さずとも、行動で伝わる無言の賞賛も好きだった。

かつて、リディルさんが無言でシチューを食べていた姿を思い出して、私はまた微笑《ほほえ》んだ。

「ふふっ」

『ララ。その笑いは何ですか。わたくしはあなたと繋《つな》がっているからわかっていますよ。今、わたくしのことを笑っていたでしょう』

「思い出していたんです。リディルさん、可愛いなあって」

『かっ……かわいい……!?　わ、わたくしは高貴なる剣の女神であり、可愛いなどという言葉は……！』

「もしかして嫌でしたか？　ごめんなさい……これからは言わないように気をつけますね……」

私がしゅんとすると、あわてたようにリディルさんの声が響く。

『いっ、嫌ではありませんよ。少し驚いただけで……別に今後もかわいいと言っても構いませんが？』

「そうなんですか？　よかった――」

そこまで話して、私はハッとした。

また、騎士団のみんながじっ……と私を見ていたのだ。

「あああ、あの、違うんですよ。これはひとりごとじゃなくて……！」

「大丈夫だララ、みんなわかっている」

「リディルってぇ女神と……会話しているんだろ？」

フィンさんとテオさんの言葉に私はほっとした。

「はい！　リディルさんとお話ししていました！　リディルさん、とっても可愛いんですよ！」

「……じゃあやっぱララさんのその包丁、聖剣――じゃなかった、アレで間違いないんでスね……」

「ああ、アレで間違いない……」

「いやー信じられないな。本当にアレだなんてなぁ……」

「結局、上はなんて言ってたんスか？」

「しばらく様子見だ。誰もどうしたらいいのか、皆目見当がつかなかったからな……」

……また、ボソボソ話している……！　様子見って、何をだろう……。

さっき一瞬聞こうとしたんだけれど、ドーラさんにキリッとした顔で『知らない方が幸せなこともあるんだよ！』と言われたから、多分、聞かない方がいいんだよね……？

気になりながらも、私は知らないふりをした。私だって、空気を読める大人なんだから……！

そこへ、見知らぬ三十代くらいの男性が食堂に入ってくる。

「こんにちは～。店、もう開いてます？」

お洒落《しゃれ》な帽子をかぶった男性はしわのない綺麗な服に、ぴかぴかの靴を履いている。……お役人さんかな？

「おや、これは久しいね。代書人じゃないか。奥さんの愛妻弁当はどうしたんだい？」

代書人とは、公的な文書を代わりに書いてくれる人のことだ。とにかく実入りがいい仕事だと聞いたことがあって、実は私も前に調べたことがあったの。

「何を言っているんですか。今日は『れべるあっぷ食堂』の再始動日でしょう？　これでも祝いに駆けつけたつもりなんですよ」

言いながら、ニコニコした顔で席に座る。どうやら、ドーラさんの古い馴染《なじ》みらしい。

彼は『フラットブレッドのサラダ巻き』を注文すると、ドーラさんと話しつつひと口食べた。

途端に、ちょび髭《ひげ》をつけた細長い顔がぱっと輝く。

「……おや、これはおいしいですね！」

「そうだろうそうだろう。あたしもメニューに載ってるものは全部味見したが、このお嬢ちゃん、なかなかの腕前をしているんだよ」

紹介されて私は照れたように微笑んだ。

そんな私を、代書人さんが興味深そうに見つめる。

「へぇえ……失礼ながら、今回も付き合いで来ただけで、正直そんなに期待していたわけじゃなかったんですが」

「あんた……相変わらずずいぶんはっきり言うねえ。ま、それがあんたのいいところだけど」

「だけど、サラダ巻きを食べてみて驚きましたよ。中に入っているビネグレットソースの、ちょうどいいすっぱさと爽やかさといったら！　これがなんともま～野菜のシャキシャキ感を引き立てている！　フィリッツさんの味とは少し違うけれど、これはこれで、新・れべるあっぷ食堂の味として大変いい！」

興奮気味に語る代書人さんにドーラさんが笑う。

「あんたも相変わらず食に関してはあたしよりよっぽど博識だ」

私も言った。

「全部フィリッツさんの残したレシピのおかげなんです。ドーラさんが見せてくれて」

「いやいや、謙遜しなくていいですよお嬢さん。レシピがあったところで、作り手が変われば味も変わるというもの。そして濃すぎず薄すぎず、かといって大雑把なわけでもなく、ここぞな味付けになっているのは、あんたの舌とセンスがあってこそなんだ」

大声で言われて、私はますます照れた。

おや？　という顔でドーラさんが目を丸くする。

「ずいぶんとべた褒めじゃないか。ダメだよ、ララが可愛いからって変な気を起こしたら。あそこにいる騎士たちにばっさり斬られるぞ」

「ちっ違いますよ！　そんな奥さんにバレたら殺されるようなこと――じゃなかった、お尻の毛までむしられるようなこと、できませんって……！」

どうやら、代書人さんにはなかなか強い奥さんがいるらしい。

ひとしきりドーラさんにからかわれた後、彼は帽子を手に席を立ち上がった。

「いやぁ、今日はいいもの食べさせてもらいました。心なしか体まで軽い。一日仕事がはかどりそうだ。ドーラさん、ララさん、またちょくちょく『れべるあっぷ食堂』に来させてもらいますよ！　怪しまれないよう、奥さんも連れてきますからね！」

そう言って散々私の料理を褒めた後、上機嫌で店を去っていく。

その後も、店の扉が開いているのに気づいた通行人がちらほらと店に入ってくる。代書人さんのようにドーラさんの顔見知りもいれば、初見のお客さんもいた。

「よかったな、ララ。初日にしてはまずまずの盛況じゃないか？」

穏やかに微笑むフィンさんに、私も微笑み返す。

「はい！　これも皆さんが協力してくれたおかげです、ありがとうございます！」

「他のお客さんの邪魔になってもいけない。私たちはそろそろ撤収するよ」

「つっても明日もまた来るけどな。じゃんけんに勝った奴が」

「はい！　お待ちしています！」

ぞろぞろと席を立つフィンさんたちを見送って、私はまた厨房に戻った。

食堂内を見渡すと、数は決して多いわけではないものの、まだまだお客さんは残っている。

彼らとは初対面だけど、皆お客さんとしてこの食堂に来てくれているのだ。

ああ、私本当に料理人をしているんだ……！

その光景にジーンとしていると、隣では同じように目を潤ませたドーラさんが食堂内を見つめていた。

「ドーラさん？」

「ああ、いや……すまないね。こうしてまた、『れべるあっぷ食堂』にお客さんが座っているのを見ると……年甲斐《としがい》もなく、胸が熱くなっちまってね……」

ドーラさんもきっと、大事な大事な『れべるあっぷ食堂』にお客さんがいるのが嬉しいのだろう。その感動が伝わってきて、うっかり私まで涙ぐみそうになった。

とはいえまだ食堂は始まったばかり。これから先、もしかしたら困難だって待ち受けているかもしれない。でもドーラさんの大事なれべるあっぷ食堂を守るために、私は私にできることをするだけ！

私はむんっとそう気合を入れた。それから次の料理に取り掛かるため、野菜を切ろうとした時だった。

『ぱぱぱぱーん』

というリディルさんの淡々とした声がしたのだ。

『おめでとうございます、ララ。レベルアップして、スキルポイントが9溜《た》まりましたよ』

「えっ！　いつの間に!?」

そういえば今日は、開店してから何度かこの音を聞いていたような……。やっぱり一日中料理するってなると、たくさん経験値も溜まるみたい。

「でも、スキルポイント9ってことは……」

私は目を輝かせた。

《塩生成》はスキルポイント1。その次にあるのはまだ未収得のスキルポイント3の《胡椒《こしょう》生成》。

さらにその後ろには、スキルポイント6の《プロテイン生成》があった。

つまり一気に《胡椒生成》と《プロテイン生成》のふたつを取れるのだ！　私は早速、仕事が終わったらリディルさんにお願いしようと決意した。


「――初日にしてはよくがんばった方なんじゃないか。この調子なら店は続けていけそうだねぇ」

その日の夜。『れべるあっぷ食堂』の営業を終え、片付けも終えた私とドーラさんは、今日の売り上げを前に座っていた。ドーラさんがお金を数えながら、せっせと帳簿？　というものに書き込んでいる。

「今日の売り上げはこれで全部か……。じゃあララ、これがお前さんの賃金だよ」

言いながら、テーブルにのせられた半分のお金をずいっと私の方に押し出してくる。

「だっ、だめですよドーラさん！」

私はあわてた。

「私、知っているんですよ！　食材にかかったお金とかの分、ドーラさん抜いてませんよね!?　このお金をそのまま半分こしたら、ドーラさんの手元に全然お金が残らないじゃないですか！」

「おや、気づいてたのかい」

ぺろりと舌を出しながら、ドーラさんが茶目っ気たっぷりに言う。

「いいんだよ。経費はちゃんとあたしの分でまかなえているし、それ以外の儲《もう》けがあれば十分なんだ」

「でっでも……家だってただで住まわせてもらっているのに……！」

「でもはいいっこなしだ。それに、ララがやっているのは食堂の料理人だけじゃないだろう？」

言われて私は眉を下げた。

確かに、ここに来てから私は自分とドーラさんの食事作りはもちろんのこと、家の掃除やドーラさんのおつかい、湯あみの手伝いなど、日々色んなことをしている。

「この前夜中に発作を起こした時も、ずっと背中をさすってくれただろう？　料理人以外の部分でも、あたしはララに助けられているからね。これぐらいもらっておくれよ」

私がまだ納得いかなそうな顔をしていると、ドーラさんがバチンと片目をつぶった。

「それに、何も温情でやっているわけじゃない。これは立派な〝戦略〟なのさ」

「戦略？」

「ああ、そうだとも」

ドーラさんはふふんと笑った。

「ララが腕のいい料理人だということは、今日のお客さんの反応を見てよーくわかったよ。それに、聖騎士団たちの胃袋も心もガッチリつかんで、人脈もある。そんな有能な料理人に、うちみたいな店に長くいてもらうための戦略なんだよ」

「ドーラさん……」

私はじんとした。

住むところも仕事も与えてもらって、助けられているのは間違いなく私の方なのに、こんな風に気遣ってくれるなんて……。

「ありがとうございます。私、これからもっともっとがんばります！」

「はっは。ほどほどにねララ。お前さんに倒れられたら――まあお前さんは何やっても倒れそうにないけど――、あたしが困っちまうからね」

「はい！　じょうぶさが取り柄なので大丈夫です！」

それから私は、いただいたお賃金を大事に大事に袋にしまった。

先日フィンさんがボート侯爵からむしり取ってくれたお金もあるし、今回これだけもらえれば、すぐにでも追加の仕送りができる。

そろそろお義母《かあ》様たちにも手紙を書かなくちゃ。久しぶりに嬉しい報告ができるから、きっとみんなも喜んでくれるはず！

「それじゃあたしは、一度部屋に戻るからね」

「はい！　何かあったら、鈴で呼んでくださいね」

ドーラさんが部屋に帰り、食堂にひとり残った私は、よし、と腕まくりをした。

スキルポイントが溜まったと聞いてから、ずっと試してみたくてうずうずしていたの！

私は目をつぶるとスキルツリーを出現させ、リディルさんに向かって話しかけた。

「リディルさん！　スキル《胡椒生成》と、それから《プロテイン生成》もいっちゃってください！」

『わかりました。そのふたつ、一気にいっちゃいましょう』

暗闇に浮かぶリディルさんの白い手が、ポン、ポン、と軽やかな動きでスキルの銀貨に触れていく。すぐさまパァァアッと両方の銀貨が光り――。

『おめでとうございます。《胡椒生成》と《プロテイン生成》を習得しましたよ』

リディルさんが満足げに言った。

よしっ！　これで、胡椒とぷろていんが作れるはずだ！

胡椒は、料理やお肉の保存に欠かせないのに値が張るから、自家製胡椒を使えれば食材費が大幅に節約できるもんね！　あとでドーラさんにも教えなくっちゃ。

「ところで、今回は何を使って生成するんですか？　また石を拾ってきますか？」

私が聞くと、リディルさんがしばらく考えてから答えた。

『……どうやら胡椒の方は、黒か白い土を使うようですね。プロテインは、石灰岩のようです』

今度は土に岩！　相変わらず不思議な生成元だけれど、どこかにあったかなあ……。

うーんと考えて、私はある場所を思い出す。

そういえば、食堂の裏の小さな庭に、黒土と余っていたヘシトレストーンがあった気がする！

王都の象徴であるヘシトレストーンは、蜂蜜色の石灰岩。条件にぴったりだ。

私はすぐさまドーラさんに許可を取ると、麻袋で包んだ黒土と、ヘシトレストーンを調理台の上に置いた。

……でも何度見ても、岩や土をまな板の上にのせているのって、すごい違和感……！　他の料理人さんに見られたら怒られそう。内心そんなことを考えていると、リディルさんが説明してくれた。

『まずは胡椒ですね。土は、一度水で丸くまとめてから切ってください』

指示通り、私はまず水で丸く固めた黒土に包丁を入れた。

すると……ぼろぼろとくずれていった土が、黒いコロコロとした胡椒粒に変わったのだ。

「わああ、すごい……！　何度見てもすごい……！」

やっぱり奇跡の力！

感動していると、リディルさんが思い出したように付け足す。

『ちなみに産地の違う土を使うと、生成できる胡椒の種類も味も変わります』

「そうなんですか!?　こ、細かい……」

私はそっと、『れべるあっぷ食堂の裏庭産胡椒』を手に取って匂いを嗅いでみた。

ただようのは、今使っている胡椒よりずっと芳醇《ほうじゅん》な香りだ。それを胸いっぱいに吸い込んでから、今度は胡椒粒をひと粒噛んでみた。

途端に、胡椒の辛みがピリリと口の中に広がる。それは刺激的で、それでいて爽やかで……うん。こういうのもなんだけれど、なんかすっごくお高そうな味がするよ！

この何でもなさそうな黒土でもこの味なら、他の土はどんな胡椒になるんだろう!?　畑に使われている栄養たっぷりの土は!?　あんまり見ないけれど、白い土は!?　全部全部、食べてみたい！

私はわくわくした。

いつか絶対、畑の土を分けてもらおう！　ヤーコプさんだったらきっと伝手を持っているはず……！

『次にプロテインの方ですが……これは岩をそのまま切ればよさそうですね』

って、危ない危ない。胡椒に興奮している場合じゃなかった。

そう、謎の物体、ぷろていんがまだ残っているんだもの！

私はヘシトレストーンをまな板にのせると、リディルさんを使ってサクッ……と切った。相変わらず岩が、パンを切るみたいに簡単に切れる。

すぐに、刃が触れた岩がサラサラとした白い粉に変わった。塩の時はまだ粒感があったけれど、これは本当に粉って感じだ。

それを少し指に取り、くんくんと匂いを嗅ぐ。

……匂いは、しない。

次に指にのせた粉をぺろりと舐《な》めてみる。

……味も、しない……？　これは食べ物なんだよね……？

私は首をかしげながら、プロテインと呼ばれる粉を鑑定してみた。

ヘシトレプロテイン：粉状。日持ち残り一年。《ステータス：力＋2、上限一日一回まで》

……うん？

すて、すてーたす？

バフとは違う単語に首をかしげていると、リディルさんが得意げな声で言う。

『ふふ、これはわたくしが説明しましょう。《バフ付与》で得た効果は時間経過とともに消えますが、ステータスで得た効果は永久的に持続します。つまり、永続バフです！』

「おおお!!」

私は拍手した。

永続バフって、すごい！　……ことだよね？

実はいまだによくバフの効果を理解できていないんだけれど、この間フィンさんがなんだかすごく感動していたから、きっとすごいことなんだと思う。

つまりこの粉を料理に使えば、みんなの力が強くなるってことなんだ！　なら、どの料理に入れようかな？

私はぷろていんを指に取って、じっと見つめた。

そもそもこれはどれくらい入れればいいんだろう？　どっさり入れた方がいいのかな？　それとも少しでも効果はあるのかな？

そして見た目や味、香りはなんとなく小麦粉に似ている気がするな……。

私はそのまましばらく、じーっと粉を見つめた。

……よし、決めた！

この食材によさそうな料理を見つけてみせるぞ！　そして新作として食堂に出すんだ！

私は腕まくりすると、早速ぷろていんに手を伸ばした。

れべるあっぷ食堂の新作料理

——数日後。

大盛況とはいかないまでも、『れべるあっぷ食堂』は順調に営業を続けていた。

聖騎士団のみんなや、それから意外にも他のお客さんも結構来てくれるようになったのだ。特に初日にやってきた眼鏡の青年は、毎朝通ってくれていた。

「おぉ～い。今日も来たぜ～」

お昼ごはんの時間になったところで、元気のいいテオさんの声が聞こえる。隣にはフィンさんや他の騎士さんもいる。

「あれ、ラルスさんは……じゃんけんに負けたんですね」

「おう。負けた負けた。『テオさんだけ毎日なんなんスかその豪運！　ずるいっスよ！』ってキャンキャン吠《ほ》えてたぜ」

私はラルスさんの口調を真似するテオさんを見て笑った。

ここに来ることが騎士さんたちの負担になっていたらどうしようかと心配していたんだけれど、口ぶりからして本当にごはんを目当てに来てくれているみたい。よかった～！

「今日もおいしいもの、作りますね！　……あ、そういえば新作を考えたんですけれど、一番喜びそうなラルスさんがいないですね……」

「ラルスが喜ぶということは、甘いものか？」

フィンさんに聞かれて私はうなずいた。

「はい。新作は『ぷろていんの蜂蜜パンケーキ』っていうんです！」

――あれから数日かけて、私はプロテインの調理方法を模索していた。

色々な料理に入れてみたり、混ぜてみたり、置き換えてみたり。

作っては鑑定し、作っては鑑定しを繰り返してようやくたどり着いた結論が……。

パンケーキに最適！　だった。

なぜならプロテインは少量入れるだけだとあまり効果がないみたいで、小麦粉代わりにがっつり置き換えて初めて《ステータス：力＋2》が表示されたの。

パンだとこねる時間や寝かせる時間を考えてもひとりで間に合う気がしないし、フラットブレッドは既に他のメニューで使っている。それに引き換え、さっと混ぜ合わせてさっと焼くだけで作れるのが、パンケーキだったのだ。

私は他のお客さんには聞こえないよう、騎士さんたちに向かってひそひそと囁《ささや》く。

「このパンケーキ……実は食べるだけで強くなれるみたいんです……！」

「へえ？　食べるだけで強く？」

興味を持ったらしいテオさんがずいっと身を乗り出す。不思議そうに首をかしげたのはフィンさんだ。

「強くなれる？　今までララが作っていたごはんも、食べるとバフが付与されて強くなっていたのではなかったか？　何が違うんだ？」

「それが、聞いてびっくりなんです！　なんとリディルさんいわく、今回のはバフじゃなくって、すてーたす……っていう、永続バフが付くらしいんですよ！」

「ステータス!?」

「永続バフゥ!?」

フィンさんとテオさんがクワッ！　と目を見開いて叫んだ。

そのあまりの勢いに私だけじゃなく、少し離れたところにいるドーラさんまで一瞬ひるんだ。

「これ！　他のお客さんもいるんだから大声を出すのはやめな！　特にごっついほう！」

「雑なくくりだな、ばあさん……」

「す、すまない。だがこれはすごいことだぞ！」

フィンさんが興奮したようにひそひそ声で、でも怒涛《どとう》の勢いで喋り出す。

「ステータスといえば勇者にのみ許された特権！　バフのように時間経過で切れることもなく、一度上昇すれば永遠に、自分の血肉として根付いていく、女神の祝福とも言われているあの憧れの！」

……フィンさんって、こんなに早口な人だったっけ……？

早口すぎてちょっと聞き取れなかった私が圧倒されていると、同じことを考えていたらしいテオさんがぽつりと言った。

「お前……その話になると本当に早口になるよな」

「何を言うテオ、これが興奮せずにいられるか!?　夢にまで出てきた憧れが目の前にあるのだぞ!?　しかもその恩恵を自分の体で受けられるかもしれないなんて……！　ララ、私はその『ぷろていんの蜂蜜パンケーキ』で頼む！」

「は、はい！　わかりました！」

私が厨房《ちゅうぼう》に走ると、あわててテオさんが言った。

「おい、待ってくれ。俺もそれで！　その超強いパンケーキが食べたいぞ！」

その声を聞いた他の騎士さんたちも、「私も！」「自分も！」と声をあげる。

「わかりました、皆さんパンケーキですね！」

私は上機嫌で人数分の卵を取り出した。

それからボウルの縁を使ってコンコンと卵にヒビを入れ、黄身と白身に分けていく。

先に白身だけをボウルに入れると、私はスゥウッ……とリディルさんを構えた。

「ではリディルさん……。今日は〝泡立て器〟でお願いします！」

『任せてください、ララ』

凛《りん》としたリディルさんの声とともに、パァッと包丁が白く光る。

——と思った次の瞬間、私が握っているのは包丁ではなく、組み合わさった鉄線が、風船のように膨らんでいる形に変わっていた。

「よし、これでメレンゲを作って——」

「ちょちょ、ちょっと待ってくれララ！　今のは一体⁉　君の包丁は⁉」

ガタガタッと音がして、厨房に身を乗り出してきたのはフィンさんだ。その後ろではすごい顔をしたテオさんも私のことを見ている。

「あ……実はこれ、最近覚えたんです！」

『れべるあっぷ食堂』を開店してからというもの、私のレベルはすごい速度で上がっていた。やっぱりお店にいる間ずっとリディルさんを使っているから、そのおかげみたい。

そうして気づいたら、いつの間にかレベル21にまで上がっていたの。スキルポイントもぐんぐん溜《た》まっていたから、私は比較的少ないスキルポイントで覚えられる《武器変化：おたま《レードル》》と《武器変化：泡立て器《ホイッパー》》を習得していたのだ。

これは武器——つまりリディルさんが、おたまや泡立て器に変化するということなんだけれど、なんとそれだけじゃない。

おたまはすくえばすくうほど、泡立て器はかき混ぜればかき混ぜるほど、経験値が溜まる仕様になっていたのだ！

私が嬉々《きき》として説明すると、フィンさんがガクーッと崩れ落ちた。

「ああよかった……てっきり聖け……ゴホン。包丁が消えたのかと……」

そこへ席を立ったテオさんがぽんと肩を叩《たた》く。

「わかるぜその気持ち。タマがヒヤッとするよな」

「テオ……人前でその表現は使わない方がいいぞ……」

フィンさんはぐったりしているように見えた。

「あの、フィンさんは大丈夫ですか……？」

「すまない、最近ララを驚かせてばかりだな……。あとなんだか謝ってばかりだ……。私もそうしたくてしているわけではないのだが……」

なんてぶつぶつ言いながら、フィンさんが席に戻っていく。私はその後ろ姿を見ながら心配になった。

フィンさん……疲れてるのかな？

ならとびきり甘くておいしいパンケーキを作って、元気を出してもらわないと……！

私は再びボウルに向き合った。

昔、ふわふわのメレンゲというものは卵があれば作れると行商人さんに聞いて、私もフォークで試してみたことがあるの。けれど何十分、いや何時間かき混ぜても一向に泡立たず、へとへとになってやめてしまった苦い記憶があった。

でも、今は違う！

なんとリディル《泡立て器》さんを使うと、シャカシャカシャカシャカッとかき混ぜるだけで、夢にまで見た白いふわふわができてしまうのだ！

私はピンッと元気よくツノが立ったメレンゲに満足して眺めてから、別のボウルに黄身と牛乳を入れて混ぜた。ここまできてから、いよいよぷろていんの出番だ。

ドサーッと豪快に入れた後はダマにならないようぐるぐるぐるぐる混ぜ合わせ、生地がとろりとして黄色くなってきたところで、先ほど作っておいたメレンゲを入れてさっくりとかき混ぜる。

パンケーキを思いついてからここ数日色々試してみたんだけれど、ぷろていんを使って普通にパンケーキを焼くとどうしても少しパサついてしまう。でもメレンゲを入れることで、普通のパンケーキのようなふわふわしっとりの食感になるのだ！

準備が終わると、私はよく熱したフライパンにそっと生地を流し込んだ。

見守っているとぷつぷつと泡が浮き出てくるから、ひっくり返して少しずつ火を通していく。

パンケーキを作るコツは焦らずじっくり、そして時間を見極めること。

……そう、今だ！

ここぞとばかりにフライパンからお皿に移せば、こんがりきつね色に焼けた特製パンケーキの出来上がりだ。

それを三段に重ね、一番上に四角いバターをぽんとのせる。さらに上からとろとろとたっぷりの蜂蜜をかければ――。

「お待たせいたしました！　『ぷろていんの蜂蜜パンケーキ』の出来上がりです！」

トントントンッ、とお皿をテーブルに並べると、騎士さんたちから「おぉ～」という声があがった。

パンケーキの上を蜂蜜がとろとろとしたたり落ちていくのを見て、フィンさんが嬉《うれ》しそうに言う。

「パンケーキは最近食べていなかったが、子どもの頃に戻ったようにワクワクするな」

「ラルスの奴、自分だけ食えなかったって知ったら悔しがるだろうな～。帰ったら自慢しまくってやろう」

「やめとけテオ。下手すると一生恨まれるぞ。以前ラルスの糖蜜ケーキを盗み食いして、一か月口をきいてもらえなかったのを忘れたのか？」

「ゲッ……そうだった」

ふたりの話を聞きながら、私はうんうんとうなずいた。

わかるなあ。食べ物の恨みは深いよね。

私もきょうだいたちとは仲がいいけれど、小さい頃に父からもらって大事に大事にとっておいた金平糖《こんぺいとう》を盗み食いされた時は、さすがに大げんかになった記憶があるもの。

「あーあ。ラルスを怒らせるのは面白いんだが、今回は本気でやばいことになりかねん。大人しくするか……」

「それがいい。さ、それよりも食べよう。せっかくの作りたてなんだ」

「だな！　肉には敵《かな》わないけど、俺は甘いのも結構好きだぜ！」

言って、テオさんはパンケーキの真ん中にフォークをぐっさり刺した。かと思うと、そのまま一枚まるごと大きな口へと運んだのだ。

ご、豪快！

「ん～～～やっぱ作りたてはほかほかでうめえな！　ばあやがおやつに焼いてくれた味を思い出す

ぜ」

その隣では、美しくお上品にパンケーキを切り分けたフィンさんももぐもぐと口を動かしている。

「染み込んだ蜂蜜が、噛《か》むとじゅわっと染み出てくるのもいいな。甘さが疲れた体に染み込んでいくみたいだ」

他の騎士さんたちも、おいしいおいしいと言いながら食べている。

私は洗い物をしながら、それをニコニコと見ていた。

『……ララ、あの者たちを見ていたらわたくしも食べたくなってきました』

不意に聞こえてきたリディルさんの声に、ふふっと笑う。

試作段階でおいしいものも、おいしくないものも散々一緒に食べてきたはずなんだけれど、他の人が食べているのを見ると自分も食べたくなること、あるもんね。

「わかりました。休憩の時にでも作りますね！」

『蜂蜜はたっぷりでお願いしますよ、ララ』

「もちろん！」

とそこへ、突然キャイキャイとした若い女の子たちの声が響いた。

「ミランくんが言ってた食堂ってここぉ？」

「そうみたいですわね。看板に『れべるあっぷ食堂』って書いてありましたもの」

「ふ～ん。食堂っていうからどんな男くさいところかと思ってたけど、結構綺麗《きれい》じゃん？」

見れば、入り口には妖艶《ようえん》なドレスを着た三人の女性が立っていた。

背丈も髪の色も違う三人の女性は、それぞれがとても人目を惹《ひ》きつける姿と顔立ちをしていた。

「セシル、すっごく楽しみぃ。甘いものって久々じゃなぁい？」

ふわっふわの金髪に、甘～い喋《しゃべ》り方ととろんとした垂れ目。三人の中で一番背の低い少女は、同時に一番幼く見えた。でもドレスの胸元で揺れる胸は誰よりもおっきくて、女の私ですら思わず目が釘付《くぎづ》けになるくらい。

「そうですわねぇ……『花の都亭』は男性向けのお料理ばかりですものね」

三人の中で一番年上に見えるのは、品のあるおっとりとした女性。二十歳を少し超えたぐらいだろうか？

流れるような長い黒髪はツヤッツヤで、つい触ってみたくなるほど。そして悩ましい谷間もさることながら、深いスリットが入った紫のドレスから覗《のぞ》くおみ足も美しくて、私は思わずほぅ……とため息を漏らした。

「あ～楽しみ！　早く食べたい！　みんな座ろーよっ！」

三人の中で一番背が高くて、肩の上で切り揃《そろ》えた短い赤毛と浅黒い肌を持つのは先頭を歩く少女だ。歳は私と同じくらいかな？　すらっと伸びた長い手足は惜しげもなく露出され、健康美の中にも色気がある。胸元から覗く胸も、結構大きい。

……って私、さっきから胸ばっかり見ているわけじゃないんだよ!?

この人たち、みんなすごく露出度が高い服を着ているからつい目がいってしまっただけで……！

必死に言い訳をしていると、隣に座っていたドーラさんが彼女たちに声をかけた。

「よく来たねお嬢ちゃんたち。好きな席に座んな」

私はそっと顔を寄せて聞く。

「ドーラさんのお知り合いですか？」

「いや知らん。……でもありゃ多分、『花の都亭』んとこに来た売れっ子娼婦《しょうふ》だね」

売れっ子娼婦！

その言葉に私はぽんっと手を打った。

だからみんな、綺麗《きれい》な上にすんっごいグラマーなのか！

見惚《みと》れていたのは私だけではないようで、食堂の中に座っていたお客さんたち――みんな男性――も、気づけばざわざわと色めき立っている。

それは騎士さんたちも例外ではなく、珍しくテオさんも小声でひそひそと耳打ちしていた。

「すんげえなありゃ。どこの店のお姉さんたちだ？」

「さあ」

一方、返事をするフィンさんは冷静だ。

あまり興味がないようで、それより目の前のパンケーキを掲げて「おお、これがステータス上昇……！」なんて言いながら食べている。

そこへ、赤毛の少女から声がかかる。

「あのーメニュー見せてもらえますかぁ？」

「あっ、はーい！」

いけない！　お客さんと一緒になって見惚れている場合じゃなかった！

私が走っていくと、差し出されたメニューを見ながら赤毛の少女がきゃいきゃいと話しかけてくる。

「あたしたち～『花の都亭』で娼婦やってるんですけど～ミランくんにここがめっちゃおいしいって聞いて」

「ミランくん……？」

「あ、ミランくん知りません？　さてはあの子、根暗だからまた自分から名乗ってないな!?　眼鏡をかけた、ひょろひょろした黒髪の男の子で！」

言いながら、赤毛の少女は両手の指で丸を作って目にかける。その動作を見て、私はひとりの人物を思い出していた。

もしかして、初日から毎日来てくれている、あの青年のことかな？

「ミランくんって、すごい量を食べる方ですか？」

「そうそう。ってここでもやっぱいっぱい食べてるんだ。めっちゃ草」

め、めっちゃ……？

王都で流行《はや》っている言葉なのだろうか。村の人とも貴族のご令嬢たちとも違う言葉遣いに、私は目をぱちぱちさせた。

聞けば、ミランと呼ばれた彼は凄腕《すごうで》の化粧師で、娼館《しょうかん》のお姉さんたちから引っ張りだこらしい。

そんな彼から『れべるあっぷ食堂』の話を聞いて、仕事前にやってきてくれたのが彼女たちというわけだった。

「嬉《うれ》しい。みなさん来てくださってありがとうございます！　がんばっておいしいものを作りますね！」

お礼を言うと、赤毛の少女が驚いたように私を見る。

「えっ？　お姉さんが作ってるんですか？」

「はい！」

「セシル、てっきりお姉さんはウェイトレスかと思ってたぁ。歳もリナちゃんと同じくらいじゃなぁい？」

私が今年十六になったと言うと、ふわふわの金髪をしたセシルさんは「やっぱりリナちゃんと同い年だぁ～」と言って手を叩《たた》いて喜んだ。

……ということは十六歳で売れっ子娼婦!?

その事実にびっくりしていると、今度は黒髪のお姉さんが言う。

「へぇ、珍しいですわね。その若さで料理人をやらせてもらえるなんて。しかもこの食堂……他に料理人はいなさそうだけれど……」

「あんた、もしかしてこの食堂の子か何かなの？」

リナと呼ばれた赤毛の子に聞かれて、私は答えた。

「いえ、私はただの雇われ料理人です。実家は男爵家なんですけれど――」

『男爵家』

その単語を出した瞬間、場がシンッ……と静まり返った。

三人が急に黙ってしまったのだ。

それはまるで食堂内に突然北風が吹いたようだった。続けて「家が貧乏で……」と言おうとしていた私は、言葉の代わりにヒュッと息を呑《の》んだ。

あ、あれ。私、もしかして言ってはいけないことを言ってしまった……!?

「……ふぅぅうん」

「あらぁ、あなた、貴族のご令嬢だったのね……」

「貴族令嬢、ねぇ……」

さっきまでの親しげな雰囲気はどこへやら。

私を見る三人の目には、冷たい光が浮かんでいる。どうやら、貴族令嬢が好きではないらしい。

——だというのに、なぜか私は懐かしくなっていた。

この手のひらをくるっと返される感じ、久しぶりだなあ。

というのもまだ実家で奉公先を探していた頃、よくこういう風に急に態度を変えられることが多かったの。

『使用人募集。貴族や信頼のおける家柄なら誰でも可』

という話を聞いて、なけなしのお金を握りしめて面接に行ったはいいものの、コーレイン男爵家の名を出した瞬間、あるいは《はらぺこ》のスキル名を告げた瞬間、まるで魔物でも見るかのような目で見られてきたのだ。

思い出して私はしみじみした。

懐かしいなあ……。当時は恥ずかしいし悲しいし、何より移動費を捻出《ねんしゅつ》してくれたお義母《かあ》様に申し訳なくて、節約のために歩いて帰ったりしていたんだよね……。

それに比べて、今はなんて幸せなんだろう。

私は周りにいる人たちのことを考えた。

仕送りで実家の家族も生活できるようになるし、雇い主であるドーラさんはお母さんみたいにあったかいし、聖騎士団のみんなもとっても優しい。

住まわせてもらっている食堂は広くて清潔だし、お布団もふかふかだし、何より念願の料理人をやらせてもらっているんだもの！

こんなに恵まれて幸せなことってないわ！

考えながら、私は彼女たちに向かって、ニコッと微笑《ほほえ》んだ。

「ご注文が決まりましたら、お声がけください！」

——今までの経験で、私はひとつ学んだことがある。

それは世の中、万人に好かれる必要は全然ないということ。

生きていれば、どんなに真面目にしていても偏見の目で見てくる人はいる。きっと私のことを嫌いな人もいるだろう。でも、それを気にする必要はないのだ。

大事なのは、私を好いてくれて、優しくしてくれる人たちを大切にすることなのだから。

『あなたを嫌う人のことなんて忘れちゃいなさい。時間を割くだけもったいないわ』

これは落ち込んでいた私に、お義母様がくれた言葉。

それ以来、この言葉を意識して生きるようにしたら、生きるのが少しだけ楽になったの。

……お義母様たち、元気にしているかなあ。おいしいもの、作ってあげたいなあ。

実家を思い出しながら、私が彼女たちに背中を向けたその時だった。

「……でもさぁ、貴族のご令嬢なのにここで働いてるのはなんでなの？」

振り向くと、赤毛のリナさんが頬杖《ほおづえ》をつきながら私のことをじっと見つめていた。

もう一度話しかけられるとは思っていなかったけれど、私は照れながら答えた。

「家が貧乏だったので、仕送りするために仕事を探して王都まで来たんです」

「へぇ、貧乏なんだ。……どれくらい？」

聞かれて私は考えた。

どれくらい話したらいいんだろう？　正直に、ありのまま言って大丈夫かな……？

「えっと……食べ物を買うお金がないこともよくあって……そういう時は余った食材を譲ってもらったり、山菜を探しに行ったり、森で罠《わな》を使ってキラーラビットを捕まえて食べたり――」

「キラーラビット!?」

リナさんがガバッと体を起こした。金髪のセシルさんも、きゃらきゃらと笑い出す。

「わぁ～、セシルが思ってたより、三倍ぐらい斜め上の答えが出たきたぁ～！」

「キラーラビットって、あれ女の子が捕まえられるものなんですの……？　以前お客様に見せていただいたことがあるけれど、歯がノコギリみたいになっていましたわよね？」

「そもそもキラーラビットってどう捕まえるワケ!?」

「セシルも聞きたぁ～い！」

身を乗り出してきた彼女たちに、私は説明した。

「えっと……観察していてわかったんですが、キラーラビットは人間を見つけると、必ずまっすぐジャンプして襲いかかってくるんです。なのでこちらに飛びかかってきたラビットの口めがけて、ブスッ！　と長槍《ながやり》を突き出せば、割と簡単に捕まえられますよ」

言いながら、私は槍を斜め上に突き出す動作をする。

途端に女の子たちだけじゃなくて、なぜか後ろにいた他のお客さんや騎士さんたちまでブーッと噴き出した。

「思ってたよりめちゃくちゃ直接的な方法なんですけど!?」

「待って。罠って道具のことじゃなくて、もしかしてあなた自身が罠ってことなの……？」

「すごぉい！　飛びかかってくる魔物が怖くないのぉ!?」

「すぐ慣れましたよ。何よりキラーラビット、大きい上においしくてたくさん食べられますから、やる気が出るんです！」

私が目を輝かせながら言うと、彼女たちは一瞬ぽかんとした後――大きな声で笑い始めた。

「お姉さん、最っ高だね!?　そんな可愛《かわい》い見た目してキラーラビット串刺しとか、おもしろすぎるでしょ！」

リナさんはバンバンとテーブルを叩いて笑い転げているし、セシルさんは思いっきり私を指さして「あはははは！」と大声で笑い続けている。

「しかもラビットちゃん食べちゃうのぉ!?　やば～いおもしろすぎぃ～！」

「ふふふっ。こんな豪快な子、初めて見ましたわ」

……なんだかよくわからないけれど、皆さんが楽しそうならいっか。

リナさんはひとしきりゲラゲラと笑った後、笑いすぎで出てきた涙を拭《ぬぐ》いながら手を差し出してきた。

「ねえ、お姉さんの名前なんていうの？　あたしたちご近所さんだし、これから仲良くしよーよ」

「ララローズです。ララって呼んでください！」

「わかった。よろしくララ！　あたしはリナだよ」

私がリナさんと握手すると、綺麗なお姉さんとふわふわの金髪のセシルさんも手を差し出してくれる。

「わたくしはペトロネラ。どうぞよろしくお願いしますわ」

「セシルはセシルだよぉ〜よろしくぅ〜」

「はい！　皆さんよろしくお願いします！」

それからリナさんが、申し訳なさそうな顔で言う。

「っていうか、さっきは急に態度変えてごめんね。つい最近、男爵令嬢があたしらのとこに乗り込んできてさぁ。その仲間なんじゃないの!?　って警戒しちゃったんだ」

「もぉあれ、セシルめっちゃ怖かったしめっちゃ迷惑だったよねぇ」

「あの方は貴族のご令嬢なのに、とんでもない言葉遣いをしていましたわねぇ……」

そう言って、リナさんたちが説明してくれた。

いわく、セシルさんの魅惑ボディに魅了された貴族の令息がいたんだけれど、のめり込みすぎてセシルさん以外のすべてをおろそかにしてしまったらしい。

それは婚約者の男爵令嬢も例外ではなく、怒った彼女が『花の都亭』にやってきてしまったのだとか。

そして男爵令嬢はなぜか婚約者の令息ではなく、セシルさんや他の娼婦さんたちを周囲の人たちが引いてしまうくらい、これでもかとひどい言葉で罵倒。

最後には嫌がる婚約者を引き連れて帰っていったという話を聞いて、私は目を白黒させた。

「世間知らずはこれだからだめなんだよ。あたしたちを責めたって男が戻ってくるわけじゃないのにね」

「むしろぉ～もっとドン引きっていうかぁ～」

「その点、賢い奥様方は違いますわよね。娼館で遊ばせるだけ遊ばせておいて、手綱はガッチリという」

……すごい。私が全然知らない世界の話を、私と全然歳の変わらない女の子たちが話している。

村には娼館がなかったし、こんなに洗練された雰囲気の女の子もいなかったから、私はじーっと興味深く彼女たちを見つめた。

……それにしても可愛い女の子がいっぱい集まっていると、見ているだけで心が潤うんだね。それも知らなかったよ……！

「あっ。ごめんね！　話に夢中で注文するのを忘れてた。ねぇララ、このお店のおすすめは何？　もちろん甘いやつで！」

あっ。この話題なら私も得意だ！

リナさんに聞かれて私はいきいきと答えた。

「バターミルクビスケットもおすすめですが、ちょうど今日登場したばかりの『ぷろていんの蜂蜜パンケーキ』もありますよ！」

「ぷろていんってなぁにぃ？　なんか響きが可愛いから、セシルそれにするぅ」

「ではわたくしもそれにしようかしら」

「じゃ、あたしもそれー！」

「わかりました！　では、皆さんパンケーキですね！」

私は急いで厨房《ちゅうぼう》に戻ると、ふわふわのメレンゲを作るところから始めた。

その間にもセシルさんたちの話し声が聞こえる。彼女たちの声は高く、食堂内によく響くのだ。

「みんなぁ～、食事の邪魔しちゃってごめんねぇ？」

「お詫《わ》びに、お店に来てくれたらサービスするからさっ」

「わたくしたち『花の都亭』の二階にいるから、よろしくお願いいたしますわ」

言って、ペトロネラさんがちゅっとお色気たっぷりの投げキッスを飛ばす。その仕草に、フィンさん以外の男性が「おぉ……」と声をあげた。フィンさんはといえば、相変わらずパンケーキを崇《あが》めている。

それにしてもすごいなあ。さすが売れっ子娼婦さんたちだ。

周囲にも気が遣える上に、ちゃっかり宣伝して、一瞬でこの場にいる男の人たちを虜《とりこ》にしちゃった。

三回くらい生まれ変わっても真似できそうもない技に感心しながら、私はせっせとパンケーキを焼いた。

「――お待たせいたしました！」

やがて蜂蜜たっぷりのパンケーキをテーブルに運ぶと、キャーと黄色い声があがる。かと思うと、リナさんが一枚まるごと、ぱくっとかじりつく。

「う〜〜ん！　これだよこれ！　あたしたちはこういうのを求めていたの！」

「お客様がくれるお菓子もおいしいんですけれどね。落ち着いて食べたいのはやっぱり、こういう懐かしくてほっとする味というのかしら」

「わかるぅ。あと、できたてホカホカがいちばぁん」

言いながら幸せそうに食べる三人を見て、私は嬉しくなった。

ふふふ。味が落ちないよう工夫したかいがあったなぁ。

それからはたと思い出す。

……そういえば、フィンさんたち以外にはステータス上昇のことを話していないんだけど、大丈夫だよね？

本当は最初、パワーアップパンケーキ！　っていう名前でメニューに載せようと思っていたんだけれど、ぷろていんのことを説明したらドーラさんに止められたの。

いわく、

『ララ。確かにパワーアップと書いたら売れ行きはよくなると思うが、今はお前さんの力をむやみに人に言わない方がいい』

ということだった。

不思議に思って聞き返したら、ドーラさんは丁寧に説明してくれた。

『先日、お前さんの《浄化》スキルを見たヤーコプが、お金を払ってでも来てほしいって言っていただろう？　ヤーコプみたいにちゃんと扱ってくれる人ならいいんだが、世の中には悪い人間も多い。あたしゃ、ララの力が変な奴に狙われないか心配なんだよ。気にしすぎならいいんだけどねぇ……』

　確かに、ドーラさんの言うことは一理ある。

……っていっても、変な人間に狙われたらリディルさんが一刀両断しちゃう気がするんだけど、だからって食堂で殺人事件は起こしたくないもんね。

だから私はドーラさんと相談した結果、ぷろていんの名前だけ使いつつ、ステータス上昇のことは黙っていることにしたのだ。

「あ～ほんとにおいし～！　でもこれ、何が入ってるの？　なんか普通のパンケーキとはちょっとだけ違うよね？」

「えっ、ほんとぉ？　セシル、全然気づかなかったぁ」

「リナさんって意外とそういうところ敏感ですわよね」

ひとりだけ気づいたリナさんに、私はぷろていんの入っている容器を掲げて見せた。

「実はそれ、小麦粉じゃなくて、名前の由来になっているぷろていんを使っているんです」

厨房の見えないところには、ヤーコプさんに仕入れてもらったヘシトレストーンも山ほど積んである。

　本当に便利だよね。使う時だけリディルさんを使ってぷろていんを生成して、使わない時はヘシトレストーンとしてずーっと家に置いておけるんだもの。食材の傷みを気にしなくていいって、なんて素敵なんだろう！

「でもさぁ、そのぷろていんって、何なの？」

聞かれて私はうーんと考えた。

バフ付与やステータス上昇のことは聖騎士団以外の人たちに言わないってドーラさんと約束したから……。

「……とっても体にいい粉、ですかね……！」

詳細はともかく、大体は合っているはずだ。

でも私の返答に、リナさんたちがどっと笑い出した。

「何それ!?　ヤバい薬じゃん!?」

「ララさん……そんな愛らしい外見してあなた……」

「こわぁ〜い。人って見かけによらなぁ〜い」

「ちちちち、違うんです！」

変な誤解をされそうになって、私はあわてて訂正した。

確かに普通の食べ物とは違うんだけれど、決して危ないお薬とかではないはず！

「……ですよねリディルさん……!?」

小さな声で囁《ささや》くと、ちゃんと聞こえていたらしいリディルさんが答える。

『プロテインの正体はいまだ不明ですが、わたくしは善なる剣の女神リディル。人の子に害をなすような物質は出さないと約束しましょう。……もちろん、食べすぎは別ですが』

うんうん。どんなにいいものでも食べすぎはよくないよね。お水だって飲みすぎると毒になるもの！

「本当に大丈夫なんですよ！」

必死になって弁明する私を見て、リナさんがくすくすと笑う。

「ララって本当におもしろいね。しかも、パンケーキもめっちゃおいしいし」

「セシル、もっともっと食べたくなってきちゃったなぁ」

「セシルさん、それはまた今度にしましょう？　そろそろ準備の時間ですわ」

そう言って、ペトロネラさんが食堂内の時計を見る。

まだおやつの時間なんだけれど、彼女たちはこれからが本番らしい。

「そだね、今日はもう戻ろっか。ありがとララ。あたしたち、また来てもいい？」

「もちろんです！　お待ちしてますね！」

「えぇえ〜！　セシルまだここにいたぁい！」

「駄目ですよセシルさん。今日もまたあの貴族令息様が来るんでしょう？」

「だからヤなんだよぉ。最近思いつめっぷりが激しくてぇ、ちょっと切りたいっていうかぁ」

「はいはい。ならオーナーに頼んで出禁にしちゃおーよ」

言いながら、リナさんとペトロネラさんが嫌がるセシルさんの背中を押していく。

私が外まで出て彼女たちを見送ると、急に食堂内が静かになった気がした。

「……すげーなありゃ。嵐みたいっつーかなんつーか」

大きな体を丸めるようにしてぼそっと言ったのはテオさんだ。それをフィンさんが驚いた目で見ている。

「珍しいな、テオが圧倒されるなんて。いつも圧倒する側なのに」

確かに、いつものテオさんならとっくに会話に割り込んできていてもおかしくない雰囲気だった。

なのに今日は背中を丸めて、ずーっとフォークでパンケーキの残りかすをつついていた気がする。

「さすがの俺もなあ。得手不得手はあるからなあ。ああいうキラッキラした、すぐに折れそうな女子は意外と苦手なのよ。もっとこう、酸いも甘いも噛み分けた、俺より年上で尻もどっしりした女だったら口説きに行くんだがなぁ」

　意外にもテオさんは年上が好きらしい。

　騎士さんたちのそういう話は初めて聞くから聞き耳を立てていると、テオさんがフィンさんをつついた。

「フィンはどういう子が……って聞こうかと思ったが、やっぱいいや。聞かなくてもわかる」

「どういう意味だ」

　聞き返すフィンさんを無視して、テオさんが私の方を向く。

「それよりお嬢ちゃん！　お嬢ちゃんはどんな男が好きなんだ⁉」

「へっ？」

　突然話を振られて私はぎょっとした。

　どんな男が好き……？

　その質問に、私は言葉をつまらせる。

　今まで毎日何を食べるかとか、どうやって食べ物を手に入れるかとか、そういうことを考えるのに必死で、好きな人のことなんて考えたこともない。

「えっと……」

「隠さなくていいぞー。お嬢ちゃんがどんな趣味をしてても、俺たちは受け止めるからな！」

「テオ、女性にそういうことを聞くのは失礼ではないか？」

「お？　じゃあフィンだけ聞くのやめるか？」

テオさんがフッとどこか勝ち誇ったような笑みをフィンさんに向けた。

途端、フィンさんがゴホンゴホンと咳払《せきばら》いし始める。……喉が痛いのかな。蜂蜜、もっと足しておけばよかったかな？

「い、いや。……私も聞く」

「だよなあ！　そうだと思ったよフィン！　お前がおもしろいのは、それで無自覚なところだよなあ！」

「無自覚？　何がだ？」

「いやなんでもねえ！　お前は一生変わらずそのままでいてくれよ！」

がははと笑いながら、テオさんがバンバンとフィンさんの背中を叩いた。

テオさんがそうしている間も、私は困っていた。

何かを期待されているようだけど、残念ながら私は何も考えていないのだ。

「ええっと、好きな男性……は……」

私はううう〜〜んと、かつてないほど頭を悩ませた。それからやっとの思いでしぼり出す。

「ごはんを……残さず食べてくれる方……でしょうか……？」

「ぶははっ！　そんなんでいいのか!?　まあ嬢ちゃんらしいっちゃ嬢ちゃんらしいけどよ！」

「他に思いつかなくて……」

こういう時、なんて答えるのが普通なんだろう。

コホン

私が困り顔で立っていると、ゴホン、と咳をしたフィンさんが、スッ……と自分の空き皿を差し出す。

「……とてもおいしかった」

「あっ、お口に合ったみたいでよかったです！　お皿下げちゃいますね！」

私がニコニコしながら空き皿を持って厨房へ行くと、なぜかテオさんが「だーっはっはっは！」と笑いながら転げまわっていた。何かがツボに入ったらしい。

「ちくしょう！　この場にラルスがいないのが悔しすぎる！　このおもしろさを共有したかったのによぉ」

なんて叫んでいた。


『れべるあっぷ食堂』を再開して早一か月。食堂は順調に営業を続けていた。

聖騎士団の皆さんはもちろんのこと、初日に来てくれた化粧師のミランくんに代書人さん、それに『花の都亭』の皆さんも繰り返し来てくれるようになったのだ。

店は満席とはいかないものの、途切れることなく常にお客さんが入るようになっていた。

その様子を見ながら、ドーラさんがぽつりと呟《つぶや》く。

「……これだったら、そろそろウェイトレスを雇ってもいいかもしれないねえ。ララもずっと全部ひとりでやるのは大変だろう。ほら、その皿も貸してごらんよ」

なんて言いながら、出来上がった料理のお皿を運んでいこうとする。

「あっ大丈夫ですよドーラさん！　すぐに運びます。ドーラさん、足が悪いんですから座って——ってあれ……？」

　言って、私ははたと気づいた。

　料理皿を取ろうとしたドーラさんは、いつもの杖を持っていなかったのだ。

「ほっほっほ。ようやく気づいたのかい？」

　ドーラさんがいたずらっぽく笑う。

「ドーラさん、杖がなくても平気なんですか……!?」

　一か月前、私が来たばかりの頃は、ドーラさんは確かに杖をついて歩いていた。座るために私が手を貸すこともよくあったし、フィンさんや商人のヤーコプさんの手を借りているところも、間違いなく見た記憶がある。

　なのに。

　目の前のドーラさんはひょいと料理皿を取り上げると、スタスタと、しっかりした足取りでお客さんのところに歩いていったのだ。

「あ、あれえ……!?」

　目を丸くして呆然《ぼうぜん》と見つめる私に、ドーラさんがまたほっほっと笑う。

「調理に忙しすぎて、あたしが何度かこっそり皿を持っていってるのに気づいていなかっただろう？」

「あっ、そういえば……運んだ記憶のない料理も運ばれています！」

言われて初めて気づく。

忙しすぎて、頭の中はどうやったら一秒でも早く料理を作れるか考えるのでいっぱいになっていたらしい。

「ごめんなさい！　全然気づいていませんでした……」

「いいんだよ。それだけ店が忙しいってことだからね。それに、足に関してはあたしも不思議なんだよね」

言いながら、ドーラさんが自分の足をぽんぽんと叩く。

「いつからかはわからないんだけどさ。……いや、ララが来てからか。色々世話をしてくれるようになって、あれだけ長年しびれがとれなかった足が、徐々に動くようになってきたんだよ。この間もしやと思って杖を手放してみたら、まさかの杖なしで歩けちまって」

言ってドーラさんはからからと笑った。

「後遺症が治ったのでしょうか。よかったですねドーラさん！　おめでとうございます！」

私がお祝いを言うと、ドーラさんがチッチッチッと指を振った。

「しかも、それだけじゃないんだよララ。お前さんのことだから気づいていないと思うけど……実は咳もとっくに出なくなっていたのさ」

言われて、またもや私は「あっ」と声をあげた。

「……本当ですね!?　来た頃は、まだ時々発作を起こしていたのに！」

「ほっほっほ。不思議なこともあるもんだねぇ」

嬉しそうに笑うドーラさんに、私はうんうんとうなずいた。

「やっぱり、体を冷やさないようにして、栄養のあるごはんをしっかり食べていたのがよかったのでしょうか。体を作るのは、食事だと言いますもん……ね……」

そこまで言って、うなずいていた私の頭がぴたりと止まる。

……あれ。そういえば、ここに来てからずっと、作ったごはんに《浄化》ってついていたような……。

《浄化》の効果は、『毒や穢《けが》れを取り除く』だったはずだけれど、リディルさんが言っていた。『部屋の汚れも、広義では穢れと同じ』だと。

なら、病魔は……？

その定義で言うなら、病魔も《浄化》の対象になったりするのかな……？

「あのう、リディルさん」

お客さんに聞こえないよう厨房の奥に引っ込みながら、私はひそひそと話す。

『何でしょう、ララ。お昼ごはんならわたくし、ホットサンドがいいです』

「ホットサンドですね！　わかりました。……じゃなくて、ちょっと聞きたいんですが、病気って《浄化》で治せたりするんでしょうか？」

『できますよ』

さらっと、微塵《みじん》もためらうことなくリディルさんが言った。

「や、やっぱりそうなんですね!?」

『はい。もともと病魔は穢れから発生しているもの。すなわち、病魔と穢れは同じものという解釈です』

なるほど……！　確かに汚い場所から病気は広がると聞いたことがあるし、全部『穢れ』というくくりで繋《つな》がっていてもおかしくない……気がする。

私が自分を納得させていると、『ちなみに』とリディルさんが続けた。

『《浄化》スキルは人に直接使うこともできます』

うん!?　思わぬ新情報にびっくりしてしまったけれど、そういえば確かに《浄化》スキルで掃除をしている時は、直接食堂内に発生させていた。

『ただララの場合は、料理を作った方がより効果が強いようです。……恐らくこれも、《はらぺこ》スキルが影響を及ぼしているのでしょうね』

ふむふむ。でも私にとってはそっちの方が嬉しいな。だって火や水の魔法を使うと少し疲れを感じるのだけれど、ごはんを作る分には全然疲れないからだ。

「じゃあやっぱり、ドーラさんの後遺症は……」

『十中八九、ララの《浄化》の効果でしょうね』

や、やっぱり～～～！

私はおずおずとドーラさんの元に戻ると、そぉっと耳打ちした。

「あの……どうやら後遺症が消えたの、《浄化》スキルの効果だったようです……！」

その言葉にドーラさんの目が大きく見開かれる。

「おっ……たまげたねぇ……！　ララのそれ、てっきり掃除用かと思っていたんだが……そんな効果もあるのかい!?」

「私も今初めて知りましたが、あるようです」

途端に、「あっはっは！」と大きな声でドーラさんが笑い出した。

店内のお客さんが驚いてドーラさんを見たが、それも気にしていないようだ。

「あーはっは！　いやはや！　もうララのソレにはだいぶ慣れたつもりだったけど、そうかい、これもララのおかげだったのかい！」

「私というか、《はらぺこ》というか、リディルさんのおかげというか」

私はごはんを作る以外何もしていないので、あまり実感がない。

ドーラさんがまだ笑い続けていると、聞き慣れた声が聞こえた。

「よう、どうしたんだばあさん。そんなに笑って」

テオさんとフィンさん、それに今日はじゃんけんに勝てたらしいラルスさんが顔を覗かせる。

……全然関係ないけど、テオさんはフィンさんと一緒に毎日来てるんだよね。テオさんって、本当にじゃんけんは負け知らずなんだな……。

「何でもないよ、こっちの話。それよりあんたたち、今日は何を食うんだい？」

「それはもちろんアレよ。俺は『頑固ステーキ』に」

「私は『サラダ巻き』を」

「自分は『ミルクビスケット』っス！」

そこまで言ってから三人……もとい、騎士さんたちは声を揃えて言った。

「「「あと『ぷろていんパンケーキ』！」」」

「わかりました！　お作りしますね」

私が準備を始める前で、席についたテオさんが早速ラルスさんをいじり始める。

「おいおい～ビスケットにパンケーキにって、赤ちゃんフルコースだなぁ？」

「そういうテオさんも赤ちゃん食であるはずのパンケーキ、食べてるっスよね？」

「おう、もちろんよ！　なぜなら……」

ラルスさんの冷ややかなツッコミにも動じず、なぜか立ち上がったテオさんはいそいそと服を脱ぎ始めた。

「おい……テオ!?」

「ちょ、何しようとしてるんスか、テオさん！　ここ食堂っスよ!?」

「おいおい、でっかいの！　ぼうずの言う通りここは食堂だよ！　公開露出ショーなら外でやんな！」

あわてて止めようとする周囲にも構わず、テオさんは勢いよく服を脱ぎ捨てていく。

そして――。

「どうよ、この筋肉!?」

テオさんが両腕をぐっと曲げると同時に現れたのは、パァンッという音が聞こえてきそうなほど張り、猛々《たけだけ》しく膨らんだ力こぶだった。その肌は小麦色につやっつやと輝いている。

テオさんが服を脱ぎ始めた当初、怪訝《けげん》な顔をしていた男性客たちがブッ！　と口からごはんを噴き出す。

「すげェな兄ちゃん!?　なんだその筋肉！」

「おう。すごいだろう。最近なんか調子がいいと思ったら、こんなんなってたぞ！　多分、あのパンケーキのおかげだよな!?」

言いながらテオさんが、今度は両手を下ろして腰に当てる。そして、「フンッ！」と胸を張った。

すると、はちきれんばかりに膨らんだ胸がブルンッと揺れて、周囲のお客さんからウォオオオという野太い声があがる。

「すっげぇ！」

「なんてでかさだ！」

「うちの母ちゃんのよりでっかいぞ！」

な、何が……？

でもなんとなく聞かない方がいい気がして、私はそっと口をつぐんだ。

そして気のせいかな。ムキッ……ムキッ……っていう音が、テオさんの全身から聞こえてくる気がする。

その後も得意顔になったテオさんがポーズを変えるたびに、やんややんやと周囲から歓声があがった。ラルスさんは完全に呆《あき》れた目で見ていて、フィンさんは額を押さえ、天を仰いでいた。

「聖騎士団の品位が……」

「そりゃテオさんの筋肉はすごいっスけど、みんな持ち上げすぎっスよ……あとここ食堂っス」

「おうおうおう!?　ノリの悪いこと言ってるのは誰だぁ！　そんな奴は……俺が剥《む》いてやる！」

叫ぶなり、目を光らせたテオさんがラルスさんに飛びかかった。

その姿はまるで、獲物に襲いかかるグリズリーのようだ。

「うわっ！　ちょっ！　何するんスか！　や、やめっ――！」

悲鳴をあげるラルスさんの服を、容赦なくテオさんが剥《は》ぎ取っていく。――あ、今ビリビリって音がした……！

やがてみんなが見守るなか現れたのは、意外にも小柄な体格からは想像できない、パツッと形よく張った筋肉だった。

ほどよく焼けた肌には若者らしいつややかなハリがある上に、そこかしこの筋肉がしっかりと膨らんで存在を主張している。

……ラルスさん、思ってたよりずっとすごい……！

「おっ？　こっちの兄ちゃんもなかなかいい体してんじゃねえか！」

「その紋章は聖騎士団か？　さすが、やるねぇ！」

ひゅーひゅーと飛ばされるヤジに、ラルスさんが乙女のように顔を真っ赤にする。

「じ、自分、そういうのはいいっスから！」

怒ったように言って、急いで服を取り戻すと頭からかぶっている。

「なんだよつまんねーな〜。こうなったら、団長さんの出番かぁ……？」

ぎらりと光る、テオさんの目。

ゆっくりと持ち上げられた手は、フィンさんに向けられていた。

「お、おい。やめろ」

フィンさんがぎくりとした顔になる。

……も、もしかして次は、フィンさんが剥ぎ取られちゃうの……!?　でもちょっと見てみたいかも……！

「やめろと言われてやめる奴がいますかぁあああー!!」

私がドキドキしながら見ていると、巨体なのに信じられないぐらい素早い動きでテオさんが襲いかかった。観衆からも「いけぇ！」とか「やれぇ！」とか、声が聞こえる。

でも、そこはさすが聖騎士団長であるフィンさん。負けていなかった。

「スキル《剣聖》！」

そう叫んでスキルを発動させたかと思うと、フィンさんは目にも留まらぬ速さでシュッとテオさんの魔の手から逃れたのだ。

「あっ、クソッ。おい、スキルはずるいぞ！　捕まえらんないだろーが！」

「そもそも捕まえようとするな……。ララもドーラさんも困っているだろう」

「あたしゃもう諦めたよ。物さえ壊さなきゃ、好きにやりな」

死んだ目で言うのはドーラさんだ。

「おっ！　ばあさん話が通じるじゃねーか！　久しぶりにいくかぁ!?　本気の鬼ごっこ！」

「勘弁してくれ……」

「でも、私もちょっと見てみたいかも……」

私が小声でぽそっと呟いた瞬間だった。

「ララ!?」

聞きつけたフィンさんが、驚いた顔でこっちを見たのだ。

「隙《すき》ありィ!!　お嬢ちゃんナイスサポート！」

「うわっ!?」

その一瞬の隙を逃さなかったテオさんが、フィンさんを取り押さえる。

「やめっ……！　でもララが見たいと言っていた……！」

フィンさんは一瞬抵抗しかけ、なぜかすぐに大人しくなった。

「よーしっ、うちの団長さんはどんなもんかなあ!?」

バッとテオさんが剥ぎ取った服から現れたのは――。

「おおおっ!!」

「なんか……すんげー色っぺぇな!?」

フィンさんの筋肉は主張しすぎず、貧相すぎず。細身の体についた筋肉は力強く盛り上がり、それでいて品を損なわない完璧なバランスを保っていた。全体的に白い体は、まるで名匠の作った彫像のように美しい。

「昔から日焼けしない体質だから、恥ずかしいんだ……」

やや頬を赤らめて言ったフィンさんの顔は憂いを帯びて美しく、近くで見ていた男性客がゴクッ……と喉を鳴らす。

「……やばい。俺、新しい扉を開けちゃいそう」

「ちょ、ちょっと水で濡《ぬ》らしてみてもいいか兄ちゃん？」

「なんでだ。ダメに決まっているだろう」

その言葉に、私は思わず水に濡れたフィンさんを想像して――顔を真っ赤にした。

ななななっ！　なんで私、上半身裸でずぶ濡れの、髪をかき上げてこちらを見るフィンさんなんか想像しちゃったんだろう!?

あわててパタパタと手で顔を仰いでいると、そこへ異様に盛り上がった空気を吹き飛ばすかのご

とく、元気で明るい声が響き渡った。

「やっほ～！　パンケーキ食べに来たよ！」

「セシルはぁ、今日お肉が食べたぁ～い」

「……あら、皆様お取り込み中ですか？」

それは『花の都亭』の三人だった。

「リナさん、セシルさん、ペトロネラさん、いらっしゃいませ！」

いけないいけないいけない、美しい筋肉に見惚れている場合じゃなかった。ここは食堂。お客さんにおいしいごはんをお出ししないと！

私が戒めのため、ぺちんと頬を叩く横で、上半身裸のテオさんたちに気づいたリナさんが叫んだ。

「お兄さんたち、筋肉すっごいね!?」

隣ではいつも笑顔のセシルさんが口に手をあて、珍しく無言でしかめっ面《つら》をしている。……こういうの、嫌いだったのかも。

「ほらテオ！　ここは食堂だ。悪ふざけはそれぐらいにして服を着ろ。これは団長命令だ」

言いながら、フィンさんも頬を赤らめたまま、急いで服を着ている。

「はいはい、わかりましたよーだ」

さすがのテオさんも、女性陣が来たからには悪ふざけはおしまいにするらしい。お客さんに惜しまれつつも、ちゃんと服を着直している。

それを面白がるように見ながら、席についたリナさんが言った。

「ねえララ、今日は何か催しとかだったりするの？　あっ、あたしぷろていんパンケーキで！」

「セシルもぷろてぃん食べるぅ」

「わたくしも同じものでお願いしますわ」

「そういうわけではないのですが……。あ、今日はラズベリーを仕入れてきたので、パンケーキはラスベリーソースがけにもできますがどうしますか？」

私が聞くと、三人はパァッと顔を輝かせた。

「「「じゃあそれで！」」」

彼女たちは時々注文を変えたりしつつも、なんだかんだあのパンケーキを気に入ってくれたらしい。

私が嬉しく思いながらせっせとメレンゲを泡立てていると、リナさんがテオさんに話しかけているのが見えた。相変わらず抜群の人懐《ひとなつ》っこさで、人見知りとは無縁のようだった。

「ねぇねぇ、お兄さん、さっき筋肉すごかったね？　ここでよく会うけど、聖騎士団の人たち？」

「おう。聖騎士団だぞ」

「やっぱり！　筋肉、めっちゃヤバかったよ！」

「ええ、すごかったですわ。さすが殿方って感じで」

「わかるぅ～すごかったぁあ～」

「そ、そうか……？」

リナさんたちに褒められて、テオさんはたじたじになっていた。

ふふっ、こんな押されっぱなしのテオさん、初めて見るなあ。

微笑ましく思いながら生地を混ぜていると、また弾んだリナさんの声が聞こえる。

「っていうかさぁ、なんかいい鍛え方あったら教えてよ！　実はあたしも、最近なーんかやたらと筋肉ついちゃって。面白がって鍛えてたらこの通りだよ、ほら」

どうやら、リナさんがテオさんたちに力こぶを披露しているらしい。

「お嬢ちゃんが？　またまたぁ……って、結構立派なモン持ってるじゃねえか！」

「女性の二の腕とは思えないっスね!?」

え？

その言葉にボウルから目を離して顔を上げれば、リナさんの細い二の腕には、なにやら立派な力こぶが盛り上がっていた。

えっ！　何あれ、思ったより全然すごい！

というかよく見たら……リナさん、なんだか全身つやつやしている!?

もともとリナさんはスラリとした体形をしていたけれど、今は全身どこもかしこもキュッと音が聞こえてきそうなほど引き締まり、以前より肌艶《はだつや》が一段階も二段階もアップしている。

「ちょーっと腕立てとかしてみただけなのに、気づいたらこんな風になっていたんだよね。しかもお客さんからやたらモテるようになっちゃってさぁ。最近、指名がグングン増えてウハウハなんだよね～」

言って、リナさんはニカッと輝くような笑みを浮かべた。

……。

…………。

……それって、まさか……。

だらだらと冷や汗を垂らしながら私がゆっくり顔を向けると、ドーラさんにフィンさん、それにテオさんやラルスさん――ぷろていんの効果を知っている人たちがじっと私を見つめていた。

も、もしかしてあの筋肉……ぷろていんパンケーキの効果だったりしますか……!?

へらっ……と笑うと、みんなも何かを察したのか、にこっ……と笑い返してくれる。

――そう。リナさんたちはこの一か月、ほぼ毎日のようにやってきては、ぷろていんパンケーキを食べていたのだ。

私はサァーッと青ざめた。

あああ、もしかしなくてもそうだよね!?

力って、純粋に力が強くなるのかと思っていたけど、力が上がるってことはつまり、体にも相応の変化が起こるってことだもんね……!?

「みっ、皆さんごめんなさい！　それ、パンケーキのせいかもしれません！」

私はすっ飛んでいってぺこぺこと謝った。

商売柄、リナさんたちは体型の維持がとても大事なはず。なのに勝手に変えるようなことをしてしまったら……！

でも平謝りする私を見て、リナさんはきょとんとした顔になった。

「え？　なんで謝るの？　あたしこの体、めっちゃ気に入っているけど？　さっきも言ったけど、このおかげでさらにモテるようになったし」

「セシルもだよぉ〜。なんかセシルってぇ、馬鹿にされやすいんだけどぉ、最近力こぶ見せるとぉ、みんな逃げていくの。うふ」

そう言ったセシルさんの瞳がキラッと鋭く光った。

それは普段、ふんわりとろとろ、あま～い雰囲気のセシルさんには似つかわしくない光で、一瞬見間違いかと思って私は目をごしごしとこする。

でももう一度見た時には、セシルさんはいつものとろぉんとした表情に戻っていた。

そこへ、ペトロネラさんもニコニコしながら続ける。

「きっとそれが、〝ぷろてぃん〟の効果なんでしょうね。確かに筋肉はつきましたけれど、体型が崩れるほどではありませんから大丈夫ですわ。むしろ肌艶が良くなって、若返ったねって言われるようになりましたし」

「そーいうこと！　だからララが謝る必要、なーんもなしっ」

その言葉に、私は心からホッとした。

よ、よかった……！

「むしろぉ、メニューに書いちゃえばぁ？　食べると筋肉ムキムキになりまぁ～すって」

語尾にハートをつけながら言うセシルさんの案に、少し離れたところで聞いていたドーラさんもうなずく。

「そうだねえ……。あんまり出したくなかったが、ここまで体型が変わるってなると、ひとこと注意書きを入れておいた方がいいかもしれないね」

「わかりました。じゃあ明日から、メニューにはそのことを書き加えますね」

言いながら、私は文章を考えた。

『ぷろてぃんの蜂蜜パンケーキ　※ただし食べるとムキムキになる可能性があります』

……うん、これでいこう！

閑話　あたしの、人生（セシル視点）

――あたしの人生、こんなとこで終わっちゃうのかなぁ。

『花の都亭』の二階。割り当てられた部屋の中で、あたしはあたしの首をギリギリと絞めているお貴族サマの顔を見ていた。

「セシルッ……セシルが悪いんだよ！　僕ともう会わないなんて言うからぁ!!」

そう叫んだお貴族サマの顔は涙と鼻水でぐじゅぐじゅで、普通にしていればあの男爵令嬢を夢中にさせるくらいにはかっこいいのに、今は全部台無しだ。

「どうして……どうしてだよ！　僕の味方は君だけだったのに！　僕が愛人に迎えてあげるって言ったじゃないか！」

どうして？

それを聞きたいのはこっちの方よ。

あたしは何度も言ったよね。あんたが大好きな、あまぁ〜い、舌ったらずの、頭が悪そうな口調で、何度も言ったよね？

『セシルはぁ、お嫁さんになるのが夢なのぉ』

って。

それなのにあんたが提示してきたのは愛人でしょ？

愛人なんてまっぴらごめんよ。正妻の座に、あのヒステリックで品のない女がつくのならなおのこと。

ま、たとえ正妻にって言われても、お断りなんだけどね。

「ケホッ……」

……だめだ、だんだん意識が遠くなってきた。あたし、本当にこのまま死ぬのかな？

あーあ……。

思えばあたしの人生、誰の一番にもなれなかったんだなあ……。

——十四歳で娼館《しょうかん》に売られてからもう十年以上。

貧しい家が娘を売るなんてよくある話だし、あたしにはこの顔と体があったから、高級娼館でもすぐに売れっ子になるってわかってた。

上には上がいるっていうのも知ってたから、万年二位でもそれ以下でも、別にどうってことはない。

前にいた売れっ子の先輩娼婦《しょうふ》は綺麗《きれい》で賢かったし、後からやってきたペトロネラちゃんだって、売れるために必死に努力を重ねた子。『花の都亭』の二階にできた新館に移ってから知り合ったリナちゃんだって、可愛《かわい》いだけじゃない。輝くばかりの生気っていうのかな、そういうのを放ってるもの。

第一、この年齢でここまで戦えてるだけですごい方じゃない？——みんなはあたしの年齢知らないけど。

……でもそんなあたしにも、たったひとつだけ夢がある。

それは、誰かの一番になって、その人のお嫁さんになること。

世界でただひとり、あたしのことだけを見てくれる男の人に愛されて、愛して、その人の子どもをいっぱい生みたいの。

これだけは、娼館にやってきた十四歳の頃からの変わらない夢。

……まあもう、うすうすわかっているんだけどね。その夢が叶《かな》わないってことは。

尊敬してた先輩も貴族の愛人として娼館を出ていったし、あたしを身請けしたいって人は、今あたしの首を絞めているお貴族サマみたいに、みーんな「愛人として」としか言わないし。

……ああ、だんだん目の前がかすんできた。

このお貴族サマも、娼婦ひとり殺したところで自分の経歴には傷がつかないと思っているんだろうなあ。

でも残念。この都には聖騎士団がいるのよ。彼らは相手が誰であろうと、殺されたのが誰であろうと、決して忖度《そんたく》しないし公平に裁いてくれるって、知らないのかしら？

……そういえば……聖騎士団といえば……あの超かっこいい、イケメン……。

涼しい目元に、凛々《りり》しい眉。高いお鼻に、グリズリーのような、たくましいワイルドな雰囲気。

ああ、テオ様って、今何しているんだろうなぁ……。

突然浮かんできたテオ様の顔に、あたしはピクリと手を動かした。

ああだめ、なんだかまとまりのない考えが頭の中を走っていく。

こういう死に際に色々見えるのって、ピクシーのランタン《走馬灯》っていうんだっけ？

でもね、あたし、結婚するならああいう人がいいなって思ってたの。たくましくて、強くて、豪快で……それでいて、意外と女遊びしなさそうな感じ。伊達《だて》に何年も娼婦やってきたわけじゃないから、そういうのすぐわかる。

あたし、ああいう人のお嫁さんになりたかったなぁ……。

でもどう考えても無理だよね。あの人、苦手ですって感じの目であたしのこと見てたし……。

この間も食堂に行ったらびっくりしちゃったな。テオ様がまさかの上半身裸になっていて、その筋肉がすごすぎて、あたし危うく失神しちゃうところだったんだもの。

両手で口を押さえてなんとかこらえてたんだけど、本当に眼福の極みだった。思い出すだけで胸が熱くなっちゃう。

テオ様みたいに……あたしにも力が……筋肉が……あったらなぁ……。

……。

……あれ？

そういえば最近、あたし結構筋肉ついたんじゃなかったっけ？　あのぷろていんパンケーキのおかげで。

思い出しながら、あたしはゆるゆると腕を持ち上げた。

あたしたちが筋肉がついた～って言ったら、『れべるあっぷ食堂』のララちゃん、かわいそうなぐらい顔を真っ青にして謝ってたなぁ。別にいいのに。

考えながら、あたしはゆっくりと手をお貴族サマの手に這《は》わせていった。

「ふぐゥッ……！　剥《は》がそうとしたってだめだよセシル、僕たちはもう後戻りできないところまで来ているんだ。君は死んだ後、僕の中で永遠に生きるんだッ！」

そこはせめて無理心中にしなよぉ……なんで自分だけ生き残ろうとしているんだよぉ……。そういうところだぞ。

あたしはうんざりしつつ、自分の首の後ろに伸びているお貴族サマの指を一本掴《つか》み――思いっきり反対側に捻《ね》じ曲げた。

「ぐぎゃあああ!?」

そしたら、指はあっけないほど簡単に剥がれたの。ついでにボキッ！　となかなかいい音もしたものだから、お貴族サマが絶叫する。

「ゲホッ！　ゲホッ！」

むせながら、あたしは自分の力に驚いていた。

嘘《うそ》……こんなに簡単に指剥がれちゃうの!?　筋肉って、すっごい！

さっきまで死にかけていたのも忘れて、あたしは目をらんらんと輝かせた。

体中から、力がみなぎる！　そっか、今までなかったから知らなかったけど、筋肉って、こういう風に使えばいいんだね？

最初にあたしを殺そうとしたのはこいつ。

なら、何をしても正当防衛ってことになるよね？

「よぉ～しっ！　歯ぁ、くいしばっててねぇっ！」

あたしはグーを作ると、手を押さえて悶絶《もんぜつ》しているお貴族サマの顔に向かって、全力でパンチした。

『花の都亭』で一体何が……!?

その日の夜。私が食堂の片付けを終えて明日の準備をしていると、不意に人の話し声や、ガチャガチャという鎧《よろい》の音で外が騒がしくなった。

……何だろう？

この辺りは『花の都亭』があるから夜もにぎやかだけれど、それとは違う喧騒《けんそう》に、私はそぉっと扉を開けてみる。

隙間《すきま》からちらりと見えたのは——フィンさんとテオさん、それに聖騎士団の皆さん？

聖騎士団の人たちは最近軽装で来ることも多く、ちゃんとした鎧をつけているのを見るのは久しぶり。けれど、あの目立つ後ろ姿は間違いない。

私はドーラさんにひと声かけると、騎士さんたちの後を追った。

追いついた先では、リナさんたちが在籍する『花の都亭』に人だかりができていた。通行人は皆おのおのがランタンを持ちながら、ガヤガヤと『花の都亭』を指さして何か話している。

「あの、『花の都亭』で何かあったんですか？」

人ごみをくぐりぬけてフィンさんの近くまで行くと、私に気づいたフィンさんがそっと手で私を制した。

「ララ、気をつけて。この辺りはガラスが散乱している」

見れば確かに、地面にはガラスの破片がそこかしこに飛び散っていた。見上げると、『花の都亭』

にある二階の一室の窓が盛大に破れている。ガラスはそこにはまっていたものらしい。

そしてガラスが飛び散る先では、テオさんが貴族服を着た若い血まみれの男性の手に縄をくくり、連れていくところだった。

『花の都亭』から通報があった。ちょうど私たちが勤務していたから、ラルスが詳細を確認しているところなのだが……」

そこへラルスさんの声が響く。

「団長～！　ガイシャの証言が取れたっスよ！」

そう叫んだラルスさんの後ろには、心配そうな顔をして付き添うリナさんとペトロネラさん、そして肩に上着をかけられたドレス姿のセシルさんが立っていたんだけれど――。

「セシルさん、どうしたんですかそれ!!」

セシルさんを見て、私はぎょっとした。

折れそうなほど細い首には、ふんわりあま～い雰囲気がただようセシルさんには到底似つかわしくない、真っ赤な絞め痕が残っていたのだ。

「セシルねぇ、さっきあの人に殺されそうになっちゃってぇ」

「えええ!?」

頰《ほお》に人差し指をあてたセシルさんは、先ほど殺されそうになったばかりとは思えないほど、あっけらかんと笑っている。

「でもぉ、セシルはパンケーキ食べてたから筋肉ムキムキでぇ、あいつを殴ったら飛んじゃったの。うふ」

パンケーキ!?　殴ったら飛んじゃった!?

全然釣り合いがとれていないふたつの言葉に驚いていると、隣でラルスさんもフィンさんに報告し始めた。

「どうやら殴り飛ばした勢いで、セシルさんを襲った男が窓枠を突き破って、二階から落っこちたらしいっスね」

窓枠を突き破る!?　二階から!?

「窓から男が吹っ飛んでくるのを見たって通行人も複数いたので、間違いないっス」

「わかった、報告お疲れ様」

淡々と報告するラルスさんとその報告を聞くフィンさんを見ながら、私は目を白黒させていた。

えっと……つまり……？　セシルさんはさっき血まみれになっていた男の人に首を絞められて、逃げるために殴ったら、男の人が窓から吹っ飛んだっていうこと……？

確かに話の筋は通っている。

通っているんだけど……。

「セシルさん……すごい……！」

こんなか弱そうな見た目をしているのに、どこにそんな力が!?

はっ!?　まさかパンケーキを食べたせいで!?　まさかそんな、いくらなんでもそこまで強くは……。

そう考えてから、私はおそるおそるセシルさんに話しかけた。

「あの……セシルさん。ちょっと《鑑定》させてもらってもいいですか？」

「鑑定ってなあにぃ？」

「セシルさんの状態とか情報とか、色々調べることができるんですけど……」

「えー何それぇめっちゃ便利ぃ。ララちゃんだったらいいよぉ」

「ありがとうございます！　では失礼して……」

そういえば、自分以外の人に《鑑定》を使うのって初めてだな。なんとなくそういうのは勝手に見ちゃいけないと思ってたし、フィンさんたちを鑑定する機会も逃していたんだけれど……。

考えながら、私はセシルさんを見つめて《鑑定》と心の中で呟《つぶや》いた。

すると――。

〈セシル〉
性別：女　年齢：35歳
レベル１：１／7
状態：負傷（首）　職業：売れっ子娼婦《しょうふ》
体力：５５０　精神力：１３００
力：66　防御：１　素早さ：１
器用：１　魔力：１　運：０

……。

三十五歳!?

真っ先に飛び込んできた情報に声をあげそうになって、私はとっさに手で口を押さえた。

「どうしたのぉ？　何か見ちゃいけないものでもあったぁ？　うふふ」

「い、いえっ……！　何でも、ないです……!!」

ニコッ……と微笑《ほほえ》んだセシルさんに見られ、私はあわててブンブンと首を横に振った。

ふわふわの金髪に、垂れ目の青い瞳。お人形さんのような可憐な見た目に甘い雰囲気のセシルさんは、三人の中で誰よりも幼く見えた。外見年齢だけで言うなら、多分十五歳ぐらいだと思う。

なのに、まさか一番年上だったなんて……！　しかも倍どころじゃなかった……！

も、もしかして見ちゃいけないものってこれ……!?

この秘密は一生お墓まで持っていかなければ、と私はゴクンと生唾を呑《の》んだ。

それに……年齢に驚きすぎてついそっちに目がいってしまったけれど、体力と精神力以外のステータスが軒並み一ケタの中、燦然《さんぜん》と輝く「力：66」もすごい！

ぷろていんの効果は《ステータス：力＋2、上限一日一回まで》だったから、セシルさんがほぼ毎日食べに来ているうちにこんなことになってしまったらしい。

表面上はあまり変化のわからない愛らしい見た目で、まさかの筋肉ムキムキ……。でも、それが結果的にセシルさんの命を救ったのなら、きっといいこと……なんだよね？　多分……。

考えて、私はまたハッとした。

そうだ、こんなことをしている場合じゃない！

「セシルさん、ちょっと待っててくださいね！」

言うと、私はあわてて『れべるあっぷ食堂』に引き返した。

急いで自分用の大きなマグカップを取り出し、鍋を火にかけて牛乳をあたためる。それから蜂蜜と、今日はもう食べていたから本当は効果ないんだけれど、気休めとしてプロテインもたっぷり入れてかき混ぜると、それを持って外に飛び出した。

「セシルさ〜ん！　これ、飲んでください！」

私はこぼさないように気をつけながら運んできたホットミルクを、ずいっとセシルさんに差し出した。

「ホットミルクぅ？」

「はい！　あの……ホットミルクは興奮した気持ちを静めてくれるので……！」

あと、ケガにも効果があるのかはわからないけれど、もしかしたら《浄化》がセシルさんの首の絞め痕を消してくれるかもしれないって思ったの。

「やったぁ、ララちゃんありがとぉ」

「ケガにも効果があるといいんですけれど……」

私がぽつりと呟いた時だった。

『ララ、《浄化》はケガには効果はありませんよ。ケガを治したければ、《浄化》の先にある《治癒》を取るといいでしょう』

そう言ったリディルさんの声が聞こえたのだった。

「治癒……!?」

リディルさんの言葉を、私が詳しく聞こうとした時だった。

「つくちゅん！」

肩に上着をかけたセシルさんが、くしゃみをしたのだ。

今は夏とはいえ、夜はそれなりに冷える。心配したリナさんとペトロネラさんが、あわててセシルさんの顔を覗き込んだ。

「セシルさん、大丈夫？　夜は寒いもんね。中に戻ろっか」

「ララさん、ミルクありがとうございます。あとはわたくしたちに任せて、あなたも気をつけてお帰りくださいませね」

「あっ……はい！　皆さんもお気をつけて！」

セシルさんの首の痕、治せなかったな……。

私がトボトボ帰ろうとしていると、そこへフィンさんがやってきた。

「夜も遅いし、こんな事件があったばかりだ。家まで送ろう」

「フィンさん……ありがとうございます」

『花の都亭』は『れべるあっぷ食堂』のすぐ近くだから、本当はひとりでも全然大丈夫なのだけれど、私はお言葉に甘えることにした。

だって万が一何か起こって、リディルさんにまっぷたつにされる暴漢の姿を見たくないもの！　切るのは食材だけで十分です！

「さっき捕まっていた男の人……やっぱり前にセシルさんたちが話していたお客さんですか？」

以前彼女たちが食堂に来た時、セシルさんにのめり込みすぎて危ないお客さんがいると話していた。リナさんが『出禁』という言葉を使っていたから、記憶に残っていたの。

「ああ、その男みたいだ。セシル嬢は穏便に話し合いをしようとしたらしいのだが、相手の男が逆上して彼女を殺そうとした」

「そっか……。男女のもつれは難しいって聞きますもんね……」

なんてしんみりした顔をしているけれど、私は噂《うわさ》に聞いたことがあるだけで、自分でそういう色っぽいことは一度も経験したことがない。だからセシルさんを手にかけようとした男の人の気持ちも、全然わからなかった。

好きな人が自分から離れていこうとしたらそりゃ悲しいとは思うけれど……だからって殺そうとするなんて、どれだけ自分勝手なんだ……！

私がうーんと顔をしかめていると、フィンさんが軽く咳払《せきばら》いをした。

「その……ララも、気をつけた方がいい。もし変な客にまとわりつかれたら、すぐ私に言うように」

「私ですか？　大丈夫ですよ！　お客さんはみんな優しい人ばかりですし」

確かに以前、ボート侯爵が私のことを愛人にしようとしてきたことはあるけれど、あれはボート侯爵が悪い男の人だっただけ。『れべるあっぷ食堂』に来てくれるお客さんはいい人たちばかりだ。

けれどフィンさんにとってはそうではないらしい。

「それは……ララが気づいていないだけだ。中には君目当てで来ている奴も間違いなくいたぞ。私がにらんだら逃げていったが」

えっ？　そんなことが!?

でもそんな人、いたかな……？　フィンさんの思い違いじゃなくて？

なんてやりとりをしているうちに、気づけば『れべるあっぷ食堂』の目の前だった。

「っと、もう着いてしまったな。ララもくれぐれも気をつけて。特に夜間は、誰が訪ねてきても絶対に中に入れないように」

「はい！　わかりました」

フィンさん、優しいなあ。さすが都の治安を守る聖騎士団の団長さんだ。

私はフィンさんと別れると、ドーラさんに事情を説明してから厨房《ちゅうぼう》に戻った。そして目をつぶる。

さっき聞けなかった、《治癒》スキルのことを知りたかったのだ。

「リディルさん……《治癒》ってこれですか？」

言いながら私が見ているのは、暗闇に浮かび上がったスキルツリーの、《浄化》と書かれた銀貨の先にある《治癒・小》というスキル。

今までその隣にある《毒無効》と《毒変化》の方に目が引き寄せられて見落としていたけれど、《治癒》でケガを治せるならすごいことだよね！　《治癒・小》の奥には《治癒・中》と《治癒・大》があり、さらにその奥は――。

……あれ？　なんだろう。ここだけ、なぜか銀貨だけで文字が書いてないなあ？

私が考えていると、ふわん、と軽やかな身のこなしで、暗闇から全身真っ白なリディルさんが現れた。

『はい。この《治癒・小》を選択することで、軽度のケガなら治せるようになります。これも《浄化》と同じく、ララの場合は直接使うより料理を作った方が、効果が発揮されるでしょう』

すごい……！

最近、《バフ付与・中》を取ったばかりだったから必要なスキルポイント6には足りていないけれど、今のペースならすぐに《治癒・小》が取れるはず！

待っててねセシルさん。私、がんばるから！


翌日、『花の都亭』での事件から一夜明けて。

私がいつものように食堂の営業を始めようと、何気なく店のカーテンを開けた時だった。

「……!?　ドーラさん、大変です！」

「どうしたんだい？　ララ」

「お客さんが、たくさん並んでいます！」

カーテンを押さえた私が見たのは、開店前から『れべるあっぷ食堂』に並ぶ、たっくさんの人々の姿だった。

エプロンをつけた職人っぽい中年の男性から、子どもを連れた若い女性まで、老若男女問わず並んでいる。その列は長く、道にまで延びていた。

「おやまあ！　これは一体どうしたことかね!?」

「さあ……!?」

私とドーラさんは首を捻《ひね》った。急にこんなに人が来るなんて、ちっとも思い当たることがない。

「とりあえず、開店してお客さんを入れてしまおうか。今日はあたしも手伝うからね！」

と、すっかり調子の良くなったドーラさんが腕まくりをしながら言う。

「はい！」

私はうなずくと、急いで『れべるあっぷ食堂』の扉を開けた。

「お待たせいたしました！　れべるあっぷ食堂の開店です！」

途端に、並んでいた人たちが一斉に中へと流れ込んでくる。仕事前の若い男性に、いつも来てくれる働き盛りの男性。それからご新規の壮年男性に加えて、女性の姿もちらほら。

すぐさまカーテンで仕切られた食堂内は満席になり、私は申し訳なく思いながらもまだ並んでいるお客さんたちに謝った。

「席が空き次第、すぐご案内させていただきますので！」

急いで中に引き返して注文を取ると、お客さんは皆、揃《そろ》えたかのようにあるものを注文した。

「ぷろてぃんパンケーキをひとつ」

「ぷろてぃんパンケーキ？　ていうのを頼む」

「ぷろてぃんパンケーキで！」

「はい！」

馴染《なじ》みのお客さんも、初めて来るお客さんも、皆の口から出るのはパンケーキばかり。

その後もパンケーキの注文は止まらず、私とドーラさんは手分けして片っ端からパンケーキを焼いては配り、焼いては配った。

「うお!?　なんだこりゃ！　急に大盛況だな！」

そんなテオさんの声が入り口から聞こえてきたけれど、目が回る忙しさに騎士さんたちを出迎えることもできない。私は大きな声で叫んだ。

「皆さんごめんなさい！　今日は何やらお客さんがいっぱいで……！　すごくお待たせしてしまう

かもしれません！」

「私たちは大丈夫だが、それにしてもすごいな。一体何があったんだ？」

フィンさんが首をかしげていると、店の外にいた女の子たちがきゃいきゃいと話しかけてきた。

食堂の壁に隠されていて姿は全部見えないが、喋《しゃべ》り方や着ている服からして、どうやらリナさんたちと同業の方っぽい……？

「お兄さん、知らないんですかぁ？　『花の都亭』のセシルって人がここのパンケーキを食べたら超強くなって、自分のこと殺そうとしてきた人を返り討ちにしちゃったんですよ！」

「そうそう！　それがあたしたちの間だけじゃなくって、お客さんの間でも話題になってぇ！」

漏れ聞こえてくる会話によれば、昨夜セシルさんが「ぷろていんパンケーキのおかげで命が助かったのぉ」と吹聴したおかげで、一晩で噂が風のように広まってしまったらしい。

それは娼婦さんの間のみならず、来ていた男性のお客さん、その友達、さらに友達の家族と、芋づる式に広まっていったのだとか。

「主人から聞いた時はそんなまさか……って思ったんですが、うちの子は昔から体が弱くって。少しでも効果があればいいなと思って、連れてきたんです。パンケーキなら、この子も食べられそうですし」

なんて言いながら、少年を連れてやってきたお母さんまでいた。

「リッ、リディルさん……！　子どもにぷろていんって、食べさせても大丈夫なのですか!?」

厨房の隅にしゃがんで、私はこそこそとリディルさんに聞いた。

『もちろんですよララ。わたくし《女神》が授けるものに、大人も子どもも関係ありません。食べすぎにだけ気をつけるといいでしょう』

「はいっ！　ありがとうございます！」

どんなにいいものでも、食べすぎはよくない。

その鉄則だけ守れば大丈夫だと聞いて、私はほっとした。

「さすがリディルさん……頼りになります！」

『ふふっ。そうでしょうそうでしょう。それなら今日のお昼はステーキとパンケーキのふたつでお願いしますよ』

「ふたつ!?　そ、そんな時間あるかなあ……。がんばりますね！」

私が気合を入れていると、息をふぅふぅと切らしながらドーラさんが言った。

「まったく！　ここは食堂なんだか、パンケーキ屋なんだかわからなくなってきたね!?」

口調は乱暴だが、その顔は笑っていてどこか面白がっているように見える。

「本当ですね……！　あっドーラさん大変です！　パンケーキを作るのに欠かせない、あの材料が！」

言って私は、床に積み上げられているヘシトレストーンを指さした。

ぷろていんはこのヘシトレストーンから生成するため、厨房に常備しているのだけれど、思わぬ大盛況ぶりに急に在庫が尽きようとしていたのだ。

「おやまあ、困ったね。これは急いでヤーコプに運んできてもらわないと……あたしが行ってきてもいいが、そうするとララひとりでここを回せるかい？」

言われて、私は食堂内と外に並ぶお客さんの列を見た。

食堂内にはまだぎっしりとお客さんが座り、外に並ぶ列もまだまだ長い。

「……さすがにこれをひとりでさばくのは厳しいかもしれません……！」

「ならしょうがないね。お客さんには申し訳ないが、今日のパンケーキは売り切れってことで――」

ドーラさんがそう言いかけた時だった。

「はいはいはぁ～い！」

「あたしたちがいるじゃん！」

「ここはわたくしたちにお任せくださいませ」

明るい声が聞こえて食堂の入り口を見ると、リナさんにペトロネラさん、それに首に大きなスカーフを巻いたセシルさんが立っていた。

「水臭いなあ！　人手が足りないのなら、あたしたちが手伝うよ！」

「これをお客さんにお出しすればいいのぉ？　セシル、そういうの得意だよぉ」

なんて言いながら、ひょいと出来上がった料理を持っていく。私はあわてた。

「い、いえ！　皆さんはお客さんなんですから、手伝ってもらうわけには！」

「まぁまぁララさん。これも昨日のホットミルクのお礼ということにしましょう」

「で、でも」

私がなおもためらっていると、この事態をさっさと受け入れたらしいドーラさんが出かける準備をしながら言った。

「じゃあお言葉に甘えて、頼んだよお嬢ちゃんたち！　あたしはヤーコプのところまで、ひとっ走りしてくるからね！」

「はぁ～い」

「任せて！」

「えええ!?　ドーラさん!?」

「さぁ、ララさんはお料理に集中して。配膳はわたくしたちにお任せくださいませ。簡単な調理ならお手伝いもできますわ」

「エプロンってこれ？　借りるね！」

なんて言いながら、リナさんたちがてきぱきと手際よくウェイトレスに変身する。それから滑るようになめらかな動きで、店内の仕事を回し始めた。


――数時間後。

なんとかお客さんをさばききり、営業を終えた食堂内では、私とドーラさん、それからリナさん、セシルさん、ペトロネラさんが、ぐったりと椅子にもたれかかっていた。

「皆さん……今日は本当にありがとうございました！」

私は疲れた体に鞭打《むちう》つと、リナさんたちに向かってぺこりと頭を下げた。

「お嬢ちゃんたち、ありがとねぇ。おかげでなんとか今日を乗り切れたよ」

無事ヘシトレストーンを仕入れられたドーラさんも、帰ってきてからは一緒に厨房仕事をしていたため、さすがに疲れているようだ。

「もちろん、今日の手伝い賃は出すからね。ちょっと待っててておくれ」

そう言ってのろのろとした動作でお金を取りに行こうとしたドーラさんを、セシルさんが止める。

「ドーラさぁん。セシルたち、お金はいらないのぉ。その代わり、お願いがあるんだけど聞いてくれなぁい？」

「お願い？　……なんだね？」

椅子に座り直したドーラさんに向かって、リナさんとセシルさんがぱっと笑って、声を揃えた。

「「あたしたちを『れべるあっぷ食堂』で雇ってくださぁい！」」

「ええ!?」

私とドーラさんは叫んだ。

「あんたたちを雇うってどういうことだい!?」

「そうですよ！　リナさんたち、お仕事はどうするんですか!?」

面食らった私たちに向かって、セシルさんがにーっこりと笑う。

「実はぁ……セシル、昨日でお店、やめてきちゃったの！」

「えええ!?」

「ついでにリナちゃんも引き抜いてきちゃったぁ」

なんでもないことのように言いながら、セシルさんはうふっと微笑んだ。驚いたドーラさんが、目を丸くする。

「やめてきたって……あんたたちは普通の仕事とはわけが違うんだよ!?　娼婦がそんな簡単に仕事をやめられるのかい!?　しかも、そっちのお嬢ちゃんまで一緒だなんて……！」

えっ。そうなの？　娼婦って、簡単にやめられないの……？

なんとなくの知識しかなかった私の前では、セシルさんが指を組んできゃらきゃらと楽しそうに笑っている。

「そうなのぉ、大変だったのぉ。でもセシル、実はちょーっとばかり貯金があってぇ。だからそのお金で、セシルとリナちゃんのこと、自分たちで身請けしちゃったんだぁ」

「そう！　セシルさんが、あたしの分のお金まで払ってくれたの！　もう、一生ついていくって感じ！」

隣ではリナちゃんも、うんうんとうなずいている。

それを呆《あき》れた顔で見ているのはドーラさんだ。

「しちゃったんだ、って……！　よく娼館《しょうかん》の主《あるじ》が許してくれたねぇ……」

どうやらドーラさんの口ぶりからして、娼館はそのあたりがとっても厳しいらしい。事情を知らない私が口を出すのもよくないかな、と思ってじっと話を聞いていると、セシルさんがきらりと瞳を輝かせながら続ける。

「うふふ。本当は自分でお金出してもダメ！　って言われたんだけどねぇ……」

言いながら、セシルさんは可愛《かわい》らしい手で拳《こぶし》を作り、トンッと机を叩《たた》いてみせた。

「オーナーの机を拳でまっぷたつにしたら、許してくれたのぉ」

……え？　机をまっぷたつ……？

最初、私はすぐにその言葉の意味を理解できなかった。だってこんな可愛い見た目をしたセシルさんの口から出たとは思えない言葉だったんだもの！

絶句する私の前では、ドーラさんもあんぐりと口を開けている。

「机って……娼館ともなればここにあるテーブルより何倍も丈夫なものだろうに……！」

リナさんが嬉々《きき》として言った。

「大きくてツヤツヤした黒檀《エボニー》の机だったよ！　ねっ！　セシルさん」

「えええ!?」

エボニーといえば、あのものすっっっごく硬い木材！

それを、こんな華奢《きゃしゃ》なセシルさんが!?

「なんかぁ、かるぅく脅かすつもりだったんだけどぉ、想像以上にバキバキってなっちゃった！」

ひえぇっ!?　エボニーがバキバキになるってどういうこと!?

「なっちゃったじゃないよ、まったくお前たちは……」

「オーナー、顔真っ青にしてたよね！　多分、命の危険を感じたんだと思う」

確かに、目の前でエボニーの机をまっぷたつにされたら怖い。

しかもそれをやったのが、愛くるしい見た目のセシルさんだったら、なおのこと。

その光景を目の当たりにしたオーナーにちょっとだけ同情していると、ドーラさんが、ふむぅと腕を組んで続けた。

「なるほどねぇ。まぁ、それなら少し納得がいったよ。だけど、ここは食堂だ。娼館と違って高い給料なんか出せやしないよ？　それにここにいる以上、もう娼婦の仕事をするのも禁止だ。それでも構わないのかい？」

「大丈夫でぇ～す！　もともとセシル、そんなにお金使う方じゃないしぃ」

「あたしも！」

きらきらした目で身を乗り出すリナさんとセシルさんを見て、ドーラさんがはぁとため息をついた。

「まぁちょうどそろそろ人を雇おうと思っていたところだから、ひとりでもふたりでもいいけどさ……なんでここにしたんだい？　あんたたちなら、もっといくらでも仕事があるだろうに」

「それはねぇ」

言って、セシルさんが人差し指を口にあてた。

「セシル、昨日死にかけたでしょう？　それで思ったの」

セシルさんの青い瞳が、差し込んできた日光を受けてキラキラと輝く。

「王子サマはぁ、こっちが迎えを待っているだけじゃダメなんだって。王子サマは……自分の手で捕まえなくっちゃって！」

言って、セシルさんは恥ずかしそうにキャッと頬を赤らめた。

王子サマ？　もしかしてセシルさんには、誰か好きな人でもいるのかな？

その隣では、リナさんがもじもじと手をいじっている。

「あた……あたしはね……本当はずっと、料理をしてみたくって」

「えっ!?」

料理！

その言葉に目を輝かせたのは私だった。

「リナさん、料理に興味があったんですか!?」

「う、うん……。だからここなら、あたしでも料理教えてもらえるかもって思ったんだけど……。

や、やっぱ変だよね。あたしなんかが料理したいって言ったらさ」

そう言って恥ずかしがるリナさんの両手を、私は鼻息荒くがしっと握った。

「全然変じゃないですよ！　ごはんはすばらしいものです！　一緒に料理しましょう！」

そういえば、三人の中で唯一、リナさんだけはぷろていんと小麦粉の味の違いを感じ取っていた。

そんな鋭い味覚を持つリナさんなら、料理人にぴったりだと思う！

「ほお。そっちのお嬢ちゃんは厨房希望か。いいよ、ちょうどララにもお手伝いがいた方がいいと思っていたところだ」

ドーラさんの言葉を、私はうんうんとうなずきながら聞いていた。それからニコニコとこちらを見守るペトロネラさんを見て、はたと気づく。

「そういえば、ペトロネラさんは……？　さっき、身請けの話が出た時も、ペトロネラさんの名前だけなかったような」

「ペトロネラちゃんも誘ったんだけどねぇ、だめだったのぉ」

セシルさんの言葉に、ペトロネラさんがうなずいた。

「セシルさんやリナさんのお誘いはとっても嬉《うれ》しかったですわ。ですが……わたくしにも、夢があるんですの」

「夢、ですか？」

「ええ。わたくし――いつか娼館の主《あるじ》になりたいのです」

そう言ったペトロネラさんの顔は穏やかだった。

「このお仕事は人から色々と言われることも多いですが……身寄りのない娘たちにとっては、唯一の居場所であることも確かです。であれば同じ環境で生きてきたわたくしが、彼女たちにとって少しでも優しい環境を作っていけたらと……。そう思うんです」

「ペトロネラさん……！」

「ペトロネラちゃん、すごいよねぇ。セシル、自分以外の子のことなんて考えたこともなかったよ」

セシルさんの言葉に、私とリナさんもうんうんとうなずいた。

「私も家族への仕送りで精一杯で、他の人を考えている余裕なんてなかったです……。ペトロネラさんは本当にすごいです！」

「ペトロネラさんがオーナーになったら、きっと女の子たちも幸せだよ！」

リナさんがそう言うと、ペトロネラさんはぽっと頬を染めた。

「……なんて本当はわたくし、セシルさんやリナさんのような立派な夢がないだけなんですけれど……」

「そんなことはない。その歳でそれだけのことを考えられるあんたは立派だよ。自信を持ちな」

ドーラさんに背中をバンと叩かれて、ペトロネラさんは照れたように笑った。

「人の生き方、選ぶ道はそれぞれさね。道が違ったとしても、今まであった絆まで消えるわけじゃない。むしろ道が違うからこそ、お互い協力できることもあるはずだ。あんたたちの仲は、大事にしていきなさいよ」

人生の大先輩であるドーラさんの言葉は、私たちの心に真水のようにすっと染み込んでいくようだった。

隣ではリナさんもセシルさんもペトロネラさんも、みんなが真剣な顔でうなずいている。

「さっ！　話はここまでだ。どうせあんたたちも、ララと同じ宿無しなんだろう？　住み込み用の部屋がまだあるから、そこを使いな。まったく、宿無しばっかりがどんどん集まってくるねぇ」

「えっ！　ここに住まわせてくれるんですか!?　ありがとうおばあちゃん！」

「おばあちゃんはやめな！　これでもドーラって名前があるんだよ！」

「ドーラママありがとぉ！」

「ママって……。まったく、あたしはいつからこんな大きい娘を持っちまったのやら」

呆れたように笑うドーラさんに、セシルさんとリナさんが抱きついた。それを見ながら、私はペトロネラさんとくすくす笑っていた。

パワーアップ！　れべるあっぷ食堂

「ララ。新しいカーテンの位置はこれくらいでいーい？」

「はい！　ばっちりだと思います！」

開店前の『れべるあっぷ食堂』で、私は新たな仲間、リナさんとセシルさんとともに食堂内の配置を変えていた。

ふたりが加わったことで、『少し店内を広げても大丈夫なんじゃないかい？』とドーラさんが言ってくれたのだ。

『れべるあっぷ食堂』の本来の建物は本当に広い。さすがに一階を全開放、とまではいかなかったけれど、今回の拡張で一階の半分くらいはお客さんが座れるようになったと思う。

私が新しく出したテーブルを《浄化》スキルで掃除していると、リナさんとセシルさんが目を丸くした。

「ララそれ何!?　超便利じゃん！」

「すごぉい。それ、スキルっていうんでしょ？　セシルも色々見てきたけど、そんなのは初めて見たぁ」

「はい！　実は私のスキル、すごく便利で……」

って。リナさんとセシルさんには、《はらぺこ》のこととかリディルさんのこととか話してもいいよね……？

念のためちらりとドーラさんを見ると、ドーラさんもうなずいている。安心した私は、食堂の準備をしながらリディルさんのことをかいつまんで話した。

「《はらぺこ》？　なんか可愛《かわい》いかもぉ。いいなぁ、セシルもそういうの欲しい」

「他にどんなスキルが使えるの？　っていうかあたしそんなに詳しくないんだけど、スキルってそんなにいっぱいあるのが普通なの？」

もっと詳しく話を聞こうと身を乗り出すふたりに、ドーラさんがぱんぱんと手をはたく。

「はいはい。お喋《しゃべ》りは仕事が終わってからにしな。今日もお客さんがいっぱい待っているからね！」

「「はぁい」」

ドーラさんの言葉通り、今日も『れべるあっぷ食堂』の前には行列ができている。

店を開けてすぐに舞い込んでくるのは、やっぱりパンケーキの注文だ。ただし、昨日にはなかった朝ごはんの注文も、ちらほらと入るようになっていた。

「お待たせいたしましたぁ〜！　『きのこたっぷりオムレツ』と『定番ハム&エッグ』でぇす」

「こちら『ぷろていんパンケーキ』になりまーす！」

私がトントントンと包丁を振るう前で、セシルさんとリナさんがちゃっちゃかと注文を取ったり、配膳をしたりしてくれる。

リナさんはいずれ厨房《ちゅうぼう》に入る予定だけれど、最初のうちだけウェイトレスとして動いてもらうことになったの。

「よぉ！　今日も来たぞ……って、おわ!?」

「今日も相変わらずの人気だな。おや、彼女たちは？」

そこへ、フィンさんたち聖騎士団の面々が顔を覗《のぞ》かせた。

いつも通り真っ先に声をあげたテオさんだけれど、今日はリナさんたちを見て、ぎょっとした顔で言葉を呑《の》み込んでいる。

「あっ、皆さんいらっしゃいませ！　実は今日から、リナさんとセシルさんが『れべるあっぷ食堂』で働いてくれることになったんですよ」

「よかったじゃないか、これでララの負担が減るな」

と言いながら微笑《ほほえ》んだのはフィンさんだ。

対してテオさんとラルスさんは、何やらこそこそと話し合っている。

「あの人たち、娼婦《しょうふ》の人たちっスよね？　なんでここに？」

「さあ……。掛け持ちで働くことにしたんじゃねぇのか？」

……でも声が大きいから、丸聞こえだ。

そこへセシルさんが、トンッとテーブルにメニュー表を立てて、テオさんに向かって言った。

「娼婦のお仕事はぁ、綺麗《きれい》さっぱりやめました！　今日からずっと『れべるあっぷ食堂』だけのセシルでぇす」

「お、おう……」

にこっと大輪の花が咲いたような笑みを浮かべるセシルさんに、テオさんがたじろぐ。

ふふっ。セシルさん、この間テオさんの上半身裸を見た時は絶句していたみたいだけれど、テオさんが嫌いになったわけじゃないみたいでよかった。

「だからテオ様、これからもいっぱい来てくださいねぇ」

セシルさんの言葉にラルスさんが眉をしかめる。

「なんでテオさんだけ様付け？　ってかこの人、テオさんのことしか見てなくないっスか……？」

なんて言葉を聞きながら包丁を動かしていると、突然いつものリディルさんの声が聞こえた。

『ぱぱぱぱーん。おめでとうございます。レベルアップしましたよ』

待ち望んでいた声に、私はサッと食堂内の様子を確認する。

うん、今なら一瞬手を止めても大丈夫そう！

それから急いで厨房の奥に引っ込むと、目をつぶる。

すぐに現れたのはスキルツリーと、麗しいリディルさんの姿だ。

『ララが欲しいのはこれでしょう？　――《治癒・小》』

ここ数日ずっと治癒治癒と連呼していたから、リディルさんも一緒になってスキルポイントを数えてくれていたの。私が声をかける前からもう、リディルさんの白い指が《治癒・小》の銀貨に触れていた。

「はいっ！　それでお願いします！」

ぱぁあっと光る銀貨を見ながら、リディルさんが微笑む。

『さぁ、これでララは《治癒・小》を覚えましたよ。何を作りますか？　――といっても全部の料理に適用されるので、何を作ってもいいのですが』

「《治癒》を覚えたら、ずっと作りたいと思っていたものがあるんです！」

言いながら私は、厨房の棚からせっせといくつかの材料を取り出した。

レモンに生姜《ジンジャー》、蜂蜜、それから茎付きのミント。

私はまずリディル《包丁》さんを使ってレモンの皮を薄く、幅広くそぎ切った。それから生姜を四枚にスライスし、包丁の面を使ってぎゅっぎゅっと押しつぶす。こうすることで、生姜の味が染み出しやすくなるのだ。

それをレモンの皮と一緒にゴブレットに入れると、上から熱湯をとぽとぽと注いだ。そのまましばらく寝かせ、湯がちょうどよいあったかさになる頃には、レモンとジンジャーのいい香りが厨房に広がっていた。

えっと……セシルさんは確か甘いのが好きだったから、蜂蜜は多めに入れて、と……。

匙《さじ》にたっぷりとすくいあげた蜂蜜をゴブレットに加え、最後に茎付きのミントを入れる。

「よしっ……できた！　名付けて、『ジンジャーとミントのぽかぽか茶』です！」

ほんのりと黄色く色づいた人数分のお茶を作ると、私は念のため鑑定した。

> ジンジャーとミントのぽかぽか茶：クリティカル＋15％、運＋15％、スキルスピード＋15％、
> 浄化、治癒・小

うん、しっかりと《治癒・小》がついている！

それに最近《バフ付与・中》を取ったから、ついているバフが前よりも増えてきたみたいだ。付与の比較的少ない飲み物でも、15％もついているなんて！

……といっても、実際に私がその効果を体感したわけではないんだけれど……。

そう思いつつ、私はみんなに声をかけた。

ちょうど注文も一瞬落ち着いているみたいでいい頃合いだ。

「リナさん、セシルさん、ドーラさん！　お茶が入りましたよ。少し休憩しませんか？」

その言葉に、みんなが集まってくる。

「なんかいい匂いがする！」

くんくんと鼻を動かすリナさんに、私は説明した。

「生姜とミントのお茶です。蜂蜜も入っているので、きっと飲みやすいですよ」

食べ物に《治癒》をつけてもいいんだけれど、やっぱり食べるのには時間がかかる。だから今回は、サッと飲めるドリンクとして出すことにしたの。

やってきたセシルさんがゴブレットを持ち上げ、ゆっくりとひとくち飲む。

「……んんっおいしーい！　なんか、疲れた体に染み込んでいく感じぃ」

「体に良さそうな味がする！　気のせいかな、もう体がぽかぽかしてきた」

「これも爽やかな飲み口でおいしいねぇ。ララ、これも店で出したらどうだい？」

皆の感想を聞きながら、私はうなずいた。

「確かに、これならすぐにメニューとして出せるかもしれません。……あ、セシルさん。首の痕はどうですか？　その……少し見せてもらえませんか？」

私が聞くと、相変わらず首にスカーフを巻いたままのセシルさんが、ちょっと困った顔をした。

「今ぁ？　あざ、青と黄色ですごいことになってるから、見たらきっとびっくりするよぉ？」

「大丈夫です！　一瞬でいいので！」

「しょうがないなぁ……。ちょっとだけだからね？」

言いながら、困った顔のセシルさんはしゅるしゅるとスカーフをほどいてみせる。

「ほらぁすごいでしょ？　朝、鏡で見た時、自分で引いちゃったくらいなのぉ」

けれど――。

「あれ？　セシルさん、あざなんてどこにもないよ？」

リナさんの言葉通り、現れたセシルさんの細い首にはあざどころか、シミひとつなかった。

「えっ？」

驚くセシルさんを見ながら、私はにっこりと微笑む。――うん、予想通り！

それからきょとんとしているセシルさんに、密《ひそ》かに用意していた手鏡を渡す。受け取ったセシルさんは、鏡に映った自分の首を見て驚きの声をあげた。

「本当だぁ！　なんでぇ!?　朝見た時は、確かにあったのにぃ！」

言いながらぺたぺたと触っているけれど、やっぱり首は白くなめらかで、健康そのもの。数日前に首を絞められたなんて、誰に言っても信じてもらえないだろう。

それを見ていたドーラさんが、ハッとしたように私の方を向く。さすがドーラさん、もう気づいたみたいだ。

「ララ、もしかして」

「はい。実は、《治癒・小》というスキルを覚えたんです！」

「治癒……!?」

「治癒だって!?」

そこへガタタッと身を乗り出してきたのはドーラさん――ではなく、まだ食堂にいたフィンさんだった。

私だけじゃなく、女性陣全員がびっくりした顔で見ると、フィンさんが気まずそうに咳払《せきばら》いする。

「す、すまない。思わぬ単語が聞こえてきて……」

フィンさんの後ろでは、またもやテオさんとラルスさんがこそこそと話していた。といってもやっぱり声が大きいから、丸聞こえなんだけど……。

「おいおいおい。嬢ちゃん、やばいのまで出してきちまってるじゃねーか」

「今聞こえたのってアレっスよね？　発現した人はもれなく大神殿に連れていかれるやつっスよね？」

え……？　大神殿……？

さすがの私でも、大神殿の名は聞いたことがある。私のスキルを調べくれたのは教会だけれど、それをとりまとめている、いわば教会のトップが大神殿だったはず。

目の前ではフィンさんが腕を組み、いつになく難しい顔で考えている。それから真剣な顔で私に聞いた。

「ララ……君は知らないかもしれないが、それはとても希少なスキルだ。もし大神殿にそのスキルを持っていることを知られた場合、君はここにいられなくなるかもしれない」

「えっ!?　どうしてですか!?」

食堂に、いられない？

珍しいと言われたことよりも、私はそっちの言葉にあわてた。フィンさんが声のトーンを落とし、ひそひそと囁《ささや》く。

「大神殿は《治癒》スキル持ちを決して放っておいたりはしない。恐らくどんな方法を使ってでも、君を連れていこうとするはずだ」

「えええ!?」

大神殿って、そんな物騒な感じなんですか!?

聖職者なんだしもっとこう、聖なる感じというか、清らかというか、人の嫌がることはしないかと思っていたのに……。

「もちろん、彼らは君を丁重に扱うだろう。それこそ、『聖女』として大事にしてくれるはずだ。お金に関しても、一生遊んで暮らせるだけの分を、生きている限り受け取れる」

「セイジョ……？」

「えっ!?　一生遊んで暮らせるお金!?」

「すごぉい！」

『一生遊んで暮らせるだけのお金』という言葉に、リナさんとセシルさんが声をあげる。反対に、フィンさんの顔は暗い。

「その代わり、君は一生『聖女』として生きることになり、『聖女』以外のことはできなくなる。食堂で働くこともきっと許されない」

「えっ……」

私は動揺した。

お金は確かに魅力的だ。借金が全部返済できて、そのうえ私や家族の生活が一生困らないのなら、今すぐにでも飛びつきたいぐらい。

でも……。

「ララは……大神殿に行きたいか？」

言って、フィンさんは真剣な顔で私を見つめた。

真面目な空気を感じ取ったリナさんたちも、じっと私の様子をうかがっている。

私……私は……。

私はリディルさんをぎゅっと握って、まっすぐフィンさんを見た。

きっと、私がこの食堂にたどり着く前、それこそボート侯爵家を追い出されて森を歩いていた頃だったら、喜んでその話に飛びついていたと思う。

でも、『れべるあっぷ食堂』はようやくできた私の居場所だ。

優しく導いてくれるドーラさんに、頼もしい聖騎士団の人たち、最近できた楽しい仲間たち。

食堂はようやく軌道に乗ってきたところだし、「おいしい」と言いながら繰り返し来てくれるお客さんだってついてくれるようになったのだ。

きっと、神殿からもらえるお金と比べたら、ここでもらえるお金はそう多くはないんだと思う。

それでも私にとっては、今の毎日が楽しくて、幸せで。

——お金には代えられない大事なものが、『れべるあっぷ食堂』にはあった。

「私は……ずっとこの食堂で、働いていたいです」

私が答えると、フィンさんはにこりと微笑んだ。

「ララならそう言うと思っていた。大丈夫、君がそう望むなら、君が『れべるあっぷ食堂』に残れるよう、協力しよう。そしてララも——今だいぶ騒いでしまったが——今後は外で《治癒》のことは話さないようにしてほしい」

「は、はいっ！」

「それからリナ嬢にセシル嬢、君たちもこのことは秘密にしておけるだろうか？」

フィンさんが視線を向けると、リナさんとセシルさんも力強くうなずいた。

「わかった！　これから絶対言わない！」

「セシル、何にも聞かなかったことにするねぇ。だってララちゃんがいなくなっちゃうの、やだもん」

言いながらぎゅっと抱きついてきたふたりに、私はじんと目頭が熱くなった。

「ふたりとも、ありがとうございます……！」

「さて……まだテオたちが食べている途中だが、私はひと足先に帰らせてもらうよ。少し確認したいことがあるから」

「わかりました！　フィンさん、今日は色々とありがとうございます」

「いいんだ。君が神殿に行くことになったら――正直私も困るからね」

「え？　それはどういう……」

　けれどそれには答えず、フィンさんはにこりと微笑んだだけだった。

閑話　ならば、私にできるのは（フィンセント視点）

「して、急にどうしたんだ。勇者に関する重大な報告とは」

　王宮にある一室で、私は父である国王陛下と、兄である王太子殿下と顔を突き合わせていた。事の内容が機密にまつわるため、今日は謁見《えっけん》の間《ま》ではなく、ごくごく内密な話ができる部屋を用意してもらったのだ。

「前にお話ししていた〝勇者〟のことなのですが――」

「例の、初めての女性勇者か」

「はい」

　以前ララが持っている包丁が聖剣だと判明してすぐ、私は今と同じように父と兄を呼び出していた。

　ララの持つ包丁が聖剣で、かつ女性であるという前代未聞の事態を三人で話し合った末に、いったんは「とりあえず様子を見よう」という結論が出ていたのだが……。

「実は彼女が……ララローズ・コーレイン嬢が、《治癒》のスキルも持っていることが判明しました」

「なに……!?」

「おっと。それは穏やかな話じゃないね？」

治癒という単語に父の顔は険しくなり、兄もおどけた口調で話しているものの、その瞳は笑っていない。

「じゃあ彼女、勇者であるだけじゃなくて聖女でもあるってことか」

「だとすれば、神殿が出てくるな」

確かめるように聞くふたりに、私はうなずく。

《治癒》スキル自体は珍しいものの、数年に一度見つかることもあり、勇者ほど大ごとになるわけではない。

ただし《治癒》スキル持ちの者は全員、大神殿に引き取られ、神殿の要《かなめ》となる『治癒院』で働くことになるのだが――。

「今の大神官というと、あれか、あのとんでもないごうつくばり――いや、辣腕《らつわん》と噂《うわさ》の」

「ええ。最年少にして大神官の地位についたドケチ――いえ、やり手の彼ですね」

言って、ふたりが黙る。

恐らく……いや確実に、私たちはとある一人の青年のことを考えていた。

その青年は神官とは思えぬほど欲深く、そしてやり手だった。

史上最年少でありながら瞬く間に大神官に就任したかと思うと、実は見逃しも多かった各地の

《治癒》スキル持ちをどうやってか次々と見出《みいだ》し、あの手この手で『治癒院』に連行。

さらに今まで慈善事業同然だった『治癒院』を、膨大な黒字を量産する施設へと成長させたのだ。

ただしその強引なやり口には反発や反対派も多く、また連れていかれた《治癒》スキル持ちは多額のお金をもらう代わりに、大神官の絶対的支配下に置かれているとも聞く。

そこまで思い出してから、私は言った。

「もしララが彼に連れていかれた場合、《治癒》だけではなく、勇者の力、いや、彼女のありとあらゆるスキルを利用される気がします」

「僕もその意見には同意だね……あの彼ならやりかねない」

さらに兄は続けた。

「それに、近年平和だったせいで勇者を擁護する王家は発言力が弱まり、反対に治癒院を持つ神殿は支持を強めているよね。もしここで勇者と聖女、両方の力を持つ人物が大神殿の支配下に置かれたら――下手すると、王家が傾くかもしれないよ」

その言葉に、国王はうぅむとうなった。

「仕方ない……しばらくは様子見を続けるつもりだったが、こうなったら神殿に取り込まれる前に、王宮で囲い込むしかない」

ララを、王宮に。

その言葉に、私は急いで声をあげた。

「待ってください、それは……！」

確かに王宮に囲い込んだ方が圧倒的に安全だし効率的だ。

けれど——それだと彼女が『れべるあっぷ食堂』にいられなくなってしまう。

「フィンよ、何か問題でもあるのか？　これ以上ない案だと思うが」

国王に聞かれて、私は一瞬ためらった。

……だが、ここはララのために言わなければ。

「彼女は——ララは、食堂に残ることを強く希望しているんです」

ララは自分が勇者だということを理解していないが、膨大な額のお金がもらえるという聖女の話をした時も、決して食堂から離れようとはしなかった。

たとえ王宮で料理人の席を用意したとしても、ララは喜ばないだろう。それくらい、『れべるあっぷ食堂』そのものが、ララにとって特別なものになっていることを私は感じていた。

「彼女は聖剣の使い手・勇者であると同時に、《治癒》スキル持ちの聖女でもあるのかもしれません。けれどその前に、彼女はララローズという名の、ひとりの人間なのです」

私は父と兄に訴えかけるように、言葉に力を込めて言った。

「我々の都合だけで都合よく扱っていいわけではありません。私は彼女の友人として、彼女の意思を尊重したいのです」

「友人、ねぇ……」

ぽそりと兄が呟《つぶや》く。それに対して私が何かを言う前に、国王がまたうなる。

「我々も本人の意思は尊重したいが……問題は神殿側だ。そのうえ今の大神官はあの豪腕。生ぬるいことをしているうちに、勇者——いや、聖女か？　どのみち、例の人物をかっさらわれてしまうのではないか」

「彼は何やら特別なスキルを使うと聞くしね。はたしてフィンの友人は隠れおおせるかな？」

聞かれて私はゆっくりと首を振った。

「見つかるのは、時間の問題だと思います」

ララは食堂にいる時、確かに『治癒』という言葉を口にしていた。聞こえたのはきっと私だけではないだろう。今からどんなに秘密にしたとしても、人の口に戸は立てられない。

それに例の大神官は行動派であると聞いている。辺境の村の貴族籍でない人たちのところにまで出向き、才能ある人を自ら見つけていったと。

ただでさえ、ララの料理には《バフ付与》やステータス上昇の効果が入っているのだ。そこに《治癒》も加わるとなると、何も知らない人でも気づくだろう。『れべるあっぷ食堂の料理を食べると、調子がよくなる』と。

そんな噂を、あの大神官が聞き逃すはずがない。

ならば、私にできるのは——。

私はゆっくりと顔を上げた。それから父をまっすぐ見据える。

「私が、彼女を守ります。大神官の手から、そして彼女を狙うすべての人たちから。それが王都を守る、騎士としての私の務めです」

「騎士としての務め、ねぇ……」

また兄がぼそりと言った。

――あれしかない

「ララ！　下準備ができたよ！」

「ララちゃぁん、パンケーキふたつとぽかぽか茶ふたつぅ」

「頑固ステーキも追加で頼むよ！」

「はぁい！」

れべるあっぷ食堂が最もにぎわう昼どき。

食堂内には昼休憩に入った職人さんからお役人さん、親子連れまでぎっしりとお客さんで埋まり、リナさんやセシルさん、ドーラさんが忙しく動きまわっていた。

外には長い行列ができており、忙しさはまだまだ終わりそうにない。

――私が《治癒・小》を覚えてからはや一週間。

あれから『れべるあっぷ食堂』のみんなが内緒にしてくれているおかげか、特段変わったことはなかった。

食堂の人気も、ぷろてぃんパンケーキの人気もそのまま……ううん、むしろ前以上で、毎日目の回る忙しさが続いている。

「はぁ～疲れたっ！」

「もう足がぱんぱぁん」

「皆さん、ぽかぽか茶をどうぞ！」

皆の疲れが溜《た》まってきた頃に、私はここぞとばかりに『ジンジャーとミントのぽかぽか茶』を出した。

同時に自分でもひと口飲むと、生姜《しょうが》とミントの爽やかな風味が、疲れた体全体にすぅっと染み渡ってあったためてくれる。

「くぅうっ……！　ほんっっっと生き返るね、これ！」

目の前ではリナさんが、プハーッと息を吐きながらお茶を豪快に飲み干している。

「セシル、もともと生姜ってあんまり得意じゃなかったんだけどぉ……これはなんか癖になっちゃうっていうかぁ、もうこれがないと休憩した気にならないっていうかぁ」

「まあ実際体がみるみるうちに元気になってるからねぇ。恐ろしい代物だよこりゃ。どんなに疲れていても、これを飲めばすっかり元通りになるんだから」

「本当、この力ってすごいですよね……！」

そういう私も、ぽかぽか茶を飲んでからすっかり元気になっていた。朝からの疲労なんて、まるで最初からなかったみたいだ。

「これ飲んでたら一生働けそぉ。こういうのって、えーきゅーきかんっていうんだっけぇ？　聖女の人たちってぇ、もしかして自分で自分を癒《いや》しながらずぅっと働いているの？」

セシルさんの言葉に、リナさんと私は顔をしかめる。

「それはそれでちょっとやだな……」

「私も……」

いくら疲れがとれるからって永遠に働かなきゃいけないってなったら、だいぶ嫌だ。

どんなにおいしいものでも食べすぎはよくないのと同じで、どんなに便利なスキルがあったとしても、働きすぎはよくない、と思う。

「そういや前、ヤーコプから治癒院の噂《うわさ》を聞いたことがあるねぇ。なんでも聖女たちは不眠不休で働いているとか……」

「「「えええ!?」」」

不眠不休!?

恐ろしい言葉に、私はぞっとした。

や、やっぱりこのあいだ神殿に行かないって言って本当によかったかも……!

「まぁこれは噂だけどね。ただ、働きづめになるのは間違いないみたいだねぇ」

「セシル、そんなとこぜったいやだぁ。お休みは欲し〜い」

「あたしも〜」

そんな会話をしながら、私たちは今日も無事に『れべるあっぷ食堂』の営業を終えた。

どんっとテーブルにのせられた硬貨は山盛りで、私だけではなくリナさんやセシルさんも、十分な賃金をもらえている。

それぞれのお賃金を配りながら、ドーラさんが言った。

「あんたたちのおかげで、『れべるあっぷ食堂』の営業は順調すぎるくらい順調だ。今日の治癒院の話じゃないけど、あんたたちも休みはしっかり取りなね。休みたい日の希望があれば、いつでもあたしに言っておくれ」

『れべるあっぷ食堂』は今、週に一度水星日が定休日になっている。休みの日はリナさんたちと遊びに行ったり、フィンさんと街を見て回ったり、充実した休日を送らせてもらっていた。

だから今のところ追加で休みが欲しいということはないのだけれど、それよりも食堂のことでひとつ気になることがあった。

「休みよりもひとつ気になっていることがあって……」

「うん？　なんだい？」

「最近、食堂を広げたにもかかわらず入れていないお客さんがちらほらいるんですよね……」

「ああ～。毎日めちゃくちゃ並んでるもんね」

リナさんの言葉に、私はうなずいた。

基本的に『れべるあっぷ食堂』は、根気強く並んでもらえれば、時間はかかっても全員案内するようにしている。けれど途中で待ちきれなくなったり、あるいは最初から諦めてしまう人は少なくないのだ。

「まぁそれが人気店のさだめだからねぇ」

「ありがたい反面、やっぱりせっかく来てくれたのに申し訳なくて……」

私がうつむくと、そこにほわわんとしたセシルさんの声が響いた。

「なら、お持ち帰り用のごはんを売ればいいんじゃなぁい？」

「お持ち帰り……？」

その単語に、私は目を丸くした。

「うん。『花の都亭』でもよくやってたよぉ。大体クッキーとかのお菓子なんだけどぉ」

「そっか……その手がありましたね！　なんでその存在を忘れていたんだろう！」

私は目を輝かせた。

お持ち帰り用の軽食を用意すれば、サッと食べたい人が長時間待つ必要もなくなるんだ！

「ドーラさん、うちでもお持ち帰り用のごはん、出してもいいですか!?」

「いいけど、普通の営業でも忙しいのに、そんなものを用意している時間があるのかい？　まあクッキーなら前日に作ればいいのかもしれないが……」

その言葉に、私は首を振った。

「いいえ、クッキーは出しません。『れべるあっぷ食堂』は食堂なので、やっぱり皆さんにしょっぱいものをお出ししたいと思っているんです。それに、時間もかけません。サッと作れて、サッとお出しできるものをやろうと思います！」

「へぇ。その口ぶりからして、どうやらもう案がありそうだね？」

「はい！」

私は満面の笑みでうなずいた。

サッと作れて、サッとお出しできるもの。

それでいて満足感があるものといえば――あれしかない！

私は早速立ち上がると、明日に向けての準備を始めた。


「いらっしゃいませ！　『れべるあっぷ食堂』へようこそ！」

朝、『れべるあっぷ食堂』の営業は、私の声とともに始まる。

本当はリナさんやセシルさんに任せてもいいんだけれど、これだけは朝の儀式としてずっと続けているの。それにお客さんの顔を見てしっかり挨拶する唯一の機会だから、これからも大事にしていきたいなって思っている。

「やぁ、ララちゃんおはよう！　朝から元気だな」

「今日もおいしいもの頼むぜー」

「ここのごはんを食べて一日を始めると、元気が出るんだよねぇ」

なんて言いながら、すっかり常連となったお客さんたちがぞろぞろと中に入る。挨拶を交わしながら、私は笑顔で言った。

「そういえば、今日からお持ち帰りメニューも始めたんですよ！」

「お持ち帰り？」

「はいどーぞ！　これがメニューだよ！」

すかさずリナさんが、サッとメニューを差し出す。

そこにはこう書かれていた。

『お持ち帰り始めました。とろとろタマゴの目玉焼きパン。お早めにお召し上がりください』

と。

おじさんが武骨な指であご髭《ひげ》を撫《な》でながら目を細める。

「へぇ……目玉焼きパンか」

「はい！」

「朝にはぴったりだが……いささかシンプルすぎやしないかね」

「サッと作れて、サッとお出しするものですから」

持ち帰りメニューはみんながあっと驚くようなものではなく、極力シンプルなものをあえて選んでいる。だからおじさんの反応が芳《かんば》しくなくてもへいちゃらだった。

私が微笑《ほほえ》むと、おじさんは「ふぅん」と言って続ける。

「申し訳ないけど、俺はせっかく来たんならもっと別のものを食べたいかな」

「大丈夫ですよ。これはお持ち帰りごはんですし、食べたいものを食べていってくださいね！」

言って私は厨房《ちゅうぼう》に入った。

そのままトントントントンと包丁を振るっていると、駆け寄ってきたセシルさんが目を輝かせ、高らかに声を張り上げる。

「とろとろタマゴの目玉焼きパン一枚、お持ち帰りのご注文が入りましたぁ！」

その声に、食堂内の視線が一斉にセシルさんに集まった。

私が見ると、セシルさんはぱちんとウィンクをする。どうやら、わざと注目を集めるように大きな声を出してくれたらしい。

さすが元売れっ子娼婦《しょうふ》さん！　お客さんの視線や注目の集め方をよくわかっている……！

私はその応援が嬉《うれ》しくなって、満面の笑みで微笑んだ。

「はい！　少々お待ちください！」

よし、早速一枚目の注文だ！

私は腕をまくって、準備を始めた。

まずは朝一でパン屋さんから仕入れた、ふっくらこんがり山型に焼けた四角いパンを、リディルさんでサクッと一枚分切り分ける。

贅沢《ぜいたく》に、分厚く切られたパンは、まるでふっかふかのお布団のよう。

その真ん中を指でぐいぐいと押して少し凹《へこ》ませてから、表面全体にサッと少量のバターを塗る。

そしてふかふかのお布団パンで寝るのは、これまた朝届けられたばかりの新鮮卵だ。

カシャッと音を立てて割った卵を、お布団の真ん中にぽとりと落とす。

その上に粗びきの黒胡椒《こしょう》をパラパラと振りかけたら、次は一番大事な作業だ。

パン布団の上でゆらゆら揺れる卵がこぼれないよう、そーっとそーっと竈《かまど》に運び入れる。

そして卵とパンにじっくり火が通るのを見守って、頃合いが来たら——完成だ！

「できました！　『とろとろタマゴの目玉焼きパン』です！」

お皿の上で輝くのは、つるんとした黄身が目にも鮮やかな目玉焼きパン。

仕上げにほんのすこしだけオリーブオイルをかけると、輝きを増した黄身がつやつやと光った。

うう！　このこっくりした輝き、見ているだけでおいしそう！

そう思ったのは私だけではないみたいで、周囲で見守っていたお客さんもごくりと喉を鳴らす。

「はぁい、お届けしまぁす」

それを、セシルさんが食堂内のみんなに見せびらかすように高く掲げながら、意気揚々と歩いていく。

目玉焼きパンを注文してくれたお客さん第一号は、ドーラさんが守る会計台の隣に立っていた。

お皿にのせて運ばれてきたパンを見て、サッと顔を輝かせる。

「うわ……！　仕事先に着いてから食べようと思ってたんだけど、なんだこの艶《つや》！　俺、朝ごはん抜いてきたんだよな……。だめだ我慢できない、ここで食べてもいいか、ばあさん!?」

「ばあさんじゃなくてドーラって呼びな！　これは持ち帰り品だし、立ち食いでいいんならどこで食べようとお前さんの自由だ。ただし皿は後で返してくれよ」

「やった！　それじゃ、いただきまーすっ！」

言いながら、お客さんはあーんと大きな口を開けて、目玉焼きパンにかぶりついた。

それから――。

「おっとと！　黄身が！」

かぶりついた目玉焼きからとろぉりとこぼれてきたのは、黄金のように輝く黄身。

こぼさないようにパンを傾けると、黄身はとろとろ、ゆっくりと、パンの上を伝っていく。

そこに、もう一度お客さんがかぶりついた。

「んんっ！　んまい!!　黄身がパンと混ざって、なんてまろやかな味わいなんだ……！　シンプルだからこそわかるぞ！　この黄身が、何よりの調味料だ！」

なんて言いながら、はぐっ！　はぐっ！　とものすごい勢いで食べている。

周りで見ているお客さんが、もう一度ごくりと唾を呑《の》んだ。

「お兄さん、感想がおじょうずぅ！　詩人さんかなにかぁ？」

とセシルさんが褒めている横で、近くに座っていたお客さんがそっと身を寄せてくる。

「僕もあれ食べたいんだけど、持ち帰りじゃないとダメ？」

その言葉に私はにこっと微笑んだ。

「いいえ、食べられますよ！　食堂内で食べるならサラダもついてきます！」

「じゃあそれひとつ頼む！」

「はい！」

「あっ待って。俺もそれひとつ！」

「あのさ……俺もそれいいかな？」

最後に言ったのは、先ほどメニューを見て「別のものを食べたい」と言っていたお客さんだ。

目が合うと、彼は恥ずかしそうに鼻の頭をかいていた。

ふふっ。やっぱりみんな、目の前で食べているのを見ていると食べたくなるよね。

わかるなぁ、その気持ち。

私はまたにっこりと微笑んだ。

「はい！　皆さん目玉焼きパンひとつですね！」


目玉焼きパンは日を重ねるごとに注文が増え、飛ぶような売れ行きを見せた。

今はほとんどの作業をリナさんに任せ、私は最初のパンを切る工程だけ担当している。

というのも色々検証してみたのだけれど、どうやら私のスキルを発動させ、食べ物にバフやステータス上昇などの効果をつけるためには、リディルさんが食べ物に触れる必要があるみたいなの。

それは《武器変化》で変化したおたまや泡立て器で触れてもカウントされるため、工程のどこかを私が担当すれば、残りは他の人が作っても大丈夫のようだった。

「やれやれ。今度はパンケーキ屋じゃなくて、目玉焼きパン屋になりそうな勢いだね」

また呆《あき》れたような、面白がるような口調でドーラさんが言う。そこへ、お皿を用意しようとしていたリナさんが声をあげた。

「ドーラさん！　そろそろ目玉焼きパン用のお皿がなくなりそうだよ！」

お持ち帰りの目玉焼きパンは、お客さんに出す時にはお皿ごと渡している。

後日使い終わったお客さんが返しに来ることで、もう一度来店が見込めるというアイディアでもあるのだけれど、想定以上の売れ行きに、仕入れたお皿の在庫が尽きようとしていた。

「もうかい？　この間ヤーコプに追加してもらったばっかりなんだが、また頼まないといけないようだねえ。……おや、噂をすれば」

時間は閉店を控えた夕方前。『れべるあっぷ食堂』のピーク時は過ぎて、少し話をする余裕も出てきた頃だ。

開け放たれた食堂の扉から入ってきたのは、髭《ひげ》がふさふさした商人のヤーコプさん。

「やぁやぁ、みなさんお揃《そろ》いで。今日もここはいい匂いに満ちていますね。私もひとつ、噂の目玉焼きパンとやらを注文してもいいですかな？」

「もちろんです！　目玉焼きパンですね！」

すぐさま私とリナさんが準備を始める。その横では、ドーラさんがお皿の追加発注の話をヤーコプさんとしていた。

「どうぞ、お待たせいたしました！」

リナさんがことりと、完成した目玉焼きパンの皿を差し出す。

お持ち帰りと違って食堂内で食べる用には、緑のレタスと紫キャベツ、それから真っ赤なチェリートマトもついている。

「おぉ、色合いも華やかでいいですねぇ。野菜のおかげで、黄身の色がますます引き立つようです」

ヤーコプさんは嬉しそうにパンにかじりつき、とろりとした黄身をあふれさせながら言った。

「うん、おいしいですねぇ！　人気になる理由もわかりますよ。シンプルだけど、何回食べても飽きない味だ」

それからハッとしたようにナプキンで口を拭《ぬぐ》う。

「失礼、食べるのに夢中で肝心の本題を忘れていましたが、ララさん。以前言っていた農村、ようやく出かける用事ができたのですが、同行しますか？」

「えっ⁉　本当ですか⁉」

ヤーコプさんの言葉に、私はバッと身を乗り出した。

実は、《胡椒《こしょう》生成》を覚えてから、私はずっと畑に使われている栄養たっぷりの土がどんな胡椒になるのか、気になっていたの。純粋に「畑の土をください！」と言ってもよかったのだけれど、どうせなら農村で直接色々な土で試したくって……。

だからヤーコプさんに「もし仕入れ先の農村に行く機会があったら、私も連れていってください！」とお願いしていたのだ。

「確か『れべるあっぷ食堂』の定休日は、水星日ですよね？　その日に日帰りで、お世話になっている農村に行きましょうか」

「ドーラさん、行ってきてもいいですか⁉」

急いで聞くと、ドーラさんはひらひらと手を振りながら言った。

「はいよ。気をつけて行っといで」

「ありがとうございます！　それじゃヤーコプさん、次の水星日にぜひお願いいたします！」

「すまない、私も同行してもいいだろうか？」

そこへ、フィンさんの声が響く。

聖騎士団の皆さんは最近、『れべるあっぷ食堂』の忙しさを考慮して、ピーク時から少しずらした時間帯に来てくれるようになったのだ。

ヤーコプさんが少しだけ驚いた顔をするが、すぐに気を取り直したようだった。

「フィンセント様もご一緒しますか？　私は構いませんよ」

「もしかしてフィンさんも、農村の土に興味がおありですか!?」

私が鼻息荒く聞くと、フィンさんはゆるく首を振った。

「いや、そういうわけではないのだが……周囲の農村には、ずいぶん長いあいだ視察に行っていないことを思い出して」

「ああ、なるほど！」

視察！　さすが聖騎士団の団長さんだ。こんな時でも視察のことを忘れないなんて。

私が感心していると、それを見ていたテオさんとラルスさんがこそこそと言った。……もちろんその声は丸聞こえなんだけど。

「面白いよなぁあいつら。アレでどっちもただの『お友達』らしいぜ」

……？　お友達……って、なにかダメなのかな……？

私もフィンさんもきょとんとしていると、ラルスさんがフォークでパンケーキをつっつきながらめんどくさそうに言った。

「まぁ人それぞれっスからね。いいんじゃないんスか。本人たちが楽しいならそれで」

うんうん、と私がうなずきかけたところで、テオさんとラルスさんのところにひょいと顔を覗《のぞ》かせた人たちがいた。リナさんとセシルさんだ。

「そういうお兄さんたちはどうなの？　聖騎士団なんだから、モテモテなんでしょ？」

「セシルも気になるぅ。テオ様ってぇ、どんなタイプがお好きなんですかぁ？」

甘い声を出しながら、セシルさんがまっすぐテオさんだけを見て言った。

「俺!?」

名指しされたテオさんは動揺している。

一方サラッとセシルさんから無視されたラルスさんは、怪訝《けげん》な顔で呟《つぶや》いた。

「え。やっぱセシルさん、この間からテオさんのことしか見てなくないっスか？」

その問いに、セシルさんがぽっと頬《ほお》を染めて、もじもじする。

「だってセシル……テオ様のこと好きだもぉん」

「「えええ!?」」

私とリナさん、それにラルスさんが一斉に叫んだ。

対してテオさんはというと――突然「だっはっは！」と笑い出したのだ。

「おいおい、お嬢ちゃんも変わった奴だなぁ。俺にそんな冗談言ってどうするんだ。そういうのはラルスに言え、ラルスに」

その言葉に、ラルスさんが「なんで自分なんスか」と唇を尖《とが》らせている。

一方、困った顔をしているのはセシルさんだ。

「えぇ？　冗談じゃないんだけどなぁ」

「えっ。もしかしてセシルさん、ガチでガチなの……？」

言って、リナさんが魔物を見るような目でセシルさんを見る。

そんなセシルさんの頭を、テオさんの大きな手がばんばんと叩《たた》いた。それは下手するとセシルさんが床にのめり込みそうな勢いだったんだけれど、ぷろていんパンケーキで「力：66」になっていたセシルさんは体幹がしっかりしているのか、ビクともしない。

「それに、俺の好みは俺より年上だからな！　あと、尻もでっかくないと！」

「そうなのぉ？　テオ様っていくつぅ？」

「俺は今年二十九だぞ！　こう見えてもう三十路《みそじ》手前だ！」

だっはっは、と笑うテオさんの前で、セシルさんの瞳がきらりと光った。

「ならセシル、両方当てはまってるよぉ？」

言って、セシルさんがドンッと大きなお尻をテーブルにのせた。……胸にばっかり視線が行きがちなんだけれど、実はセシルさんはお尻もすっごいのだ……！

「おぉ……！」

スカートの上からでもぷるんっと揺れる桃尻はビッグかつ形よく、私は改めてセシルさんの魅惑ボディのすごさを思い知った。

「こらセシル！　テーブルに座るんじゃないよ！」

「ごめんなさぁい」

ドーラさんの怒声が飛んできて、セシルさんがぺろっと舌を出しながらテーブルから下りる。それを見ながらテオさんが、またがっはっはと笑った。

「確かにいい尻をしているが、年齢だけは増やしたくて増やせるもんじゃないからなぁ。悪いが諦めてくれ、お嬢ちゃん。お前さんはどう見ても十代だろう」

「セシルの言ってること、本当なんだけどなぁ」

ぷくーと頬を膨らませるセシルさんを見ながら、私は内心ドキドキしていた。

だって以前セシルさんを《鑑定》した時……私は確かに見たのだ。

『年齢：35歳』

という文字を……。

《鑑定》スキルが嘘《うそ》をつくとは思えない。でも、私が知った情報を、ここで勝手に言っちゃいけない気もする……！

テオさん……！　その方は、本当に年上なんですよ……！

内心こっそりテオさんに念を送りながらダラダラと汗を流していると、目玉焼きパンを食べ終わったヤーコプさんが言った。

「気づけばここも、ずいぶんとにぎやかになりましたねぇ。話は戻りますが、次の水星日には、ララさんとフィンセント様のおふたりが農村に行くということでよろしいですかな？」

「はい！　よろしくお願いいたします！」

「ありがとう。当日はよろしく頼む」

私とフィンさんは、ヤーコプさんにお礼を言った。

「それじゃ、いってきます！」

よく晴れた水星日の朝。久しぶりの出番となる鞄《かばん》を抱えた私は、フィンさんとヤーコプさんと一緒に、『れべるあっぷ食堂』の皆に向かって手を振っていた。

「はいよ。気をつけて行ってきな」

「いってらっしゃぁい。楽しんできてねぇ」

「ララ、お土産よろしくね！」

それからドーラさんが、私の隣に立つフィンさんに向かって言う。

「フィンセント様や、くれぐれもうちのララを頼みますよ」

「はい。万が一何か起きても、彼女にはかすり傷ひとつつけさせません」

まっすぐに背筋を伸ばし、胸に手をあてて優しく微笑《ほほえ》むフィンさんは今日もとても輝いていた。

紺青色の髪は太陽の光を受けて艶々《つやつや》し、サファイアの瞳は今日もキラキラしている。

最近はずっと身軽な騎士服を着ていたんだけれど、今日は「視察だからきちんとした格好をしないと」という理由でもう少し格式高い騎士服を着ていた。

鎧《よろい》はないものの、清潔でピシッとした佇《たたず》まいは一目で騎士とわかる凛々《りり》しさがある。さらにフィンさんの端整な顔立ちや気品と相まって、まさに恋物語に出てくる騎士のようだった。

道を歩く女性たちがぽーっと頬《ほお》を染め、歩くのも忘れてフィンさんに見惚《みと》れている。

さすがフィンさん！　下町の中でここだけ輝いている！

「それじゃおふたりとも、行きましょうか」

「はい！」

手綱を握るヤーコプさんにうながされて、私はフィンさんとともに御者席の後ろに回った。御者席には三人も座れないから、私とフィンさんは荷物を載せる荷台に座ることになったの。

「ララ、手を」

ひと足先にひょいっと上がったフィンさんが、手を差し出してくる。

その自然かつ爽やかな仕草も本当に物語に出てくる貴公子や騎士みたいで――そのどっちもあっているんだけど――見惚れていた女性たちが、さらにキャーッと黄色い声をあげた。

皆に見られているのを恥ずかしく思いながら、私はフィンさんの手を借りて荷台に乗り込んだ。

すぐに馬車が、ガタゴトガタゴトと音を立てながら出発する。前に座るヤーコプさんが、私たちの方を振り向きながら言った。

「農村といっても、そんなに遠いわけじゃないですからね。王都を抜けてすぐなので、昼前には着けますよ」

私たちが向かっているツドミム村は、別名『王都の食料庫』とも呼ばれるほど大きな農村だ。ヤーコプさんいわく、かなりの食材をここから仕入れているらしい。普段『れべるあっぷ食堂』で扱っている野菜にも、ツドミム産のものが多く入っていた。

「ということは、いつも食べている野菜の生みの親たちに会いに行くのか」

フィンさんの声に私はうなずく。

実は《胡椒《こしょう》生成》用の土とは別に、私は農家さんに挨拶できるのを楽しみにしていた。

「はい！　いつもお世話になっている皆さんなので、ささやかながらお土産も用意してきました」

言って、私はいくつかの小さな包みを取り出した。

中に入っているのは『れべるあっぷ食堂』の裏庭の土で作った胡椒だ。日持ちするスパイスならきっと、どれだけあっても困らないだろうと思ったの。

「それにしても不思議な気持ちだな……。今まで数え切れないぐらい料理を食べてきたが、その野菜を誰が作ったかなんて、考えたこともなかった」

「お料理の仕事をする人じゃないと、あんまりそういうことは考えないかもしれませんね。私も目の前に食材があったら、とにかく早く食べたい！　って思いますし！」

「それは……ララらしいな」

「そ、そうですか？」

フィンさんがくすくすと笑って、私は急に恥ずかしくなった。

う、うっかり自分のはらぺこっぷりを発揮してしまった……！

そこへ、もうひとり馬車に同乗している人（？）の声が響いた。

『そういえばララはいつも野菜を調理してしまいますが、あれはそのままでは食べられないのですか？　果物はそのまま食べているのに』

最近すっかり食べることが大好きになった、リディルさんだ。

その声に、私はフィンさんに向かって「リディルさんです！」と前置きしてから話し始める。

「『れべるあっぷ食堂』に来てからは作っていないですが、生野菜も食べられますよ。新鮮な野菜はそのままでもおいしいですし、チーズフォンデュにしたり、パーニャカウダにしてもおいしいです」

『ちーずふぉんでゅ？　ぱーにゃかうだ？』

首をかしげているであろうリディルさんに、私は説明した。

「チーズフォンデュは、溶かしたチーズの海に、切ったお野菜をくぐらせるんです。そうしてあつあつとろとろのチーズをまとったお野菜は絶品ですよ！　まさにチーズとお野菜のハーモニー、頭の中で祝福の鐘が鳴ること間違いなしです！」

リンゴン、リンゴンという架空の鐘の音を聞きながら、口の中にじわりとよだれがにじみ出てくる。

「それからパーニャカウダは、イタリン国に伝わるソースの名前です。にんにくやイワシの塩漬けなどで作ったあつあつソースなんですけれど、こっちはにんにくの風味と塩味でやみつきになること間違いなしです！」

くうぅ。自分で言ってて、食べたくなってきちゃった……！

私はそっとハンカチでよだれを拭《ぬぐ》う。ソースなら作るのも簡単だし、『れべるあっぷ食堂』でも取り扱おうかな？

『なるほど……何やらよくわかりませんが、ララが言うのならきっとおいしいのでしょう。ならばララ、帰宅したらわたくしはその、チーズフォンデュとパーニャカウダを所望します』

「ふたつともですか!?」

『何か問題でも？』

シレッとリディルさんに返されて、私はふふっと笑った。

「わかりました。では帰ったらふたつともお作りしますね。いっぱい作って、みんなで交互に食べ比べしましょう！」

食欲旺盛なリディルさんに私がなおもくすくす笑っていると、その様子をじっと見ていたフィンさんがためらいがちに口を開く。

「……ララの言葉しか聞こえないが、聞いているとどうも、ずいぶんと食いしん坊な女神のようだな……？」

『なっ！　食いしん坊とは何事ですか食いしん坊とは！　ララ、今すぐこの男に訂正させなさい。わたくしは食いしん坊ではなく、食べ盛りなのです！』

「えっ。リディルさん、私以外の人の声も聞こえているんですね!?」

『聞こえていますとも！　普段は干渉しませんが、今のは聞き捨てなりません！』

そのことに驚きつつ、私はフィンさんにリディルさんの言葉を伝えた。

「フィンさん。リディルさんいわく——食いしん坊ではなく、食べ盛りだそうですよ」

「た、食べ盛り」

『そうです！　まったく、女神を捕まえて食いしん坊だなんて、不敬ですよ！』

ぷんぷんと怒るリディルさんの声を聞きながら、私はまたくすくすと笑った。

やがてガタゴトと揺れていた荷馬車がゆっくりと速度を落とし、馬が足踏みする音が聞こえたかと思うと、乗っていた荷馬車がごとんと停止した。

「おふたりとも、ツドミム村に着きましたよ」

そんなヤーコプさんの声に、私は荷台から顔を覗《のぞ》かせる。

「わぁっ……！」

目の前に広がっていたのは、見渡す限りの畑、畑、畑だ。

建物がぎゅうぎゅうに詰め込まれた王都ヘシトレとは違い、面前一杯に広がる畑の中に、ぽつぽつと農家と思われる家や倉庫などが散在している。

「なんだか懐かしい光景です。実家を思い出します！」

私の実家があるカヴ村も、ここほど規模は大きくないものの農村だった。畑をもっと小さく少なくして、代わりに家をもっと増やせば、カヴ村の出来上がりだ。

荷馬車から降りながら、フィンさんが言う。

「ララもすっかり、ヘシトレの住人として板についてきたからな」

「私が王都でがんばれているのも、皆さんのおかげですよ」

言いながら私はフィンさんとにこにこと微笑み合った。

ひとり森の中をさまよい歩いていたところから無事王都に着けたのも、職に就けたのも、すべてフィンさんや聖騎士団の皆さんが導いてくれたおかげ。

本当にフィンさんたちには、どれだけ感謝してもしきれないくらいだ。

私にできることはおいしいごはんを作ることだけだけれど、だったらそれを精一杯がんばろう！と改めて心に誓う。

「やあ、いらっしゃい。ヤーコプさん、それからお客さん方」

馬車の音を聞きつけたのだろう。家の中から老夫婦が出てくる。

二人とも六十代くらいかな？　長年畑で働いてきたことがわかるよく焼けた肌に、しわしわの手。それぞれ手に日よけの帽子を持っている。

帽子を取ったヤーコプさんは、順番にふたりと握手を交わした。

「ララさん、フィンセント様、紹介しますよ。彼らはここら一帯をまとめるご夫婦です。ツドミムのことが知りたかったら、なんでも聞いてください」

「ララローズと申します！　今日はよろしくお願いいたします」

「ヘシトレ聖騎士団のフィンセントです」

私たちが挨拶すると、二人はほがらかに言った。

「ようこそツドミムへ」

「見ての通り畑しかないんですが、その代わり畑だけは腐るほどありますからね、ゆっくりしていってください」

「はい！　あと、いつもおいしいお野菜をありがとうございます。よかったらこれ、皆さんで使ってください」

言いながら、私は持ってきた胡椒の包みを渡した。途端に、夫婦が目を輝かせる。

「おぉ、胡椒か。これはいくらあっても困らないから、とても助かるねぇ」

「お嬢ちゃんは、畑の見学と土が欲しいんだっけ？」

「はい！　少し土を分けていただけると助かります」

「なら早速、案内しようかねぇ」

そう言って、夫婦は歩き出した。ヤーコプさんは商談のため別の約束があるようでここで別れ、私とフィンさんは彼らの後ろをついていく。

歩きながら、旦那さんが私たちに説明した。

「ツドミムの土地は、ボート侯爵領ほどではないですが加護を受けていましてねぇ」

「加護……ですか？」

加護ってなんだっけ？　どこかで聞いたことがあるような……。

隣ではフィンさんも興味深そうに耳を傾けている。

「ここは気候が温暖かつ穏やか。それに何よりすごいのが、どんな時期にどんな作物の種を播《ま》いても、大体育つんですよ」

「もしかして豊穣《ほうじょう》の女神、デーメテールの加護ですか？」

フィンさんの言葉に、旦那さんがうなずく。

あっ。そういえばデーメテールの名前は私も聞いたことがある！

私が実家にいた頃、仲良くしてくれた農家のおばさんが何度も『コーレイン領にもデーメテールの加護があればねぇ』と言っていたのを思い出したのだ。

野菜がいっぱい実る神々の加護だと聞いて、私もそういうスキルを授かれるよう、必死にお願いしていた時期もあったなあ。

「ララ、ボート侯爵領では、やたらきのこや山菜などが生えていただろう？　あれも全部、デーメテールの加護によるものだ」

「ああ、だから……！」

確かにボート侯爵領の森では、季節に関係なくきのこも薬草も驚くくらい生えまくっていた。

あれは侯爵領全体が加護を受けているからだったのか……！　加護ってすごいなぁ。どうやったら受けられるんだろう？。

私が考えていると、今度はおかみさんが言った。

「その代わり、野獣や魔物からもよく狙われるんだけどねぇ。でもフィンセント様が聖騎士団の団長に就いて村の警護を増やしてくださったおかげで、ここ最近は本当に平和ですよ。ありがたやありがたや」

言って、おかみさんがフィンさんに向かって祈りを捧《ささ》げ始める。

へぇえ……！　さすがフィンさん、こんなところでも貢献していたなんて！

一方穏やかに微笑んだフィンさんは、ゆっくりと否定するように首を振っていた。

「私は聖騎士団として当然のことをしたまでのこと。お礼を言うならここに常駐している騎士たちにぜひ。それに神官たちも、がんばって結界を張ってくれましたから」

どうやら、ツドミム村には聖騎士団が常駐するだけではなく、定期的に神官たちがやってきて結界を張ってくれているらしい。

そうだよね。こんなにたくさんおいしいものがあったら、魔物だって狙いに来るもんね。

そう考えるとコーレイン領は、それほど実り豊かではない代わりに、比較的平和だったんだなあ。

森に出るのも、せいぜいキラーラビットぐらいだったもの。

「さ、お嬢さん。この中から好きなだけ土を持っていっていいですよ」

旦那さんに指し示された先には、見るからに栄養たっぷりな、ふかふかな土が鎮座していた。

私はしゃがむと、ためらわずに両手で土をすくいあげる。

「さすがツドミムの土！　空気もお水も、たっぷり吸い込みそうですね！　……すみませんが、コップを持参してきましたので、お水を少し頂いてもいいですか!?」

「ああ、構わないですけど……何に使うのかね？」

「そ、それはえっと……！」

さすがに、《胡椒生成》に使います！　とは言えなかった。

リディルさんやスキルのことは人に話してはいけないよと、ドーラさんに釘《くぎ》をさされているのだ。

「この土をじっくり観察してみたいんです！　裏の作業台を借りてもいいですか!?」

言って私はフィンさんにその場を任せ、こそこそと家の裏に引っ込む。

裏には切り株でできた簡易作業台があったため、そこに持参してきたまな板をのせる。それから誰も見ていないのを確認してから、私はツドミムの土をサクサクと《胡椒生成》し始めた。

ぽろぽろとこぼれてくる胡椒の粒は、『れべるあっぷ食堂』の裏庭産よりもやや赤みを帯びていて、ツドミムの土の色をそのまま引き継いでいる。

くんくん、と鼻で嗅いでみると、裏庭産よりもさらに強い香りが鼻を満たした。

「うわぁっ……これもすっごくおいしそうな匂い！　今度の目玉焼きパンは、この胡椒を使ってみようかな!?」

どんな料理に使うか考えているだけで、わくわくする！　いい胡椒なんだもの。良さを最大限引き出さなくっちゃ！

私があれこれ考えながらなおも胡椒を生成していると、フィンさんの驚いた声が響いた。

「何をしているのかと思ったら、まさかそうやって胡椒を作っていたのか!?」

「あっ、フィンさん。……あれ、フィンさんには言っていませんでしたっけ……？」

「それは聞いていないよ、ララ……」

言いながらフィンさんが、ガクーッと脱力したように額を押さえている。

「す、すみません！　完全に話したつもりになっていました……」

「いや、いいんだ……。それにしても、本当にすごいな。包丁で切るだけでそんなことができるなんて、しかも土を……」

言いながらフィンさんは胡椒の粒を取り上げ、土と交互に見比べている。

「……というかこれを売るだけで、すごい儲《もう》けが出るのではないか？」

「……あっ」

料理に使うことしか考えていなかったけれど、確かに《胡椒生成》のスキルがあれば、胡椒商人として一生食べていける気がする。ううん、それだけじゃない。《塩生成》やまだ覚えていない《砂糖生成》を使えば、あっという間に無限調味料屋の完成では……!?

「ドーラさんに一度聞いてみてもいいかもしれないね。収入のあては多い方が何かと助かるだろう」

「確かにそうですね、ありがとうございます！」

――と、私がお礼を言っているその時だった。

「きゃー!!」

「大変だ!!」

という複数の叫び声が聞こえてきたのだ。

「!?」

声に私が驚いていると、バッとすごい速さでフィンさんが駆けていった。私はあわてて後を追う。

「どうした！　魔物か!?」

目の前ではフィンさんが、先ほどのご夫婦を捕まえていた。

彼らも焦った顔で、目の前の畑を指さしている。顔を真っ青にしながら、おかみさんが言った。

「大変だよ！　お隣の畑でアレが――マンドラゴラ病が発生したんだ！」

〝マンドラゴラ病〟

その言葉に私は固まった。

でも固まったのは一瞬だけ。次の瞬間、私は叫んだ。

「大変！　今すぐ首を落としに行かないと！　手伝います！」

「本当かい、助かるよ！　あたしたちもすぐ包丁を取ってくるから先に行っておくれ！」

「はい！」

すぐさま私は、ワーキャーと複数の叫び声が聞こえる畑へと走り出す。その横を、困惑顔のフィンさんもついてくる。

「ララ！　マンドラゴラ病とは一体!?」

どうやらフィンさんはマンドラゴラ病を知らないらしい。

でも、立ち止まって説明している時間はない！　マンドラゴラ病が発生した時は、一分一秒を争うんだもの！

私は走りながらフィンさんに説明した。

「マンドラゴラ病は、野菜に起きる病気のひとつなんです！　症状は口で言うより、実物を見た方が早いです！」

言いながら、私はたどり着いた畑に向かって、バッと手を差し示す。

「これは……!?」

その光景を見たフィンさんが目を丸くした。

騒ぎの起きた畑では、焦った顔の村人たちと一緒に、辺りを縦横無尽に駆け回るマンドラゴラ――動く野菜たちがいたのだ。

元はにんじんだったと思われるマンドラゴラには、オレンジ色の体から手と足がにょっきりと生え、その少し上には吊《つ》り上がった目と裂けた口がある。

裂けた口からは「キィェエエエ！」という甲高い叫び声が絶えず発せられていた。

「野菜が魔物化……しているのか!?」

「はい！」

〝マンドラゴラ病〟は、ある日突然、野菜が何の予兆もなくマンドラゴラと呼ばれる魔物に変化する病気だ。

原因は不明で、マンドラゴラ自体は弱いものの、一度マンドラゴラになってしまった野菜は苦すぎてとても食べられたものではなくなる。おまけに何より怖いのが、その驚異的な感染力だ。

マンドラゴラ病が発生した場合、たった一晩で近隣一帯の畑が全滅、なんて話は珍しくない。農家の天敵とも言える病気だった。

以前カヴ村でも、マンドラゴラ病に遭遇したことがあるんだよね……！　その時に駆除を手伝ったことがあるから、私でも力になれるはず！

「キィヤアアア!!」

考えていると、口をぱっくりと開けたマンドラゴラが飛びかかってくる。

私は身構えた。

「リディルさん！」

『おまかせください、ララ！』

私は瞬時にリディルさんを呼び出すと、マンドラゴラとすれ違いざまに、流れるような動きでタンッ――と包丁を振るう。

次の瞬間、ぼとりという音とともに、横にまっぷたつになったマンドラゴラが地に落ちていた。

次のマンドラゴラに視線を移しながら、私はフィンさんに向かって叫ぶ。

「マンドラゴラはどこを斬っても再生しますが、首を的確に斬って頭を落とすことで息絶えます！　これ以上感染が広がる前に、一匹でも早く倒さないと！」

「頭を落とす……!?　それっぽいところを切ればいいのか!?」

「そうです！　大体、口のすぐ下あたりまでが頭です！」

野菜の体にそのまま手足が生えたマンドラゴラは、人間のようにわかりやすい首はしていない。

おまけに野菜によって首の位置が違うため、慣れない人だとなかなか見分けがつかないが、的確に頭さえ落とせば倒すこと自体は難しくはなかった。

ザンッ！　と包丁でもう一匹頭を落としながら、私は叫んだ。

「毒はありませんが噛《か》まれると結構痛いので、それだけ気をつけてください！」

私がそう叫ぶ近くで、まさに複数のマンドラゴラにたかられ、かじられている男の人がいた。

「いてええええ!!」

「大丈夫ですか!?　今助けますね！」

言いながら私は、ザンッ、ザンッ、ザンッ、とマンドラゴラだけをまっぷたつにしていく。

ボトボト落ちていくマンドラゴラを振り払いながら、男の人は驚いた目で私を見た。

「あ、ありがとうよ。それにしてもあんた、すごい剣捌《さば》きだなぁ……！」

「リディル《包丁》さんは友達ですから！」

それに相手は魔物化しているとはいえ元は野菜。

つまり食材だ。

食材なら、何も怖くない！

――ちなみにこの時の私は、まだ気づいていなかった。

キラーラビットのように、一度『食材』だと認識したものはすべて、怖い気持ちよりも食欲が勝るという事実に――。

「どんどん頭を落とせばいいんだな？」

言いながらフィンさんが、腰に下げた剣をすらりと抜く。

「なら魔物を倒す時と要領は同じだ。――《剣聖》！」

フィンさんがスキルを発動させた瞬間、彼の姿が視界から消えた。

時々見える残像からして、目にも留まらぬ速さでマンドラゴラたちを斬っているようだ。

ボトリ、ボトリと、私やフィンさん、それに村の人たちに頭を落とされたマンドラゴラの体が増

えていく。

そこへ、さらなる叫び声が聞こえた。

「大変だ！　隣の隣の畑にも移った！」

声がした方を見れば、隣の隣の畑では玉ねぎがぴょんぴょん跳ね回っていた。遠目にははっきり見えないが、やっぱり手足が生えている。

「くっ……！　さすがマンドラゴラ病！　感染が速い……！」

私は唇を噛んだ。

マンドラゴラ病の一番の恐ろしさは何を隠そうその感染スピードだ。

被害を少しでも抑えるためには、一匹でも多くのマンドラゴラを早く倒さないと！

私はまたリディルさんを構えた。

「全力でいきますよ、リディルさん！」

『はい！　ララ！　今こそわたくしにお任せください！』

「やぁぁあっ！」

叫んで、私とリディルさんは跳ね回るマンドラゴラの群れへと突っ込んだ。

「キイェエエ！」

『左から二匹！　右から三匹！　後ろから一匹来ますよ、ララ！』

「はいっ！」

リディルさんの助けを得ながら、私は左からやってきたマンドラゴラ二匹の頭をすれ違いざまにトントンッと落とした。右三匹は一度体を捻《ひね》ってかわしてから、まとめて一直線にザンッと頭を吹っ飛ばす。

最後に飛びかかってきたマンドラゴラはまっすぐ迎え討ち、噛みつかれる前にスパッ……とまっぷたつにした。

少し離れたところでは、フィンさんが数十匹にも及ぶ大量のマンドラゴラに囲まれている。

けれど、フィンさんの態度は落ち着き払っていた。

マンドラゴラたちが一斉に飛びかかったと思った次の瞬間には、トントントントンッ、と流れるような剣捌きを見せ、眉ひとつ動かさないままドサドサドサッと地面にマンドラゴラたちを積み上げる。

「フィンさん！」

「ララ、この畑は落ち着いたと思う。隣へ助けに行こう」

「はい！」

それから私たちは、村人たちとともに辺りの畑を駆けずり回った。

時々マンドラゴラに噛みつかれている人を助けながら、斬って斬って斬りまくり、そうしているうちに、気づけば畑は静かになっていた。

「はぁはぁ……。これでマンドラゴラは全部倒した……のかな？」

こんなに動いたのは久しぶりだ。

息を切らせ、額の汗を拭いながら辺りを見回すと、村人たちもみな地べたに足を投げ出して座り、ぜぇぜぇと荒い息をしている。

隣でツドミムの騎士たちから報告を受けたフィンさんが、剣を鞘《さや》に納めながら言った。

「駐在している騎士たちからも報告があったが、恐らくすべての畑のマンドラゴラが倒されたはずだ」

フィンさんはこの場にいる誰よりもたくさんマンドラゴラを斬っていたはずなのに、その表情は涼しく息ひとつ切れていない。

さすが聖騎士団の団長さん……格が違う！

私は密《ひそ》かに感心した。

それから安心したように、私も地面に座り込む。

「はぁあ……よかった……マンドラゴラを全部倒せた……」

「騎士様やお嬢ちゃんたちもありがとうなあ。おかげで被害は最小で済んだよ」

農家の旦那さんが汗を拭きながら、私やフィンさんに声をかけてくれる。

「少しでもお役に立てたならよかったです！　でも……」

言いながら私はちらりと辺りを見回した。

私もフィンさんも、それに村の人たちも本当に精一杯がんばったと思う。

それでも無残に荒れてしまった畑は多く、損失はかなりのものになるのがひとめでわかった。

ついさっきまであんなに綺麗《きれい》な畑だったのに……。農家の皆さんが丹精込めて育てた野菜だったのに……。

「これは、なかなかひどくやられましたねぇ……」

私が肩を落としている横で言ったのは、商人のヤーコプさんだ。その顔にも手にも小さな歯形がついており、相当マンドラゴラにかじられたらしい。

私がしゅんとしていると、農家のおかみさんがバンと私の背中を叩《たた》いた。

「なぁに、お嬢ちゃんが落ち込むことはない。よくあることさ。農作ってのは、常に自然との戦いなんだ。今はそれより、目の前に残ったものを大事にしていかなくっちゃね」

「……はい！」

そうだ。被害に遭った人たちがこんなに前向きなのに、私が落ち込んでいてもどうしようもない。

それより、他にできることがあるはずだ！

「何か、手伝えることはありますか!?　あっ、散らかった野菜、片付けますね！」

「おお、本当かい。助かるよ、ありがとうねぇ」

そこへ、先に畑の後始末を始めていた村人から声があがった。

「なんだこりゃあ!?」

みんなの視線が一斉に声の方に集まる。私もフィンさんも、その人を見た。

「どうしたんだい？」

「いや……今野菜を片付けようと思って集めていたんだけどさ、なんか変なのが交じっているんだよ」

言って彼が指さしたのは、集められて大量に積まれたにんじんたちの残骸。

その大半はひどく黒ずみ、張りがなくシワシワになってしまっている。マンドラゴラ病にかかって頭を落とされた後の典型的な症状だ。

けれどその中にところどころ、不思議なにんじんが交じっていた。

そのにんじんは腐るどころか、むしろもともとのにんじんよりも鮮やかなオレンジ色をしていたのだ。その上、採れたてのようにみずみずしい張りと艶も保っている。

「んん？　なんだいこりゃあ……？」

言いながら、みんなが不思議そうににんじんを手に取って見比べている。

「ララ、これもマンドラゴラ病の……？」

「えっと……黒ずんだ方は確かに、マンドラゴラ病にかかった野菜なのですが……」

フィンさんに言いながら、私も近くに転がっていたにんじんをそれぞれ手に取った。

じっと観察すると、黒ずんだ方も鮮やかな方も、どちらもマンドラゴラの首の位置でスパッと斬られており、これがマンドラゴラ病にかかった野菜だというのは間違いない。

だというのに、こっちの鮮やかなオレンジ色はなんなんだろう？

「なんでこっちは違うの……？」

周りを見てもみな首をかしげるばかりで、理由がわかる人はいないようだ。

私が眉をひそめてまじまじと観察していると、リディルさんの声が響いた。

『ララ、こういう時こそ《鑑定》してごらんなさい』

鑑定！

そういえばその手があった！

私は急いで、目の前のふたつのにんじんを鑑定した。

まずはシワシワになってしまった方を見ると――。

> ツドミム産マンドラゴラ：死亡

し、死亡という二文字が重い……！

見た目は野菜でも、やっぱり魔物化しているから、野菜とは出てくる表示も違うんだなぁ……。

変なことに感心しながら、今度は鮮やかなオレンジ色の方を鑑定すると――。


ツドミム産マンドラゴラ（浄化済み）：死亡。日持ち残り一週間

「浄化済み……??」

私は目を丸くした。

その上、『日持ち残り一週間』ってどういうこと？　こんなの、黒ずんだ方にはなかったよね？

日持ち表記があるってことは、食べる前提なの……？

「ララ？　どうしたんだ？」

私が目をぐるぐるさせていると、気づいたフィンさんが心配そうに声をかけてくる。私は周囲の人に聞かれないよう、こそこそと囁《ささや》いた。

「あの……フィンさん。こっちのオレンジ色の方、なぜか浄化済みらしいんです……」

「浄化済み……!?」

眉間にしわを寄せたフィンさんが、すぐさまにんじんの山を見る。それからハッとした顔で言った。

「あのオレンジ色のにんじんの数……確かララが斬ったマンドラゴラも、あれくらいではなかった

か？」

「えっ？」

言われて私もにんじんの山を見た。

斬っている間は必死で、数を数える余裕もなかったけれど、言われてみれば大体それくらい斬った気もする。

「ララは確か、その包丁で触れたものにスキルの効果が出ると言っていたな。ならばその包丁で斬られたマンドラゴラが、君の《浄化》スキルで浄化されたという可能性は？」

その言葉に、私はまじまじとリディルさんを見つめた。

確かに、フィンさんが言っていることは合理的だし、一理ある。

じゃあ、まさか本当に……？

私はごくりと唾を呑《の》んだ。

それから意を決したように、持っていた黒ずんだにんじんにかぶりつく。

「お嬢ちゃん何やってるんだい！　マンドラゴラ病にかかった野菜なんてやめときな！　腹をこわすよ！」

あわてるおかみさんの横で、私は思いっきり顔をしかめた。

おええっ！　やっぱりとてつもなく苦いっ……!!

今すぐ吐き出したい気持ちをぐっとこらえ、私はなんとか咀嚼《そしゃく》して飲み込む。

毒があるわけじゃないから、一度口に入れたものを吐き出すのは私の信念が許さなかった。だってもったいないもの。

とはいえ、ダメ元で食べてみたけれど、やっぱりマンドラゴラ病にかかった野菜は食べられた味ではない。

一部の激苦《げきにが》愛好家や、怪しい薬を作る人には需要があるみたいだけれど、普通の人は求めていないだろうな……。

そんなことを思いながら、今度は鮮やかなオレンジ色の方にかじりついて——私は目を見開いた。

「なにこれ……おいしい!!」

『浄化済み』のにんじんは硬すぎず柔らかすぎず、コリッとしたちょうどいい歯ごたえをしていた。

さらにみずみずしく口に広がる甘みはかつてないほど濃厚で、まるで果物を食べているよう。

それは今まで食べたにんじんの中でもかなりおいしかった。

「おいしい……おいしいですこれ！」

皆が見ているのに、おいしすぎてにんじんを食べる手が止まらない。

ツドミムに来る途中、リディルさんとチーズフォンデュやパーニャカウダの話をしていたけれど、このにんじんを使ったら、それはもうとんでもないおいしさになるんじゃ……!?

私がなおもボリボリ食べ続けていると、様子を見ていた村人たちがごくりと唾を呑む。

それから近くに立っていた男の人が、意を決したようにオレンジ色の浄化済みにんじんをボリッとかじった。

「……本当だ、うめぇ！」

言って、彼もそのままボリボリとにんじんをむさぼり始める。

「そんなにか……!?」

釣られるようにひとり、またひとりと、浄化済みにんじんにかぶりつく。かと思うと皆が目を丸くし、口々に言った。

「なんだこりゃ……。なんでこんなにうまいんだ!?」

「硬さ、水分量、甘み、どれをとっても完璧じゃないか！」

「くそっ。俺の畑から採れるにんじんよりうまいなんて悔しい……！　でもうまい！」なんて、悔し泣きしながら食べている人までいる。

確かに農家の人からしてみれば、丹精込めて育てたにんじんより魔物化したものの方がおいしいなんて、複雑な気持ちだよね……。

それにしても、これは《浄化》の効果なのかな。マンドラゴラ病にかかった野菜がおいしいなんて初めて聞いたもの。

私がなおもボリボリ食べていると、隣で黒ずんだにんじんを見つめていたフィンさんが囁いてくる。

「ララ、少し確かめたいことがある。一緒に来てくれないか？」

「？　はい」

私たちは皆に気づかれないよう、こそこそとその場から離れた。

近くの農家の裏に引っ込み、誰にも見られていないのを確認してからフィンさんが黒ずんだにんじんを差し出す。

「私たちの仮説が正しいなら……この黒ずんだにんじんも、もしかしたら君が浄化できるかもしれない」

フィンさんの表情を見ながら、私はこくりとうなずいた。

『リディルさんの刃に触れたマンドラゴラ病の野菜は浄化される』

それが、私とフィンさんが出した仮説だ。

確かめるように、私はそっと黒ずんだにんじんの端っこを、リディルさんを使って切った。

すると――。

にんじんがパァアァッと光ったかと思うと、刃が触れた部分からまるで絵の具で染めたように、黒ずんだにんじんがみるみるうちに色鮮やかなオレンジ色へと変化していったのだ。

「フィンさん！」

「やはり……！」

念のため《鑑定》すると、そこには『浄化済み』の文字が追加されていた。

フィンさんが急いで浄化済みとなったにんじんを手に取り、ガリッとかじる。

「……うん、味もおいしくなっている。間違いない。ララがその包丁で斬ると、マンドラゴラ病は浄化されるんだ！」

その言葉に、私は顔を輝かせた。

元の野菜には戻せなくても、浄化すれば味だけは戻るなんて！　……いや、むしろおいしくなるのだ。出荷できるかどうかは別にしても、少なくともこのままごみとして捨てずにすむ！

「他のも全部浄化すれば、廃棄は防げますね！　私、すぐに皆さんにお知らせして――」

「いや、待つんだ」

村人たちに知らせに行こうとしていた私の腕を、真剣な顔のフィンさんがガシッと掴《つか》む。

「この情報が外に漏れると、ララの身が危ない。少なくとも浄化は君ではなく、神官が行ったことにしないと。騎士たちにマンドラゴラ病の野菜を持ってこさせるから、ララは私と一緒にツドミムの駐屯所に来てくれ」

「あっ、そうでしたね……！」

私のスキルは怖い神官さんに狙われるから、内緒にしておかなければいけないんだった。

私は大人しくフィンさんについていくと、ツドミムの駐屯所に引きこもった。

そして予備として置いてあった衣をかぶって神官のふりをしながら、運ばれてきた野菜を片っ端から浄化していく。

やがてすべてのマンドラゴラ病の野菜を浄化し終えた私は、フィンさんと何食わぬ顔で村人たちのところに戻っていった。

「おお、すごい……！　捨てるしかないと思っていた野菜たちが、生き返ったぞ！」

「出荷はできなさそうだが、食べられるだけありがたいねぇ」

浄化された野菜たちを村人に返すと、みんなは目を輝かせながら喜んだ。

「ララちゃんもお手伝いありがとうね。これ、ララちゃんもよかったら持っていっておくれよ」

そう言いながらおかみさんから渡されたのは、頭を落とされ浄化されたにんじんがどっさり入った籠《かご》。

――ちなみに浄化したのはマンドラゴラの体だけで、落とされた頭は浄化していない。一度変化した顔は元には戻らないから、オレンジ色に輝くにんじんの山の向こうでは、吊り上がった目をしたマンドラゴラの頭の山が、恨めしそうにこちらを見ている。

さすがに顔のついた方は、浄化しても食べる気にはなれないらしい。

私は全然、平気なんだけどな……。

「さぁさぁ、すっかり遅くなってしまいましたね」

そこへ、帰り支度をしたヤーコプさんが急いで荷馬車を引いてくる。

マンドラゴラの討伐に、浄化にとやっているうちに、辺りはすっかり暗くなっていた。本当は日が暮れ始める前には出発する予定だったから、大幅な遅れだ。

「予定よりだいぶ遅くなってしまいましたが、ララさんを『れべるあっぷ食堂』にお帰しするため、急いで馬車を走らせますよ！」

「安心してくれ。もし魔物が出ても、私が皆を守ると誓おう」

にこりと微笑んだフィンさんに、私は頭を下げた。

「はい！　ありがとうございます！」

夜の道は魔物の出現率が上がるから、本来は避けた方がいい。けれど『れべるあっぷ食堂』は明日も営業するし、フィンさんやリディルさんがいるなら夜道でも安心だと思ったの。

もらった野菜や土を荷車に載せ、私たちも急いで荷馬車に乗るとツドミムの人たちにお別れを告げた。

「皆さん、今日はありがとうございました！」

「こっちこそありがとうねぇ！　また来ておくれよ！」

手を振る村人たちに見送られながら、荷馬車が速度を上げてツドミム村を離れていく。

――けれどその時、私たちは気づいていなかった。

もらった浄化済みマンドラゴラの山に紛れて、何かがもぞりと動いたのを。

これ、大丈夫だよね……？

空に、ぽっかりと丸い満月が浮かぶ深夜。

私たちを乗せた荷馬車は、無事『れべるあっぷ食堂』の前に着いていた。

積み荷の中から私の荷物を降ろしながら、ヤーコプさんが言う。

「いやあ、遅くなっちゃってすみません、ララさん」

「不測の事態でしたから、気にしないでください。それよりヤーコプさんも、今日は遅くまでありがとうございました。気をつけて帰ってくださいね！」

言いながらマンドラゴラにんじんがどっさり入った籠《かご》を受け取っていると、れべるあっぷ食堂にぱっと明かりが灯《とも》った。

そしてドーラさんやリナさん、セシルさんが食堂の中から出てくる。

「おかえり、ララ！」

「遅かったねぇ」

どうやらみんな、寝ずに待っていてくれたらしい。

「遅くなっちゃってごめんなさい！　ただいま戻りました！」

「皆で何かあったんじゃないかって、心配してたところだよ」

「実はツドミムで、マンドラゴラ病が……」

その言葉に、ドーラさんが「ああ」とうなずく。反対にリナさんとセシルさんは、「マンドラゴラ病？」と首をかしげている。

やっぱり農家や普段から野菜に関わる人たち以外には、マンドラゴラ病はあまり知られていないのかもしれない。

「まあ、夜ももう遅いからね。話すなら中でにしよう」

「はい！　……あ」

私は一度籠を置くと、そばで見守っていたフィンさんのところに駆け寄った。

「フィンさん、今日は本当にありがとうございました！　フィンさんがいなかったらきっと被害ももっと広がっていたし、私の《浄化》のことも、皆さんにバレちゃっていたと思います」

もしあそこでフィンさんに止められていなかったら、きっと色々露呈して、大変なことになっていたと思うの。

「フィンさんが一緒にいてくれて、本当に助かりました！」

私がにこりと笑ってお礼を言うと、フィンさんは一瞬固まっていた。暗くてその表情はよく見えなかったものの、すぐに優しく微笑《ほほえ》み返してくれたようだった。

「……役に立てたようで、嬉《うれ》しいよ。私も今日は色々なことを勉強できて――……それから、ララと一緒に過ごせて、楽しかった」

「はい！　私も……楽しかったです！」

荷馬車に乗っている間、私たちは色んなことを話した。

私のこと、フィンさんのこと、食堂のこと、料理のこと、スキルのこと、リディルさんのこと。

フィンさんには何も隠す必要がないし、リディルさんのことを話すと打てば響くような答えが返ってくるから話していてとても楽しい。

話していて、こんなに話題が尽きない男の人は初めてだった。

……そもそも男の人とこんなに話したことはないのだけれど……。

「また今度の休みにでも、遊びに行こう」

「はい！」

ヤーコプさんとフィンさんを見送ってから振り向くと、なぜかリナさんとセシルさんがニヤニヤしながらこっちを見ていた。

「どうかしましたか？」

「ううん！　なんでもな～い！」

「楽しそうでいいなって思っただけぇ」

そんなことを言いながら、ふたりが協力して籠を持ち、きゃーきゃー笑いながられべるあっぷ食堂の中に入っていく。

「まったく。深夜だっていうのに騒がしい子たちだねえ。……まあもともと夜行性か」

「あっ、籠、ありがとうございます！　大丈夫ですか重くないですか！」

そんなふたりやドーラさんの後を追って、私も食堂の中へ入った。

ひと足先に中へ入っていたリナさんとセシルさんが、どさりとにんじんの籠を下ろす。

「ララ、このにんじんの山、ここに置いておくよ？」

そこは食堂の野菜置き場で、周りには明日使う予定の野菜が積まれている。私は置かれたマンドラゴラにんじんを見て、一瞬ためらった。

……マンドラゴラ病にかかった野菜とはいえ、浄化済みだから大丈夫だよね……？

マンドラゴラ病は、かかると瞬く間に感染を広げて辺りの畑をダメにする。けれど逆に、一度かかるとその畑はしばらく安泰でもあった。

少なくとも処理された野菜から感染が再度広がったという話は聞いたことがない。

そこまで考えて、私はためらいを振り切るようにうなずいた。

「はい！　ありがとうございます！」

「それでさ、『まんどらごら病』って何なの？」

「セシルもその話聞きたぁい」

すぐさま席についたリナさんとセシルさんが、トントンと椅子を叩《たた》いて私に座るよううながす。

「あんたたち、夜も遅いんだからほどほどにしなね。……ま、あたしもマンドラゴラ病の話は聞きたいんだけど」

と言いながらドーラさんもちゃっかり席についている。

私はくすっと笑って、みんなの方に向かおうとした——その時だった。

一瞬、今日持って帰ってきたにんじんの山から、何かがサッと厨房《ちゅうぼう》の方に飛び出していった気がしたのだ。

……まさか、マンドラゴラの生き残り!?

私はあわてて厨房に走った。

「どうしたの？　ララ」

「ちょっと待ってください！　今何かいたような……！」

「ええ？　ねずみぃ？　やだぁ！　セシルねずみきらぁい」

きょろきょろと厨房を見回してみても、厨房はシンとしており、それっぽい気配はない。念のため四《よ》つん這《ば》いになって、視線を低くして探してみる。

でも、しばらく探してみてもやっぱりそれらしき姿は見つからなかった。

厨房は静まり返って、私たち以外気配はしない。

……気のせいだったのかな？

私は立ち上がると、パンパンとスカートをはたいた。

昼間のマンドラゴラ騒動で、神経が少し過敏になっているのかもしれない。

それに、息をひそめて隠れるマンドラゴラなんて聞いたことがない。

マンドラゴラはじっとしていられない性分で、奇声をあげながら辺りをぴょんぴょん跳ねまわるし、人間がいたら避けるどころか噛《か》みついてくるのは有名だ。

「すみません、見間違いだったみたいです。今行きますね！」

私はドーラさんたちのところに戻ると、ツドミムで起きたマンドラゴラ病の事件のことを話した。

みんな興味津々で、リナさんたちは「やば！」とか「こわぁ～い！」とか弾むような反応を返してくれる。

私たちはたっぷり話し込んだ後、眠い目をこすってそれぞれの寝室に向かった。

――その晩、私は不思議な夢を見た。

夢の中では元にんじんだったマンドラゴラが暴れまわり、れべるあっぷ食堂の野菜を次々とダメにしていくのだ。

夢の中なのにどすんばたん、という音やキィエエエというマンドラゴラの叫びがやけに生々しくて、ついでに振動もあるものだから、夢と現実の区別がつかないぐらい。

私、ツドミム村のマンドラゴラ病事件がよっぽど印象に残っていたのかな。夢の中でもまだマンドラゴラが出てくるなんて……と思いながら、薄目を開ける。

そしてハッと気づく。

……あれ、夢から覚めたのに、まだ音がする……？

どすんばたん、という音は食堂のある一階からだろうか？　それにキィエェエエというあの甲高い声……まさか!!

私はガバッと起き上がると、パジャマのまま血相を変えて廊下に飛び出す。

廊下に出ると、ちょうどリナさんとセシルさんもパジャマ姿のまま、自分たちの部屋から顔を覗《のぞ》かせているところだった。

「ねえララ、あれ何の音？」

「セシルねむぅい……でもうるさぁい……」

そこに、ドーラさんも部屋から出てくる。

「なんだいなんだい、何の騒ぎだい!?」

「わかりませんが、すぐ見に行きます！」

青ざめながら私はダッと駆け出した。後ろからリナさんたちもついてくる気配がする。

みんなの部屋がある二階から、だだだだっと階段を下りて、れべるあっぷ食堂のメインとなる一階へと走っていく。

そして着いた先で見た光景に、私は叫び声をあげた。

「きゃああ!!」

――そこには、にんじんや玉ねぎ、なす、キャベツなど、様々な姿をしたマンドラゴラが辺り一面に跳ねまわっていたのだった。

野菜たちに共通しているのは、吊《つ》り上がった目に、裂けた口、生えた手足。

……間違いない、マンドラゴラ病だ！

やっぱり帰ってきた時に、何かが紛れ込んでいたんだ……！

私は見逃した自分の不甲斐《ふがい》なさにグッと唇を噛み、それから意を決したように駆け出した。手にはもちろん、リディルさんを握って。

落ち込んでいる時間はない！　早く全部《浄化》しないと！

万が一にもこの食堂から逃がして、王都へシトレに感染を広げるわけにはいかない……！

「わあ!?　何これ！　変なのいるじゃん！」

「これは……!?」

「もしかしてぇ、これってマンドラゴラ病？」

遅れてやってきたリナさんたちも声をあげる。私は一番近くにいたマンドラゴラの頭をスパッと落としつつ、大きな声で叫んだ。

「皆さん！　あとで説明します！　今はマンドラゴラが外に逃げないよう、見張っていてもらえませんか！」

私の言葉に、みんなの目がきらりと光る。すぐやるべきことを理解したリナさんたちが、それぞれの持ち場にサッと走った。

「外に逃げないようにすればいいんだね？　オッケー、あたしは扉の前に立ってる！」

「セシルはぁ、窓の方を守ってるね！」

「二階に入ってこないよう、あたしは階段の前で見張っているよ！」

みんな、話の理解が早くて頼もしい！

「ありがとうございます！　皆さん噛まれないよう、椅子で体を守ってくださいね！」

みんながガッチリと出入り口を封鎖してくれている中、私はリディルさんとともに走り回った。

「えいっ！」

スパスパスパッと、斬られた玉ねぎがどさどさと落ちる。

次はくるくる回りながら噛みついてこようとするキャベツをひらりと避《よ》け、ズバッと一刀両断すると、辺りにキャベツの葉が飛び散った。

そこへセシルさんの声が響く。

「やぁん！　いたぁい！」

「!?　セシルさん、大丈夫ですか――」

叫びの内容からして、セシルさんが噛まれたようだ。

あわてて振り向いた私の前を、ビュンッとすさまじい勢いでマンドラゴラが吹っ飛んでいった。

——次の瞬間、ドゴォン！　という音とともに、にんじんのマンドラゴラがれべるあっぷ食堂の壁にめり込む。舞い上がる土埃《つちぼこり》を見て、ドーラさんがカッと怒鳴った。

「セシル！　食堂を破壊する気かい！　力加減には気をつけな！」

「てへへ。ごめんなさぁい、噛まれてつい」

なんて言いながらペロッと舌を出したセシルさんは、右手でグーを突き出していた。……どうやら拳《こぶし》で、マンドラゴラを殴って吹き飛ばしたらしい。

私はぽとっと床に落ちたにんじんマンドラゴラの頭を落としながら、凹《へこ》んでパラパラと塵《ちり》を落としている壁を見つめた。

……さ、さすが「力：66」のセシルさん……！

前に黒檀《エボニー》の机をバキバキに割ったって言っていたし、なんならマンドラゴラも素手で粉砕できそうだね……!?

私が恐れおののいていると、セシルさんの明るい声が響く。

「ララちゃあん、マンドラゴラ退治、セシルも手伝おうかぁ？」

「だだっ、大丈夫です！　お気持ちだけありがとうございます！」

私はあわてて言った。

いくらマンドラゴラとはいえ、全身粉砕されるマンドラゴラを想像したら少しかわいそうになってしまったのだ。それに粉砕されたら、多分浄化も大変になる……！

「はぁい。じゃあセシルはぁ、マンドラゴラが逃げないように見張ってまぁす」

「お願いします！」

私は守りを任せると、また野菜の戦場へと戻った。

といっても、ツドミムの畑と比べれば全然数は少ない。手早くぱぱっと片付けると、私はふぅ、と息をついて辺りを見回した。

「これで全部……かな!?　見落としがないようにしないと……」

「ララ！　厨房に一匹走っていったよ！」

リナさんの声に、私は急いで厨房を見た。厨房の陰からちらりと見えたのは、オレンジ色の後ろ姿。

もしかして、あれが見逃したマンドラゴラ!?　今度こそ仕留めなくちゃ！

私はダッと駆け出した。

すぐさま目的のマンドラゴラを、厨房の奥で追い詰める。

「今度こそ逃さない！　あなたもここでおいしい浄化済みマンドラゴラになって――って、あれ……？」

包丁を握って怖い顔で言った私は、目に飛び込んできたマンドラゴラの姿に目を丸くした。

そこにいたマンドラゴラは、確かにマンドラゴラなのだけれど、他のマンドラゴラとは大きく様子が違っていたのだ。

吊り上がった目――ではなく、涙でうるうると潤んだ大きな瞳。

裂けて鋭い牙が覗く口――ではなく、両端を大きく下げ、怯《おび》えたような口。

何より、人を見れば飛びかかってくるはずのマンドラゴラが、私を見て両手で自分の顔を庇《かば》っていた。

その体は小さく縮こまり、怖がっているようにぷるぷると震えている。

「えっ……？　これ、マンドラゴラ……だよね……？」

予想外すぎる姿に困惑していると、怯えた様子のマンドラゴラから小さな声が漏れた。

「ぴきゅぃ……！」

その声は高く細く、そして……なんか可愛《かわい》かった。

「えっ……!?」

私はたじろいだ。

そのまま小さくぷるぷると震えるマンドラゴラが、ボロボロと涙をこぼし始める。

「ぴきゅ……ぴきゅぅぅ……」

その姿はまるで怯える子犬か子猫のようで――私はバッと手で口を押さえた。

なななっ、何これ……！

すっごく可愛い……!!

どうしよう、こんなの……可愛すぎて切れないよ！

私は頭を抱えた。

マンドラゴラの思わぬ可愛さに動揺していると、リナさんとセシルさんがやってくる。

「ララ、マンドラゴラは全部やっつけたっぽいけど――ってなにこれめっちゃ可愛い!!」

「なぁにぃこれぇ。超可愛いんですけどぉ」

「やっぱり可愛いですよね!?」

ふたりの言葉に、私はクワッと目を剥《む》いた。

よかった！　私の感覚が変なわけじゃなかった！

ホッとしつつ、またマンドラゴラを見る。

これ……他のとだいぶ違うけど、多分マンドラゴラだよね……？

おそるおそる手を伸ばしてみると、気づいたマンドラゴラがビクッと身をすくませる。

「ぴきゅ……!?　ぴきゅう……!!」

その上さらにガタガタと震え始めるものだから、なんだか私がこの子をいじめている気分になってきた。

「だっ、大丈夫だよ……怖いことはしないよ……多分……」

言いながら、私はまた頭を抱えた。

どうしよう、これ!?

きっとこの子から感染が広がったんだろうし、ここは頭を落とした方がいいんだよね……!?

でも……でも、こんな可愛くて怯えている子の頭を……切るの!?

私がぐるぐる悩んでいると、様子がおかしいことに気づいたドーラさんもやってくる。

「どうしたんだいララ。最後の一匹なんだろう？　早く倒しちまいなよ」

「でっ、でもドーラさん、この子……！」

私が言いながら震えるマンドラゴラを指さすと、ドーラさんも目を丸くした。

「おやまぁ……！　ずいぶん可愛い顔のマンドラゴラもいたもんだねぇ。でもその子、放っておいたら危ないんだろう？」

「で、ですよね……」

……そう、マンドラゴラは危ないのだ。

いくら私が《浄化》できるとはいえ、王都にマンドラゴラ病を広げるわけにはいかない。ここは心をオーガにして……。

私は歯を食いしばり、ぎゅっと包丁《リディルさん》を握った。

そして、マンドラゴラと見つめ合う。

「ぴきゅう……」

縮こまって震えるマンドラゴラの潤んだ瞳から、またぼろりと大きな涙の粒がこぼれた。

〜〜〜っ!!

「あああっできない！　できませんんん!!」

私はリディルさんを握ったまま、ガクッとその場に崩れ落ちた。

「あ、あんないたいけな子を切るなんて……ドーラさん、私にはできないです……！」

「そうだよドーラママ、あの子泣いちゃって超かわいそうじゃん」

「なんか害はなさそうじゃなぁい？」

同じくマンドラゴラの可愛さにやられたリナさんとセシルさんが加勢してくれる。それを見て、腰に手を当ててたドーラさんが呆《あき》れた顔で言った。

「あんたたちねぇ……可愛い魔物が一番危なかったりするんだよ。こっちの油断を誘っておいて、後ろからぶすり！　みたいなのはよく聞く話だろう？」

うる
うる
うる
うる

「うぅっ……確かに……」

「そんなに可愛いんなら、指を差し出してごらんよ。あたしの予想だと、がぶっと嚙むか、逃げるかだと思うけどねぇ。そしたら頭を落としな」

ドーラさんの言葉に、私はこくりとうなずいた。

そうだよ……マンドラゴラを放っておくのは危ない。それに今は可愛い姿だけれど、本当はやっぱり凶暴なマンドラゴラかもしれない。

だから私の指をがぶっとやったり、逃げるそぶりを見せたら、その時は潔く切るんだ！

これは決していじめているわけじゃない。王都の食の安全を守るためなんだ……！

心の中で色々言い訳しながら、私はそっと左手の人差し指を差し出した。

さぁ、嚙んで……！

お願い……早く……早く嚙んで！　じゃないと切れないよぉ!!

そんな私の願いが届いたのか届かなかったのか、怯えるマンドラゴラは近づいてきた私の指を見ると——。

ぎゅっと、ちいちゃなおててで、私の指を抱きしめたのだった。

「あああ無理ですぅ!!　私には切れません!!」

私は泣きながらその場に崩れ落ちた。

後ろからキャアアアッ！　とリナさんとセシルさんの悲鳴のような声があがる。

「なにあれ!?　ララの指を抱っこしてるの!?　超カワイイんですけどっ!?」

「ねぇ見てぇ！　顔、すりすりしてるぅ！」

ふたりの言う通り、マンドラゴラは私の指をぎゅっと抱きしめたまま、まるで頬《ほお》ずりするように泣きながら頬をこすりつけていたのだ。

その姿は弱々しくいたいけで、頭を落とすどころか、私が守ってあげなくちゃ！　という気持ちにさせられる。

さらに右手も伸ばすと、差し出された手のひらに、マンドラゴラはぴょんと飛び乗ってきた。もちろん、左手の人差し指を大事そうに抱えたまま。

「おやまぁ……。擬態もここまで来ると、本物みたいだねぇ……」

「ママ！　こんなの擬態じゃないよ！　だって本気で震えているよ！」

「そうだよぉ、警戒しすぎだよぉ」

気づけばリナさんとセシルさんまでもが、泣きながらそう言っている。完全にマンドラゴラに感情移入していた。

「あんたたちねぇ……。でも、確かに擬態にしては完成度が高すぎるし、逃げないあたり変だねぇ……。もしかしてこの子だけ、こういう変異種なのかい？」

言いながら、ドーラさんも困ったように首を捻《ひね》る。

私は目に涙を溜《た》め、必死になって頼み込んだ。

「ドーラさん……この子、ひとまず様子を見ちゃダメですか……!?　私、この子が感染を広げないようしっかり見張るので！　万が一感染させたら、全部浄化しますから！」

考えが甘いと言われてもいい。それでも、手の中で震えるこのいたいけな生き物を切るのは、私にはできなかった。

「お願いママ！　あたしからも頼むよ！」

「ママおねがぁい！　こんな可愛い子、いじめないでぇ！」

みんなに懇願されて、ドーラさんは大きくため息をついた。

「まったく、しょうがないねぇ……。ただし、何かまずいことが起きたら、すぐに頭を落とすんだよ！　他人様《ひとさま》にご迷惑をおかけしないよう、そこだけ徹底しな！」

「はいっ！」

「やったぁ！」

「ありがとママ！」

私たちは抱き合って喜んだ。

私の手の中でマンドラゴラは相変わらず震えているし泣いているけれど、ひとまず命は助かったらしい。

「ねぇララ、この子に名前つけてあげようよ！」

「マンドラゴラってぇ、呼びにくいもんねぇ」

確かにそれもそうだ。

私は首を捻らせた。

「そうですね……うーん。どんな名前がいいんだろう……」

「マンドラゴラだからマンちゃん？　ゴラちゃん？」

「なんかそれ可愛くなぁい。にんじんだし、キャロちゃんはどぉ？」

「キャロちゃん！　可愛いですね！　短くて呼びやすいし！」

「オッケ！　んじゃこの子はキャロちゃんってことで！」

「よろしくねぇ、キャロちゃん」

私は手の上で震えるマンドラゴラに向かって、そっと呼びかける。

「今日からあなたのこと、キャロちゃんって呼びますね……！」

震えていたマンドラゴラが、ゆっくりとこっちを見る。それからおそるおそるといった様子で小さく鳴いた。

「ぴきゅ……？」

こうしてれべるあっぷ食堂にまたひとり（？）、新たな仲間が増えたのだった――。

MFブックス

はらぺこ令嬢《れいじょう》、れべるあっぷ食堂《しょくどう》はじめました ~うっかり抜《ぬ》いた包丁《ほうちょう》が聖剣《せいけん》でした!?~ 1

2024年3月25日　初版第一刷発行

著者　宮之みやこ
発行者　山下直久
発行　株式会社KADOKAWA
〒102-8177　東京都千代田区富士見2-13-3
0570-002-301（ナビダイヤル）
印刷・製本　株式会社広済堂ネクスト
ISBN 978-4-04-683482-9 C0093

企画　株式会社フロンティアワークス
担当編集　吉田響介／福島瑠衣子（株式会社フロンティアワークス）
ブックデザイン　鈴木 勉（BELL'S GRAPHICS）
デザインフォーマット　AFTERGLOW
イラスト　kodamazon

本書は、2022年から2023年に「カクヨム」（https://kakuyomu.jp/）で実施された「第8回カクヨムWeb小説コンテスト」で特別賞（プロ作家部門）を受賞した「はらぺこ令嬢、れべるあっぷ食堂はじめました～奉公先を追い出されましたが、うっかり抜いた包丁が聖剣でした!?～」を改題の上、加筆修正したものです。

この作品はフィクションです。実在の人物・団体・事件・地名・名称等とは一切関係ありません。

召喚スキルを継承したので、
極めてみようと思います！
〜モフモフ魔法生物と
異世界でライフを満喫中〜
えながゆうき
イラスト：nyanya
謎だらけなスキルで召喚されたのは――
個性豊かすぎる“魔法生物”！？
自由気ままに異世界で
モフモフライフを楽しみます！
STORY
モフモフ好きな青年は、気づくとエラドリア王国の第三王子・ルーファスに転生していた。継承した“召喚スキル”を広めるため、様々な魔法生物たちを召喚しながら、ルーファスの異世界モフモフライフが始まる！
「」カクヨム発
MFブックス
MFブックス新シリーズ発売中!!

勇者じゃなかった
回復魔法使い
暗殺者《アサシン》もドン引きの蘇生呪文活用法
はらくろ
illust. 蓮深ふみ
お人好し
回復魔法使いの、
自由でのんびりな
異世界交流記。
STORY
『勇者召喚』で異世界に呼び出されたものの、勇者ではなかったタツマ。彼は駄目属性と笑われた回復魔法で生活を確立し、困っている人のために立ち回る。「報酬はね、串焼き5本分。銅貨10枚でどうかな?」
MFブックス新シリーズ発売中!!
MFブックス

家臣に恵まれた
＼転生貴族の／
幸せな日常
KASHIN NI MEGUMARETA TENSEIKIZOKU NO SHIAWASE NA NICHIJOU
企業戦士
イラスト：とよた瑣織
異世界転生した先は、二つ名が『魔人』の武闘派貴族！
領民は0。領地はほとんど魔獣の巣。
だけど家臣の忠誠心は青天井！
彼は優秀な家臣達と、時に力を合わせ、時に力技で
困難を乗り越え、幸せな日常を送る！
※頭を空っぽにして
読むことを推奨しております。
第8回「」カクヨム Web小説コンテスト 異世界ファンタジー部門
特別賞 受賞作！
MFブックス
MFブックス新シリーズ発売中!!

アンケートに答えて
著者書き下ろし
「こぼれ話」を読もう！

よりよい本作りのため、
読者の皆様のご意見を参考にさせて頂きたく、
アンケートを実施しております。

「こぼれ話」の内容は、
あとがきだったり
ショートストーリーだったり、
タイトルによってさまざまです。
読んでみてのお楽しみ！

奥付掲載の二次元コード（またはURL）にお手持ちの端末でアクセス。

↓

奥付掲載のパスワードを入力すると、アンケートページが開きます。

↓

アンケートにご協力頂きますと、著者書き下ろしの「こぼれ話」がWEBで読めます。

- PC・スマートフォンに対応しております（一部対応していない機種もございます）。
- サイトにアクセスする際や、登録・メール送信時にかかる通信費はご負担ください。
- やむを得ない事情により公開を中断・終了する場合があります。